RACHEL GIBSON
Ein Mann für alle Nächte

Buch

Vivien Leigh Rochet hat Henry Whitley-Shuler seit Jahren nicht mehr gesehen. Sie war ein schüchternes Mädchen, das Häuser putzte, er war der unerreichbare Sohn reicher Eltern. Sie kamen aus verschiedenen Welten. Damals hatte Vivien sich geschworen, aus Charleston herauszukommen, etwas aus sich zu machen. Und sie hat ihre Ziele erreicht. Als großer Hollywoodstar kehrt die Südstaatenschönheit in ihre Heimatstadt zurück. Aber warum fühlt sich ihr glamouröses Leben so leer an?
Und auch Henry hat sich an der Wall Street einen Namen gemacht, doch ein dramatisches Ereignis zwang ihn, New York den Rücken zu kehren. Das Letzte, was er braucht, ist wieder der Frau zu begegnen, die er damals schon nicht ausstehen konnte. Er sucht nicht nach Liebe – aber der erwachsenen Vivien zu widerstehen stellt sich als schwierig heraus …

Weitere Informationen zu Rachel Gibson
sowie zu lieferbaren Titeln der Autorin
finden Sie am Ende des Buches.

Rachel Gibson
Ein Mann für alle Nächte

Roman

Aus dem Amerikanischen
von Antje Althans

GOLDMANN

Die amerikanische Originalausgabe erschien 2016
unter dem Titel »Just Kiss Me« bei Avon Books,
an imprint of HarperCollins Publishers, New York.

Der Verlag weist ausdrücklich darauf hin, dass im Text
enthaltene externe Links vom Verlag nur bis zum Zeitpunkt der
Buchveröffentlichung eingesehen werden konnten. Auf spätere
Veränderungen hat der Verlag keinerlei Einfluss. Eine Haftung des
Verlags ist daher ausgeschlossen.

Dieses Buch ist auch als E-Book erhältlich.

Die Übersetzerin dankt dem Europäischen Übersetzer-Kollegium
Straelen für die Unterstützung der übersetzerischen Arbeit.

Verlagsgruppe Random House FSC® N001967

1. Auflage
Deutsche Erstveröffentlichung Januar 2017
Copyright © der Originalausgabe 2016 by Rachel Gibson
Copyright © der deutschsprachigen Ausgabe 2017
by Wilhelm Goldmann Verlag, München,
in der Verlagsgruppe Random House GmbH,
Neumarkter Str. 28, 81673 München
Umschlaggestaltung: UNO Werbeagentur, München
Umschlagmotiv: FinePic®, München
Redaktion: Sigrun Zühlke
MR · Herstellung: Str.
Satz: omnisatz GmbH, Berlin
Druck und Bindung: GGP Media GmbH, Pößneck
Printed in Germany
ISBN: 978-3-442-48448-5
www.goldmann-verlag.de

Besuchen Sie den Goldmann Verlag im Netz

WIDMUNG

Ein Riesendankeschön an meine Leserinnen, die mich in den letzten achtzehn Jahren unterstützt haben. Ich kann nicht alle Mails beantworten, aber Ihr sollt wissen, dass ich es zu schätzen weiß, dass Ihr Euch die Zeit nehmt, mir zu schreiben. Ihr seid fantastisch!

Mein besonderer Dank gilt Lucia Macro und Claudia Cross, die quer durchs Land geflogen sind, um mir Beistand zu leisten. Eure Hilfe und Unterstützung kennen wirklich keine Grenzen.

Und an HHH – du weißt schon warum.

Dies ist ein Roman. Personen, Orte und Handlungen sind frei erfunden. Ähnlichkeiten mit lebenden oder verstorbenen Personen sind rein zufällig.

KAPITEL 1

TAGEBUCH VON VIVIEN LEIGH ROCHET
Finger weg! Lesen bei Todesstrafe verboten!

Liebes Tagebuch!
Jetzt ist es offiziell!!!! Ich hasse Ms. Eleanor Whitley-Shuler. Alle nennen sie Nonnie. Außer mir. Ich nenne sie die Gottesanbeterin, weil sie lang und dünn ist und vorstehende Insektenaugen hat. Mr. Shuler starb in dem Jahr, nachdem Mama und ich ins Kutschenhaus gezogen waren. Er hieß Fredrick, aber ich erinnere mich nicht an ihn oder daran, wie er gestorben ist. Ich war noch ein Baby, aber ich wette, die Gottesanbeterin hat ihm den Kopf abgebissen. Jedenfalls weiß ich, dass sie ihn mir am liebsten abbeißen würde. Mama behauptet, die Whitley-Shulers wären unsere Freunde, aber ich sage, sie sind es nicht. Wir arbeiten für sie und wohnen in ihrem Kutschenhaus. Mama sagt, ich muss lieb sein, aber ich will nicht. Mama sagt, ich darf niemanden hassen, aber die Gottesanbeterin hat zu Mama gesagt, ich wäre so dick wie eine Dampfnudel und sollte nicht so viel Eis essen. Als sie weggeguckt hat, hab ich so eine doofe Hundefigur umgestoßen. VOLL MIT ABSICHT!!

Liebes Tagebuch!
Ich hasse die Schule!!! Die Lehrer sprechen jedes Jahr meinen Nachnamen falsch aus. Sie sagen Vivien Ro-schett. Dann muss ich ihnen sagen, dass man Ro-shay sagt. Ich geh schon seit dem Kindergarten auf die Charleston Day School, und seit acht Jahren sprechen die Lehrer jedes Jahr am ersten Tag meinen Namen falsch aus. (Okay, an den ersten Tag im Kindergarten erinnere ich mich vielleicht nicht mehr.) Meine Mitschüler lachen mich aus und nennen mich Klosett. Ich hasse sie, aber eines Tages, wenn ich ein berühmter Filmstar bin, wird es ihnen noch leidtun. Dann wollen sie alle mit mir befreundet sein, aber ich nicht mit ihnen. Ich werde ihnen meine Filme nicht zeigen und sie nicht in das große Haus lassen, das ich meiner Mama irgendwann kaufen werde. Außer Lottie und Glory. Die dürfen kommen. Das sind meine Freundinnen, und wir essen mittags zusammen. Glory darf in diesem Jahr einen BH tragen. Mama sagt, ich brauche noch keinen BH. FIES!!!

Liebes Tagebuch!
Tod der Gottesanbeterin!!! Als ich und Mama heute das Herrenhaus saubergemacht haben, hat die Gottesanbeterin gesagt, ich müsste staubsaugen, weil sie mir Staubwischen nicht zutraut. Sie sagt, mir würden zu viele Missgeschicke passieren. Sie sagt, ich wäre ungeschickt, und sie hätte Angst, dass ich wieder die Bilder von ihren superdoofen Söhnen Henry und Spence umwerfe. Ich bin zwölf – fast dreizehn. Ich bin nicht ungeschickt, und mir passieren keine Missgeschicke. Mir passiert das mit Absicht, und wen kümmern schon Henry und Spence? Sie gehen

woanders zur Schule und kommen nur in den Ferien heim. Sie sind Arschgesichter. Vor allem Henry. Er lacht oder lächelt nie oder so. Ich nenne ihn Grusel-Henry oder Arschgesicht-Henry. ☺ Er ist fünf Jahre älter als ich, tut aber viel älter. Seine schwarzen Augen starren in meine, als könnte er meine Gedanken lesen. Er sieht mich an, als wüsste er, dass ich absichtlich Gegenstände umwerfe und deshalb lüge. Aber er sagt nie was. So wie letzten Sommer, als irgendwer den blöden Rasenjockey umgeworfen hat und sein dämlicher Arm abgebrochen ist. Die Gottesanbeterin hat gesagt, dass er echt alt war und schon seit der Zeit vor dem Krieg im Familienbesitz und dass es wahrscheinlich meine Schuld wäre. Sie sagte, ich hätte mich bestimmt daran zu schaffen gemacht und ihn umgeworfen, aber ich habe alles abgestritten. Henry hat mich mit seinen schwarzen Augen angestarrt wie eine Lügnerin, und Spence hat gelacht, weil ... Spence verrückt ist und über alles lacht. Ich hab superlaut geheult und bin ins Kutschenhaus gerannt, bevor die Gottesanbeterin mir noch den Kopf abbeißen konnte. Wen kümmert schon ein dämlicher Rasenjockey? Der ist so schwer, der könnte ein Kind erschlagen! Das Kind kann nicht schuld daran sein, dass er umkippt, wenn man sich auf seine Schultern stellt, um sich ein Vogelnest auf dem Baum anzusehen. Falls das jemand findet und liest, ich bin unschuldig!!!

Liebes Tagebuch!
Ich bin den ganzen Weg von der Schule nach Hause gerannt, weil Mama mir versprochen hatte, mich zu den Sandburgen in Folly Beach mitzunehmen. Als ich zur Tür reinkam,

wusste ich, dass wir nicht fahren würden. Mama lag mit der Patchworkdecke, die Oma ihr gemacht hat, auf dem Sofa. Sie strich abwesend mit den Fingern darüber und starrte an die Zimmerdecke, wie sie es immer tut, wenn sie eine traurige Phase hat. Diesmal rufe ich Oma Roz nicht an, damit sie kommt und mich abholt. Ich bin fast dreizehn (in sieben Monaten) und kann auf mich selbst aufpassen. Ich kann jetzt auch auf Mama aufpassen. Ich hasse ihre traurigen Phasen. Ich hoffe, diese hält nicht allzu lang an. ☹ !!!

Liebes Tagebuch!
Heute sind ich und Mama zum Laden gegangen, um uns Erdbeer-Moon-Pies und Coca-Cola zu holen. Mama war heute wieder fröhlich, und wir sind auch in den Waterfront Park gegangen. Wir haben uns am Ananasbrunnen nasse Füße geholt und uns die Boote im Hafen angesehen. Mama sagt, eines Tages segeln wir einfach los. Sie hat auf eine große Yacht gezeigt und die Orte aufgezählt, zu denen wir fahren würden. Aruba, Monaco, Sansibar. Sie sagt, eines Tages würde es wahr, aber ich weiß, dass das nicht stimmt. Auf dem Heimweg hat Mama gesagt, eines Tages würde sie sich ein Haus in der Rainbow Row kaufen, weil die so lecker aussähen. Wie eine Kette aus pastellfarbenen Zuckerröllchen, die es am Kiosk zu kaufen gibt. Sie meinte, in einem leckeren Haus könnte sie für immer glücklich sein. Wenn ich ein reicher Filmstar bin, kaufe ich ihr das rosafarbene, damit sie für immer glücklich sein kann. ☺ !!

<u>Liste der Dinge, die ich kaufe, wenn ich reich bin</u>
1) Rosa Zuckerhaus
2) Meine eigene Eisdiele
3) Einen Piepser – Mama sagt, nur Drogendealer haben Piepser – von wegen!
4) Einen Pool
5) Einen tollwütigen Affen, der Henry beißt

KAPITEL 2

Unter der breiten Krempe ihres schwarzen Strohhutes legte Vivien Leigh Rochet die Hand an die Stirn und stöhnte leise.

»Ein paar Appletinis zu viel gestern Abend?«

»Ein paar.« Vivien griff nach der Wasserflasche in der Konsole zwischen ihr und Sarah, die seit fünf Monaten ihre Assistentin war. Die zwei saßen auf dem Rücksitz eines schwarzen Cadillac Escalade, der über den Interstate 26 nach Charleston brauste, über dessen historischer Altstadt sich Gewitterwolken auftürmten. »Christian hat behauptet, sie passten zu meinen Augen.« Christian Forsyth (echter Name Don Smith) war Viviens aktueller Filmpartner, und, wenn man den Boulevardblättern Glauben schenkte, ihr neuster Hollywood-Liebhaber.

»Ihr Teint hat heute einen hübschen Appletini-Ton.«

Vivien trank einen großen Schluck und drückte auf den Knopf in der Armlehne. »Sagen Sie nicht *Appletini*.« Als das Fenster nach unten glitt, hielt sie das Gesicht in den Wind, der über den Rand der Scheibe wehte. Die Gewitterluft brachte ihre Hutkrempe zum Flattern und roch nach den hohen Kiefern und dem Gestrüpp am Rand des Interstate Highway und nach Magnolien und Sonnenschein. Nach Regen und leichtem Wind von der See. Nach Chaos und Geborgenheit. Nach Heimat.

Neben ihr tippte Sarah auf dem Bildschirm ihres iPad, und vorne sprach der Fahrer in sein Handy, während er die Spur wechselte. Wenn er nicht aufhörte, das Lenkrad so ruckartig herumzureißen, würde Vivien schlecht – schade um die schwarzen Ledersitze. Die feuchte Luft glitt über den spitzen Knochen von Viviens nackter Schulter und ihr Schlüsselbein und spielte mit den Haarspitzen des lockeren Pferdeschwanzes, der auf dem Chiffonoberteil ihres Zac-Posen-Bandeaukleids ruhte. Die leichte Brise wehte den Rollsaum ihres geblümten Rocks hoch und strich über ihre Schenkel.

Es war drei Jahre her, seit sie zuletzt zu Hause gewesen war, und damals war sie nur sechsunddreißig Stunden geblieben. Auf dem Weg zur New Yorker Premiere von *End Game*, ihrem dritten und letzten Film der *Raffle*-Trilogie, hatte sie einen Kurzbesuch eingeschoben. Die unglaublich beliebten dystopischen Filme, die auf den gleichermaßen populären Büchern beruhten, hatten Vivien Leigh aus dem Niemandsland der Statistenrollen zu großem Starruhm katapultiert. Mit zweiundzwanzig war sie unter Tausenden von hoffnungsvollen Schauspielerinnen auserwählt worden, Dr. Zahara West zu spielen, die Archäologin, Attentäterin und Revolutionsführerin in der Blockbuster-Reihe. Vor drei Jahren, als jener dritte und letzte Film herausgekommen war, hatte Vivien einen Lebenslauf mit sechs wichtigen Filmrollen und vielfachen Fernsehauftritten vorzuweisen gehabt. Ihr Stern auf dem Walk of Fame in Hollywood lag etwas weiter unten als der von Charlie Sheen, was wohl ganz gut passte, da sie im wahren Leben auch etwas weiter unten in derselben Straße wohnte wie er.

Als sie vor drei Jahren in die Stadt gefahren war, war sie

ein bisschen großkotzig gewesen, ritt auf einer Welle des Erfolges und schwamm im Geld. Sie war für einen Publikumspreis nominiert und hatte gerade erfahren, dass von ihrer achtzehn Zentimeter großen Zahara-Actionfigur (in der Metallbikini-Edition) allein mehr Exemplare verkauft worden waren als von den anderen *Raffle*-Figuren zusammen. Damals war sie nach Charleston zurückgekehrt, um ihrer Mama bei der Ausrichtung ihrer Einweihungsparty zu helfen und hatte sich wie eine heiße Nummer gefühlt. Diesmal fühlte sie sich nur zum Kotzen. Diesmal kam sie nach Hause, um die Beerdigung ihrer Mutter zu organisieren.

»Sie sind wieder auf dem Titelblatt des *Enquirer*. Anscheinend wurden Sie bei einer Sex-Orgie ertappt.«

Wen kümmerte das? Viviens perfekte Augenbrauen zogen sich zusammen und erinnerten sie an ihre Kopfschmerzen. Sarah machte nur ihren Job. Aber vielleicht versuchte ihre Assistentin auch, Vivien von den schrecklichen Details der letzten zwölf Stunden abzulenken, in denen ihr Leben zerstückelt worden war wie Zelluloid auf dem Schneideraumboden.

Vor zwölf Stunden hatte sie noch auf einer noblen Party am Mulholland Drive Appletinis geschlürft und Interesse am neusten Hollywood-Klatsch geheuchelt. Einladungen zu solchen Events zu ergattern und auf den Partys der Reichen und Schönen gesehen zu werden gehörte zum Geschäft. Für die Fotografen zu lächeln und sich am Arm von Männern wie Christian Forsyth fotografieren zu lassen war gut für Viviens Karriere, auch wenn er der langweiligste Mann auf Gottes Erdboden war und sie null romantisches Interesse an ihm hatte.

Noch vor zwölf Stunden hatte sich ihr Leben um die richtigen Filmrollen gedreht und darum, sich mit den richtigen Leuten sehen zu lassen. Vor zwölf Stunden hatte sie noch die Rolle der glamourösen Vivien Leigh Rochet gespielt. Schauspielerin, Filmstar, heiße Nummer.

Kamera ab. Sarahs unerwartetes Erscheinen auf der Party hätte Vivien darauf hinweisen müssen, dass etwas nicht stimmte, aber sie hatte zu viele Cocktails auf leeren Magen getrunken, um sich Gedanken darüber zu machen. Wäre sie nicht betrunken gewesen, wäre ihr die Sorge in den blauen Augen ihrer Assistentin vielleicht aufgefallen. Dann wäre sie vorgewarnt gewesen, als Sarah zu ihr trat und ihr das Unfassbare ins Ohr flüsterte.

Ihre Mama war tot. Auch zwölf Stunden danach wusste Vivien nichts Genaueres. Man hatte ihr gesagt, dass die Sanitäter noch zu Hause mit den Wiederbelebungsversuchen begonnen hatten, sie jedoch auf dem Weg zur Notaufnahme gestorben sei. Alles deutete auf einen natürlichen Tod hin. Natürlich? Nichts von dem, was sich in den letzten zwölf Stunden ereignet hatte, kam ihr natürlich vor, und Vivien bekam kaum Luft vor Schmerz und Schuldgefühlen.

»Das verkauft sich vermutlich besser als die üblichen Magersucht-Storys.«

Macy Jane Rochet war tot, da kamen ihr die Lügengeschichten der Klatschpresse so ungeheuer trivial vor. So ungeheuer dumm. Es hatte einmal eine Zeit gegeben, als Vivien Rochet niemandem so wichtig gewesen war, dass er ihren Namen gedruckt hätte, ganz zu schweigen davon, ganze Geschichten über sie zu erfinden. Eine Zeit, in der sie alles dafür getan hätte, um in der Yellow Press erwähnt zu werden und ein Foto von sich auf dem Titelblatt einer Zeitschrift zu sehen. Doch jetzt war Mama tot, und Viviens Leben erschien ihr plötzlich ungeheuer dumm und trivial.

Und vollkommen leer.

Vor Sarahs unerwartetem Erscheinen gestern Abend war in Viviens Leben alles so klar gewesen. So vorgezeichnet. Sie war ein leuchtender Stern gewesen, der sich den Weg zum Mega-Starruhm bahnte. Doch jetzt war alles verschwommen, ihr Hirn umnebelt von Schmerz, Koffein und Alkohol. Sie war so von ihren Gefühlen überwältigt, dass sie kaum einen Gedanken fassen konnte, und in den letzten zwölf Stunden war so viel passiert, dass sie nicht einmal wusste, ob Sonntag oder Montag war.

Es musste Sonntag sein. Vielleicht. »Welchen Tag haben wir?«

Ohne aufzusehen antwortete Sarah: »Den sechsten Juli.«

Vivien griff in ihre rote Kelly Bag und zog eine Sonnenbrille hervor. Sie setzte sich das schwarze Gestell auf und lehnte den Kopf zurück. Das beantwortete ihre Frage nicht, aber es musste Sonntag sein. Auf der Party war sie am Samstagabend gewesen. War das erst gestern Abend gewesen? Ihr schien, als sei mehr Zeit vergangen, seit sie die Sache mit ihrer Mama erfahren hatte.

Ihre Mutter war gütig und liebevoll gewesen, wunderschön und zart. Aber auch anstrengend und schwierig, und ehrlich gesagt manchmal verrückt wie ein zweiköpfiges Huhn. Sie hatte Vivien unzählige Male in Verlegenheit gebracht. Mit ihren unberechenbaren Stimmungshochs und -tiefs. Mit ihrer übertriebenen Euphorie an einem Tag und ihrer abgrundtiefen Verzweiflung am nächsten. Mit ihren großen Träumen von einem Happyend einerseits und ihren Problemen mit Männern andererseits. Die Erde unter ihren Füßen schwankte wie die Gezeiten, wechselhaft, vorhersehbar, und ließ ihre Mitmenschen verunsichert und mitgenommen zugleich zurück. Doch selbst in ihren schwierigsten Phasen war es nicht schwer gewesen, sie zu lieben. Nicht für Vivien, denn trotz aller Höhen und Tiefen und der Unbeständigkeit hatte sie stets gewusst, dass ihre Mutter sie liebte wie sonst niemand auf der Welt. Sie nahm sie, wie sie war, stellte keine Erwartungen an sie und liebte sie von ganzem Herzen.

Macy Jane war nicht perfekt gewesen, aber sie hatte ihr Möglichstes getan, sich um Vivien zu kümmern. Wenn sie nicht konnte, war Viviens Großmutter Roz eingesprungen. Nach Oma Roz' Tod hatte Vivien für sich selbst gesorgt und sich auch um ihre Mutter gekümmert. Sie beide gegen den Rest der Welt. Eine verschworene Gemeinschaft.

So war es immer gewesen.

Der Escalade nahm eine der letzten Ausfahrten und fuhr ins Herz der »Heiligen Stadt«, wie Charleston oft genannt wurde, dessen Kirchturmspitzen und Kirchtürme in einen Himmel ragten, der – typisch für Juli – voller Gewitterwolken hing. Weiter ging es über die Meeting Street zum Hafen, zu von Palmettopalmen und Tempelbäumen gesäumten Kopfsteinpflasterstraßen, zu der vornehmen Opulenz und der glänzenden Pracht südlich der Broad Street. Vivien war inmitten der gesellschaftlichen Elite aufgewachsen, inmitten alter Familien mit alten Familiennamen, die sich bis zur Gründung der St. Cecilia Society zurückverfolgen ließen und noch weiter bis zu den ursprünglichen dreizehn Kolonien. Sie war inmitten von »guten Familien« aufgewachsen, ohne jemals dazuzugehören. Nach ihren »Leuten« waren keine Städte, Brücken oder Golfplätze benannt. Ihre »Leute« arbeiteten hart, um über die Runden zu kommen, und ihr Familienstammbaum ähnelte eher einem schütteren Strauch als einer stattlichen Lebenseiche.

»Biegen Sie auf der Tradd Street links ab«, wies sie den Chauffeur an. »Dann noch mal links auf der East Bay Street.« Statt zu dem einzigen Zuhause zu fahren, das sie in den ersten achtzehn Jahren ihres Lebens gekannt hatte, brachte der SUV sie zu einer Reihe aus Stadthäusern, von denen jedes in einer anderen fröhlichen Farbe gestrichen war. Ihre Mutter hatte einmal gesagt, die Häuserreihe ähnelte einer Zuckerkette, und dass sie in einem so süßen Haus glücklich sein könnte. Vor drei Jahren hatte Vivien ihr das rosafarbene gekauft, damit sie glücklich sein konnte und nie mehr bei Fremden im Garten wohnen musste.

»Hier vorne ist gut«, wies sie den Fahrer an, und der Cadillac hielt am Straßenrand. Sie steckte die Flasche Tafelwasser in die Handtasche und wartete, bis der Mann ihr die hintere Tür öffnete, bevor sie aus dem Wagen glitt. Unter der Krempe ihres breiten Hutes sah sie zu dem rosa Putz und den drei Stockwerken mit weißen Fensterrahmen und grauen Fensterläden hinauf. Vereinzelte Regentropfen trafen auf ihre nackte Schulter und sprenkelten die Steine um ihre zehn Zentimeter hohen Highheels. Das einzige Mal, als sie in dem Reihenhaus gewesen war, war ihre Mutter ganz aufgeregt und hibbelig gewesen und hatte Floristen und Caterer gleichzeitig dirigiert. Sie hatte tatsächlich glücklich ausgesehen, und Macy Jane in glücklicher Stimmung war immer ansteckend – wenn man den Gedanken an die Traurigkeit, die so sicher wie das Amen in der Kirche darauf folgen würde, verdrängte.

Am Vortag waren mehrere Möbelstücke geliefert worden, und Vivien und ihre Mutter waren herumgerannt wie zweiköpfige Hühner und hatten die Plastiküberzüge von Sofa und Sesseln im prachtvollen Wohnzimmer und von einer kleinen Esszimmergarnitur in der Küche gezogen. Die Möbelpacker luden ein elisabethanisches Himmelbett und einen antiken Aubusson-Teppich aus, den Macy Jane bei einer Haushaltsauflösung erstanden hatte. Vivien wunderte sich nicht darüber, dass ihre Mutter nur sehr wenig unternommen hatte, um das dreihundertneunzig Quadratmeter große Stadthaus vor der Einweihungsfeier mit Möbeln auszustatten. Macys Unentschlossenheit verärgerte sie zwar etwas, überraschte sie jedoch nicht im Geringsten.

»Ich brauche keine Möbel in jedem Raum, um meine Party zu geben«, hatte Macy Jane ihre entspannte Haltung in Bezug auf Wohneigentum und das Leben im Allgemeinen verteidigt.

Womit sie wahrscheinlich recht hatte, weshalb Vivien sich den Einwand geschenkt hatte, dass Sinn und Zweck dieser Party darin bestand, vor ihren Freunden anzugeben und sie mit ihrem Zuhause und ihren »Sachen« zu beeindrucken. Und nicht darin, ein leeres Haus vorzuzeigen.

Aber das hatte auch keine Rolle gespielt. Die Party hatte im privaten Innenhof stattgefunden, und die Caterer hatten von Tischen und Stühlen bis hin zur feinen rosa Tischwäsche alles geliefert.

»Ist es hier immer so schwül?«, fragte Sarah, während der Fahrer ihr Gepäck auslud.

»Ja, Ma'am«, antwortete der Mann, dem die Hitze trotz

des schwarzen Anzugs mit der passenden Krawatte nichts auszumachen schien. »Wenn es geregnet hat, wird es besser.«

Vivien zog einen Hausschlüssel aus ihrer Handtasche und trat in den schmalen Eingang. Ihre Hand zitterte, als sie die Tür aufschloss, sie aufschob und dabei fast damit rechnete, ihre Mutter mit weit ausgebreiteten Armen auf sich zukommen zu sehen. »Komm in meine Arme«, hatte sie in ihrem weichen, gedehnten Südstaaten-Singsang immer gerufen. Doch die Diele war dunkel und leer. Ihre Mutter war hier gestorben. Irgendwo.

Eine Träne lief ihr über die Wange, während sie Brille und Hut ablegte. Der Coroner hatte die Todesursache noch nicht endgültig festgestellt. Nur dass ihre Mutter eines natürlichen Todes gestorben zu sein schien. Vivien trat ins Wohnzimmer und blieb abrupt stehen, während sie mit feuchtem Blick den Raum betrachtete. Die Möbel waren mit weißen Laken verhüllt und alles andere von einer dicken Staubschicht überzogen. Der Aubusson-Teppich war vor dem Kamin zusammengerollt, und irgendwer hatte den Mahagoni-Kaminsims abgerissen. Vivien blinzelte, als traute sie ihren Augen nicht. Als sie letzte Woche mit ihrer Mutter gesprochen hatte, hatte sie mit keinem Wort erwähnt, dass die Böden geschliffen werden sollten und der Kaminsims entfernt worden war. Sie hatte überhaupt keine Renovierungsarbeiten erwähnt. Aber sie hatte auch nicht das Geringste davon erwähnt, dass sie sich krank fühlte. Sie hatte überhaupt nicht viel erzählt, außer dass sie sich für einen Zumba-Kurs 50+ angemeldet hatte und hoffte, dabei nicht »ins Schwitzen« zu geraten. Was jedoch der Sinn und Zweck der Übung sein sollte, wie Vivien eingewandt hatte.

Vivien wischte sich die Tränen von den Wangen und stellte ihre Handtasche auf der verhüllten Couch ab. Sie hatte so viele Fragen, und je genauer sie sich umsah, umso mehr fielen ihr ein. Sie lief an der Wendeltreppe vorbei durch das Licht, das von oben durch die Kuppel strömte. Das Esszimmer und die Bibliothek waren noch genauso leer wie das letzte Mal, als sie hier gewesen war. Im Bad hingen keine Handtücher, und der kleine Tisch und die vier Stühle in der Küche standen noch genau dort, wo sie vor zwei Jahren hingestellt worden waren.

Auf der Arbeitsplatte aus Granit lag ein Plastikbeutel mit Äpfeln, und eine Thermoskanne und ein Trinkglas standen verkehrt herum auf einem Geschirrhandtuch, als wären sie vor Kurzem erst gespült und zum Trocknen hingestellt worden.

»Sieht aus, als hätte Ihre Mutter renoviert«, sagte Sarah, als sie in die Küche kam.

»Das ist ja merkwürdig.« Vivien öffnete den Kühlschrank. Leer bis auf eine Dose Coca-Cola und eine Tüte Möhren. Alte, verschrumpelte Möhren.

»Igitt! Wollen Sie auch etwas essen?«, fragte Sarah, während sie Schränke und Schubladen öffnete und wieder schloss. »Ich bin am Verhungern.«

Schon bei dem Gedanken ans Essen drehte sich Vivien der Magen um, ob vom Schmerz oder vom Kater, wusste sie nicht so recht. Vielleicht von beidem. »Irgendwas gefunden?«

Sarah schüttelte den Kopf und trat in die Speisekammer. »Hier drin sind nur ein paar Tassen und eine Schachtel mit verschiedenen Teesorten.« Sie kam zurück und zog ihr Handy heraus. »Ich kann rumtelefonieren und was bringen lassen. Danach brauche ich ein Bad und eine Mütze voll Schlaf.«

Vivien fühlte sich von Sarahs Magen, ihrem Bad und ihrem Nickerchen überfordert. Die Verantwortung war überwältigend. Sie hatte so viel zu erledigen und musste über so vieles nachdenken. Am liebsten hätte sie schreiend auf etwas eingeschlagen. Sich ins Bett ihrer Mama gekuschelt und den Duft ihrer Haare auf dem Kissenbezug gerochen. Sie wollte dicke, fette Tränen weinen, bis sich ihr Kopf so leer anfühlte wie ihre Seele.

»Ich habe eine bessere Idee. Suchen Sie sich ein Hotel in der Nähe und bleiben Sie dort.« Sie wollte weinen, bis sie der Erschöpfung erlag. Sie wollte allein sein und war nicht im Mindesten überrascht, als ihre Assistentin sich nicht damit aufhielt, auch nur pro forma zu widersprechen. Sarah fand nichts genialer als Zimmerservice und eine Poolbar. Vivien reichte Sarah eine American Express und winkte ihrer Assistentin zwanzig Minuten später zum Abschied hinterher, als diese ihren Koffer zu einem wartenden Taxi rollte.

Endlich allein im »Zucker-Haus« ihrer Mutter, trat Vivien an die Glastür und sah hinaus in den gepflasterten Innenhof, der mit Regentropfen besprenkelt war. Das letzte Mal, als sie im Schatten des blühenden Ahorns gestanden und den süßen Duft der Kamelien gerochen hatte, war ihre Mutter voller Energie gewesen, die ihre Augen zum Leuchten brachte und sie geschäftig herumschwirren ließ wie ein Kolibri.

»Mama, du wirst dich noch verausgaben, bevor die Gäste überhaupt da sind«, hatte Vivien sie gewarnt, als sie in den Hof getreten war, nachdem sie geduscht und ein Blümchenkleid sowie dazu passende gelbe Stöckelschuhe und einen gelben Hut angezogen hatte.

Ihre Mutter hatte von einer Flasche Möet & Chandon-

Champagner (natürlich Rosé) aufgeblickt. »Wenn alle, die auf die Einladung geantwortet haben, heute auch kommen, sind wir eine sehr illustre Gesellschaft.« Macy Jane trug passend zu ihrem Haus vom Hut bis zu den hochhackigen Schuhen rosa.

»Warum sollten nicht alle kommen?«

»Es ist heiß wie im Hades. Ein paar von den Damen möchten vielleicht lieber in der Kühle ihrer Klimaanlage bleiben.« Der Korken knallte und flog quer über die Backsteine, um in einem Beet mit roten Fleißigen Lieschen zu landen. »Hast du das gesehen? Deine Großmutter hat immer gesagt, knallende Korken bringen Glück. Je lauter der Knall, desto größer das Glück.«

Für Vivien galt eher, je lauter der Knall, desto höher die Wahrscheinlichkeit, von einem fliegenden Korken getroffen zu werden. »Wie viele Gäste hast du denn eingeladen?«

»Mit Nonnie und ihren Jungs insgesamt zwanzig.«

Vivien nahm sich von einer dreistöckigen Etagere ein Krabbenbeutelchen. »Warum lädst du die Whitley-Shulers ein?« Vorsichtig biss sie in das winzige Horsd'œuvre.

Macy Jane blickte von den zwei Champagnergläsern auf. »Sie sind unsere ältesten Freunde.« Sie stellte die Flasche neben eine silberne Vase mit einer prachtvollen Mischung aus Lilien, Hortensien und Rosen.

»Sie waren nie unsere Freunde, Mama.«

»Natürlich waren sie das, Süße.« Kopfschüttelnd schenkte sie den Champagner ein. »Sei nicht albern.«

Manchmal passte Macy Jane die Wahrheit an, bis sie ihrer eigenen Realität entsprach, aber sie log nie direkt. Lügen brachten das Jesuskind zum Weinen, und ihre Mama hatte stets große Angst davor gehabt, in der glühend heißen Hölle zu landen, weil sie das Jesuskind traurig gemacht hatte. Vivien nahm die Champagnerflöte entgegen, die ihre Mutter ihr reichte. Das glatte Kristall kühlte ihre Hand. »Wir haben für sie gearbeitet.«

»Ach das.« Macy Jane tat diese lästige Wahrheit mit einer wegwerfenden Handbewegung ab. »Wir haben nur für ein Taschengeld ein bisschen im Haus reinegemacht. Du bist praktisch mit Henry und James aufgewachsen.«

Damit schönte sie die Wahrheit wirklich bis zum Geht-nicht-mehr. Vivien war am anderen Ende der gepflegten Rasenfläche des Shuler-Herrenhauses aufgewachsen. Sie war im umgebauten Kutschenhaus aufgewachsen, doch die zwei Familien hatte mehr getrennt als zu Skulpturen geschnittene Hecken, Springbrunnen und Rosenlauben. Mehr als Geld oder Umgangsformen hatte schon ihr Name sie von Henry und Spence getrennt. Die Jungs besuchten ein exklusives Internat in Georgia, während Vivien von ihrer Haustür fünfzehn Minuten zu Fuß zur Schule lief. Henry und Spence verbrachten die faulen Sommertage in dem großen Haus in Charleston oder im Strandhaus ihres Großvaters in Hilton Head. Sie urlaubten in Paris, Frankreich, während Vivien ihre Sommer an öffentlichen Stränden und die Ferien in Onkel Richies Maisonette in Paris, Texas, verbrachte.

Vivien hob ihr Glas und nippte daran. Sie waren zwar nicht befreundet, aber nur Nachbarn waren sie auch nicht, es war irgendein merkwürdiges Zwischending gewesen. Sie hatte einige Dutzend Mal mit den Whitley-Shuler-Jungs gesprochen. Einmal hatte sie mit Spence Basketball gespielt, während Henry durch die Gegend stolzierte, als hätte er einen Stock im Arsch.

Der sprudelnde Champagner kitzelte in ihrem Hals, und sie ließ das Glas sinken. Da sie in so unmittelbarer Nachbarschaft gewohnt hatten, konnte sie behaupten, dass sie einander kannten, doch sie wusste ganz sicher viel mehr über die Whitley-Shuler-Jungs als diese über sie. Sie verfügte über Wissen, das sie beim jahrelangen Staubwischen in ihren Zimmern und Herumspionieren in ihrem Leben erlangt hatte. Indem sie mit Henrys Stilettkamm und Spence' Kotzfleck-Scherzartikel gespielt hatte. Sie hatte ihre Taschenmesser angefasst, ihre privaten Briefe gelesen und sich ihre grässlichen Pornohefte angesehen.

»Der ist gut.« Vivien stieß mit ihrer Mutter an.

»Prost!«

»Auf dein Zuckerketten-Haus, Mama.«

»Ich kann es immer noch nicht glauben, dass wir hier sind.« Macy Jane hob ihr Glas an die lächelnden Lippen. Sie war jetzt fünfzig, und die glänzenden Locken ihrer brünetten Haare waren von silbernen Strähnen durchzogen. Heute leuchteten ihre grünen Augen vor Glück, und ihr schönes Gesicht strahlte Lebendigkeit aus. Vivien hoffte sehr, dass alle, die auf die Einladung geantwortet hatten, heute auch kamen, damit die Stimmung ihrer Mutter nicht kippte. »Weißt du noch, wie oft wir davon geträumt haben, in die Rainbow Road zu ziehen, Vivie?«

Dieser Traum war eher Macy Janes gewesen als ihrer. »Ja.« Ihre eigenen Umzugsträume hatten normalerweise damit begonnen, das Haus der Whitley-Shulers zu kaufen, und damit geendet, dass sie Nonnie hochkant rauswarf – wie bei Tom und Jerry.

»Kommt Ms. Whitley-Shuler denn ganz sicher?«

»Sie hat gesagt, sie hätte eine Besprechung bei der Preservation Society, aber sie gibt sich alle Mühe zu kommen.«

»Hmm.« Vivien trank noch einen Schluck aus ihrer Champagnerflöte. Das hieß, Nonnie hatte nicht vor, auch nur einen Fuß in das Reihenhaus zu setzen.

»Benimm dich, Vivien Leigh.«

Sie ließ das Champagnerglas sinken. »Ich hab doch gar nichts gesagt.«

»Noch nicht, aber die Miene kenne ich. Du schickst dich an, eine hässliche Bemerkung über Nonnie zu machen.« Macy Jane schüttelte den Kopf. »Das hat Jesus nicht gern.«

In Macy Janes Welt gab es viele Dinge, die Jesus nicht gern hatte. Aber Vivien hegte den Verdacht, dass Jesus garstige Weibsstücke noch weniger mochte als hässliche Bemerkungen. Sie griff nach einem Cocktailwürstchen, das auf einen Zahnstocher aufgespießt war, und sagte, bevor sie es sich in den Mund steckte: »Ich kann es gar nicht abwarten, unsere guten Freunde wiederzusehen.« Sie kaute lächelnd.

Falls Macy Jane Viviens sarkastischen Ton bemerkt hatte, beachtete sie ihn nicht. »Die Jungs schaffen es natürlich nicht. Spence ist mit seiner frischgebackenen Ehefrau in Italien. Er hat eine von Senator Colemans Töchtern geheiratet, und Henry arbeitet in einem schicken Büro in New York. Er ist eine große Nummer, aber er hat sich die Zeit genommen, sich zu entschuldigen und abzusagen. Henry hatte schon immer hervorragende Manieren.«

Vivien hatte nur am Rande mitbekommen, dass Spence vor Kurzem geheiratet hatte, und war nicht sonderlich überrascht, dass er sich eine Coleman geangelt hatte. Es wäre schockierender gewesen, wenn er *nicht* in eine Familie mit altem Namen und politischen Verbindungen eingeheiratet hätte. An Henrys angeblich hervorragende Manieren erinnerte sie sich überhaupt nicht. Sie erinnerte sich sogar recht genau daran, dass er haarsträubende Manieren hatte, und legte keinen Wert darauf, ihn jemals wiederzusehen. Nicht nach dem schrecklichen Kondom-Zwischenfall, als sie befürchtet hatte, dass Henry sie erwürgen könnte.

Jener schreckliche Zwischenfall hatte sich ereignet, als sie dreizehn gewesen war, doch sie erinnerte sich noch an das Feuer in seinen schwarzen Augen, als wäre es erst gestern gewesen.

In jenem Sommer hatte Henry seine noble Privatschule abgeschlossen, und er und Spence hatten wie immer den Sommer verbracht, indem sie die Tage in Hilton Head vertrödelten. Vivien hatte ihren Sommer wie immer in Charleston verbracht, im Herrenhaus gearbeitet und Tische, Regale und massive Schlafzimmermöbel abgestaubt.

Und natürlich spioniert.

Am Tag des Kondom-Zwischenfalls hatte sie ihre neuste *NSYNC-CD in ihren Discman gelegt, sich die Ohrhörer in die Ohren gesteckt und beim Saubermachen abgerockt. Während sie mit dem Staubwedel Henrys Empire-Kommode abwischte, sang sie bei »Tearin' Up My Heart« mit und übte ihre Tanzbewegungen. Bevor sie die erste Schublade aufzog, hatte sie sich zur Sicherheit noch einmal umgeschaut. Hinter einer Sockenreihe fand sie rein zufällig eine Schachtel mit Kondomen. Die Worte ihres Lieblingssongs erstarben auf ihren Lippen, als sie sich die Schachtel genauer ansah und las: »Verlängerte Lust, ejakulationsverzögerndes Gleitmittel«. Sie hatte keinen Schimmer, was das zu bedeuten hatte. Vivien hatte mitleiderregend wenig Erfahrung mit Jungs. Zumindest sie fand es mitleiderregend. Während *NSYNC von dem Schmerz sangen, der ihre Herzen und Seelen zerriss, zählte Vivien sechs Kondome in der Schachtel, die ursprünglich ein Dutzend enthalten hatte.

Eklig.

»Was machst du denn da?«, tönte es über die Musik hinweg.

Mit einem quietschenden Schrei wirbelte sie herum. Die Kondomschachtel fiel zu Boden, und das Herz hämmerte in ihrer Brust. Ein paar Meter weg stand Arschgesicht Henry, die dunklen Brauen wütend über den furchteinflößenden, dunklen Augen gesenkt.

Sie zog die Ohrhörer heraus und schaltete den Discman aus. »Was machst du denn zu Hause?« Er sollte doch in Hilton Head sein.

»Ich wohne hier.« Er sah kräftiger aus als sonst. Größer. Seine Schultern breiter, und er sah auch besser aus als vorher. Wie ihre Oma Roz immer gesagt hatte: »Er ist so hübsch wie nasse Farbe.« Vivien wusste nicht, was das hieß, aber wenn sie ihn hätte leiden können, auch nur ein kleines bisschen, hätte sie vielleicht in Erwägung gezogen, ihn von Arschgesicht zu Hübscher Henry umzutaufen. Aber sie mochte ihn nicht, und er war sauer. Stinksauer. So sauer, dass er furchteinflößend aussah. So furchteinflößend, dass seine zusammengekniffenen Augen glänzten wie schwarzer Onyx. Seine Wangen waren vor Wut tiefrot, aber wie groß seine Wut auch sein mochte, Henry war ein Südstaatenjunge. Er war mit guter Erziehung und Moralvorstellungen aufgewachsen, die es ihm nie erlauben würden, ein Mädchen zu schlagen. Doch nur weil er sie nicht schlagen würde, hieß das nicht, dass er nicht furchteinflößend war wie nur was.

»Was treibst du in meinem Zimmer, Vivien?«

Sie hielt den Staubwedel hoch. »Abstauben.«

»Meine Unterwäsche?« An seinem Mundwinkel setzte ein besorgniserregendes nervöses Zucken ein.

Nein, körperlich fürchtete sie sich nicht vor ihm, doch das bedeutete nicht, dass sie nicht in Schwierigkeiten steckte. Wenn er sie verpfiff, würde ihre Mama ihr die Hölle heiß machen. »Deine Sockenschublade, um genau zu sein«, verbesserte sie ihn.

Er deutete auf die Schachtel auf dem Boden. »Die lagen in der Sockenschublade ganz hinten.«

In der Mitte, um genau zu sein, aber sie hielt es für besser, jetzt nicht auf Kleinigkeiten herumzureiten. Stattdessen sah sie verstohlen zur leeren Türöffnung hinter ihm und fragte sich, ob sie an ihm vorbeikommen und abhauen könnte.

»Weiß deine Mutter, dass du rumschnüffelst?«

Angriff war immer die beste Verteidigung. »Weiß deine Mutter, dass du Kondome in deiner Sockenschublade hast?« Sie schob sich etwas weiter nach rechts und überlegte, dass ihre beste Chance zur Flucht darin bestand, ihn abzulenken, bis sie an ihm vorbeikam. »Was bedeutet ejakulationsverzögernd?«

Das leichte Zucken wurde noch furchteinflößender. »Frag Macy Jane, wenn du ihr sagst, was du hier oben treibst, wenn dir keiner dabei zusieht.«

»Das erzähle ich meiner Mama nicht.«

»Ich glaube schon.« Drohend trat er einen Schritt vor und überragte Vivien.

Verängstigter, als sie es für möglich gehalten hätte oder sich anmerken lassen wollte, schüttelte sie den Kopf. Das konnte sie auf keinen Fall ihrer Mutter erzählen. Sie würde wütend werden und dann traurig, und dann würde sie eine Woche lang im Bett bleiben. Vielleicht würde sie Vivien sogar »versohlen«, wie sie es ihr immer wieder androhte, und diesmal würde sie es vielleicht sogar tun. »Wenn du mich nicht verrätst, verrate ich dich auch nicht.«

»In meinem Alter kümmert es niemanden, ob ich Kondome habe.« Wie zum Beweis dafür, dass er achtzehn war, hob er die Hand und fuhr über die dunklen Bartstoppeln an seinem Kiefer.

Das stimmte wahrscheinlich. Vivien verschränkte die Arme vor der Brust und fuhr schwerere Geschütze auf. »Deine Mama wird es aber kümmern, wenn ich ihr von Tracy Lynn Fortner erzähle.«

Er ließ die Hand sinken, und seine Stimme wurde ganz tief. »Was hast du gesagt?«

»Du hast mich gehört.«

Er starrte sie an, ohne mit der Wimper zu zucken. »Woher weißt du davon?«

Jahrelanges Schnüffeln natürlich.

»Niemand weiß davon.«

»Noch nicht.«

Er trat einen Schritt näher und packte sie mit seinen großen Händen an den Schultern. »Wenn du nur ein Sterbenswörtchen verrätst«, stieß er mit zusammengebissenen Zähnen hervor, »erwürge ich dich.«

Sie glaubte ihm. Seine schwarzen Augen blickten bohrend in ihre, und sie versuchte den Kloß herunterzuschlucken, den sie plötzlich im Hals hatte. Anscheinend hatte sie sich, was ihn und seine Manieren betraf, doch geirrt, denn sie konnte praktisch spüren, wie sich seine Hände um ihren Hals legten.

Er schüttelte sie. »Hast du mich gehört?«

Ihr Kopf fiel in den Nacken.

»Wenn ich nur ein Wort davon höre, weiß ich, dass es von dir kam.« Er schüttelte sie noch ein letztes Mal und ließ sie los. »Ich jage dich wie einen tollwütigen Köter. Kapiert?«

»Ja.« Als er seinen Griff gelockert hatte, war sie gerannt, als ob der Teufel hinter ihr her wäre, und war nicht stehen geblieben, bis sie im Kutschenhaus war und sich in ihrem Zimmer eingeschlossen hatte.

Seit dem schrecklichen Kondom-Zwischenfall waren fünfzehn Jahre vergangen, und nach jenem Tag hatte Vivien Henry nicht mehr sehr oft gesehen. Sie hatte sich von ihm ferngehalten. Nicht, dass es nötig gewesen wäre. Nachdem Henry mit dem Studium begonnen hatte, war er nicht mehr sehr oft nach Charleston zurückgekommen.

Vivien schob die Glastüren auf und schleuderte die Schuhe von sich. Der Wind fuhr heftig in die Baumwipfel und verstreute Blätter auf den alten Mauersteinen. Sie hatte nie ein Sterbenswörtchen über Tracy Lynn Fortner verlauten lassen. Nicht aus Angst vor Henrys Zorn, sondern weil sie schon mit dreizehn gewusst hatte, dass Tracy Lynn viel mehr darunter zu leiden gehabt hätte als Henry. Vivien mochte eine freche Göre gewesen sein und wahnsinnig neugierig, aber sie war niemals absichtlich böse und verletzend.

Barfuß trat sie nach draußen in den Innenhof. Die Ziegelsteine waren voller Sand und verwelkter Azaleenblüten. Sie ging an einem Betonengel vorbei, der zum Teil mit Efeu überwachsen war. Sie trat an das Beet mit den Fleißigen Lieschen und kniete sich vor die Backsteinumrandung. Ihre Mutter hatte Fleißige Lieschen geliebt, und Vivien pflückte eine der kleinen roten Blumen.

In den Wolken über ihr donnerte es. Sie spürte die Vibration in der Luft und unter ihren Knien. Als sie an der kleinen Blume riechen wollte, öffnete der Himmel seine Schleusen und ließ große, dicke Tropfen auf sie regnen.

Tränen stiegen ihr in die Augen, während sie Blumen pflückte und aus ihnen ein zartes Sträußchen arrangierte, wie ihre Mama es ihr beigebracht hatte. Sie legte es neben ihrem Knie ab, beugte sich vor und teilte die Pflanzen. Zentimeter für Zentimeter suchte sie den Boden unter den dichten Blättern ab. Mit jedem Regentropfen, mit jeder Träne, die ihr über die Wange rann, suchte sie fieberhafter. Der Champagnerkorken vor der Party ihrer Mutter war so bedeutungslos gewesen. Damals hatte sie ihn ignoriert und seitdem nicht mehr daran gedacht. Doch jetzt bekam er auf einmal eine Bedeutung, die über einen stinknormalen Korken hinausging. Er wurde zu einer greifbaren Spur, einer Verbindung zu jenem besonderen Tag mit ihrer Mutter. Der Regen durchnässte ihre Haare und ihr Kleid. Ihre Hände waren schlammverschmiert, und die Sandkörner gruben sich in ihre Knie. Es kümmerte sie nicht. Sie beugte sich noch weiter in das durchnässte Blumenbeet, während ihr tief empfundene, schmerzliche Schluchzer über die Lippen kamen. Ihre Suche wurde verzweifelter, als wäre sie kurz davor, einen verlorenen Goldschatz zu finden.

»Was machen Sie denn da?«, übertönte eine Männerstimme den Donner.

Sie holte erschreckt Luft und hatte kurz das Gefühl, ihr Herz bliebe stehen.

»Außer im Schlamm zu wühlen.«

Als sie über ihre Schulter sah, erblickte sie durch den Regen und die Tränen, die ihren Blick trübten, eine dunkle Jeans und Arbeitsschuhe. Ein Regentropfen fiel von ihren Wimpern, während ihr Blick an langen Beinen hinaufglitt, über die Wölbung eines geknöpften Hosenschlitzes bis zu einem grauen, regenbespritzten Henley-Shirt. Sie sah weiter nach oben über einen sonnengebräunten Kiefer und Lippen in dunkle Augen. Dunkle Augen, die einst damit gedroht hatten, Jagd auf sie zu machen wie auf einen tollwütigen Hund und sie zu erwürgen.

»Hallo, Ms. Vivien«, sagte Henry Whitley-Shuler und zog die Vokale in die Länge wie warmes Toffee. »Lange nicht gesehen.«

KAPITEL 3

Das Pfeifen eines huhnförmigen Wasserkessels schrillte durch die abgestandene Luft und übertönte das Prasseln der Regentropfen, die die alten Glasfenster und die kunstvolle Kuppel bespritzten. In dem denkmalgeschützten Reihenhaus in der East Bay Street nahm Henry Whitley-Shuler das kochend heiße Wasser von der hinteren Flamme des Gasherds. Dampfwolken stiegen aus einer angeschlagenen Seladonkanne, als er das Wasser in das rostfreie Sieb goss, das er mit losem Tee vollgestopft hatte. Dabei entging ihm die Ironie des Schicksals nicht, dass er ausgerechnet für das Mädchen Tee zubereitete, das einst in seinen Schubladen herumgeschnüffelt hatte.

Er war erst fünf gewesen, als Macy Jane und Vivien ins Kutschenhaus gezogen waren. Seine Erinnerung an jenen Tag war wie ein altes Puzzle, das ganz unten in einer ebenso alten Truhe lag. Das Motiv war verblasst, und die Hälfte der Teile fehlte, doch er erinnerte sich, wie er im Schatten des alten Magnolienbaums neben seiner Mutter auf der hinteren Veranda gestanden und den intensiven Duft von süßen Limetten gerochen hatte. Er erinnerte sich, wie er zu dem ausdruckslosen Gesicht seiner Mutter aufgeblickt hatte, die Spence auf der Hüfte balancierte. Die Erinnerung an eine dunkelhaarige Frau war in seinem Gedächtnis zu einer hauchzarten Silhouette verblasst, doch er wusste, dass die Frau Macy Jane gewesen war.

Seine Erinnerung an Vivien in den Jahren darauf war viel klarer. Er erinnerte sich daran, wie sie und ihre Mutter Möbel abstaubten und Böden wischten. Er konnte sich an ein oder zwei Weihnachtsfeste erinnern, an denen er in die Küche gekommen war und sie gesehen hatte, wie sie an der Seite ihrer Mutter auf einem Schemel gestanden und das Silber *seiner* Mutter poliert hatte. Gott wusste, welche Massen an Silber seine Mutter besaß, und er konnte sich deutlich an die Rebellion erinnern, die in ihren grünen Augen aufblitzte, und an die Wut, mit der sie die Lippen aufeinanderpresste, wenn seine Mutter ihre Grammatik berichtigte oder ihr nahelegte, nicht gleich die ganze Packung Oreos zu verdrücken.

Vielleicht hätte er Vivien wegen ihrer Lebenssituation bemitleidet, wenn sie nicht so verdammt nervig gewesen wäre. Vielleicht hätte er ein Auge zugedrückt, wenn sie nicht so massiv in seine Privatsphäre eingedrungen wäre, indem sie jeden einzelnen Raum im Haus durchstöberte. Als Heranwachsender hatte er nicht viel von dem Mädchen mit den großen grünen Augen und der blassen weißen Haut mitbekommen. Er und Spence waren in den Schulferien zwar nach Hause gekommen, hatten den Großteil der Sommermonate jedoch im Strandhaus bei ihrem Großvater Shuler verbracht. Aber er hatte Vivien nicht tagtäglich sehen müssen, um zu wissen, dass sie ein Langfinger war. Er hatte sie nicht in Aktion erleben müssen, um zu wissen, dass sie sein Zimmer und das von Spence durchwühlt hatte. Sein Bruder und er hatten ihre Bücher und Messer in bestimmten Winkeln hingelegt und dünne Fäden an den Griffen ihrer Schränke angebracht. Jedes Mal, wenn sie zurückkamen, waren die Fäden weg, und die Bücher lagen etwas anders da. Einmal hatte Spence eine Mausefalle in seine Sneakers getan, und als er nach Hause kam, fand er sie in seinen Abendschuhen wieder. Ein anderes Mal hatte er scharfe Pfefferkaugummis in ein Päckchen Wrigley's Doublemint gesteckt. Als sie in den Frühjahrsferien nach Charleston zurückgekehrt waren, hatte einer davon gefehlt. Nur ein einziger. Darüber hatten sie die ganze Woche gelacht.

Henry stellte den Kessel wieder auf den Herd und strich sich die Haare aus der Stirn. Die Schultern seines Shirts waren vom Regenwasser durchnässt, und er schnippte sich ein Dreckklümpchen von der Brust. Seine Unterarme waren schlammverschmiert, und auf seiner Schulter prangte ein matschiger Handabdruck. Wahrscheinlich hatte er auch Matsch an anderen Stellen, die er nicht sehen konnte. In seinem Leben hatte es eine Zeit gegeben, in der er vermutet hätte, dass Vivien ihn absichtlich mit Matsch beschmierte. Eine Zeit, in der ihre Lippen »Entschuldigung« gehaucht hätten, während aus ihren Augen unmissverständliche Schadenfreude sprach.

Er setzte den kleinen Deckel auf die Kanne und ging zur Speisekammer. Wenn er an Vivien dachte, erinnerte er sich vor allem daran, dass sie schon immer eine kleine Schauspielerin gewesen war. Ihm war in seinem Leben noch niemand untergekommen (und er hatte so einige zwielichtige Typen kennengelernt), der es geschafft hatte, so unschuldig auszusehen, während er das Blaue vom Himmel herunterlog. Man hätte sie mit schokoladenverschmiertem Gesicht und der Hand in der Keksdose erwischen können, und trotzdem hätte sie jeden davon überzeugt, dass man ihr eine Falle gestellt hatte und ihr zutiefst unrecht getan worden war und dass sie nicht die geringste Schuld trug.

In der leeren Speisekammer auf einem Regal standen neben leeren Dosen ein paar rosa Teegedecke. Henry selbst war Kaffeetrinker, aber wenn er nicht gewusst hätte, wie man heißen Tee zubereitet, hätte er mit Schimpf und Schande in den Norden ziehen müssen. Was sich als gut herausstellte, weil Ms. Macy Jane ansonsten nicht viel in ihren Schränken hatte. Ein bisschen Geschirr und loser Tee war schon so ziemlich alles, aber Macy Jane hatte ja auch nicht in diesem Haus gewohnt.

Er trug ein Teegedeck durch die Wohnküche zu einem Tischchen an einem Fenster mit Blick auf den Garten. Vivien hatte hier in Charleston viele Fans. Das Mädchen aus der Stadt, das zum Hollywood-Filmstar geworden war. Macy Jane war Viviens größter Fan gewesen und hatte sich nie auch nur die Mühe gemacht, ihren Stolz zu verhehlen. Aber sie hatte auch nie versucht, irgendein Gefühl zu verbergen. Sie war wahnsinnig stolz auf ihr einziges Kind gewesen. Überall waren Fotos von Vivien, und wenn sie von ihrem »süßen Mädchen« sprach, schien es, als strahlte Sternenlicht um sie herum. Trotzdem war Vivien nur selten gekommen, um ihre Mama zu besuchen.

Wenn in der Stadt bekannt gewesen wäre, dass Vivien Rochet in Charleston war, hätte der Bürgermeister mit Sicherheit einen Festzug organisiert, und ihre Fans würden sich mit diversen *Raffle*-Kostümen verkleiden. Sie würden sich in Neon-Kunstleder und Stiletto-Stiefel zwängen, in schwarze Togen und Metallbikinis, und Schlange stehen, um Zahara West zu huldigen. Doch Henry wäre nicht unter ihnen. Erstens verkleidete er sich nie für irgendjemanden, und zweitens war er kein Fan von Vivien Rochet.

In seinem Leben hatte es eine Zeit gegeben, in der er mit Models, reichen Erbinnen und Debütantinnen ausgegangen war. In der sein Leben ein halsbrecherisches Tempo gehabt und er seinen Anteil an schönen und eleganten Frauen gehabt hatte. Verdammt, er war sogar mal mit einer Schauspielerin – oder auch mit zweien – ausgegangen. Viviens Ruhm und ihr schönes Gesicht beeindruckten ihn nicht. Ihm war egal, ob ihr Konterfei auf Kaffeebechern oder auf Kinoplakaten abgebildet war; eine derart selbstbezogene Frau, die sich allem Anschein nach so wenig um andere Menschen scherte, beeindruckte ihn nicht.

Die Absätze seiner Arbeitsschuhe wirbelten Staub auf, als er zum Herd zurückging. Bei einem der letzten Male, als er Vivien in natura gesehen hatte, hatte sie in seiner Kommode herumgeschnüffelt. Er wusste nicht mehr, wie alt sie damals war, aber es war in dem Sommer gewesen, bevor er nach Princeton gegangen war. Damals war sie noch ein pummeliges Mädchen mit großer Klappe und langen Fingern gewesen. Es hätte ihn eigentlich nicht wundern sollen, dass sie seine Kondome zählte, aber er war *wirklich* überrascht gewesen, sie auf frischer Tat zu ertappen. Er war so sauer gewesen, dass er versucht hatte, sie einzuschüchtern und ihr Angst einzujagen, damit sie es sich in Zukunft zweimal überlegte, sein Zimmer wieder zu betreten. Sie war alles andere als eingeschüchtert oder verängstigt gewesen. Ihre grünen Augen hatten seinem Blick standgehalten, und sie hatte sogar den Nerv gehabt, ihm Tracy Lynn Fortners Namen ins Gesicht zu schleudern. Niemand hatte je von Tracy Lynn erfahren, aber Vivien hatte es herausgefunden. Er hatte sich denken können, wie die kleine Schnüfflerin von seiner Exfreundin und dem Geheimnis erfahren hatte, von dem keiner von ihnen wollte, dass es jemand herausfand. Ihre Familie nicht und schon gar nicht seine Mutter. Die Whitley-Shulers hatten bereits eine ganze Geheimkammer voller Skandale, und das Letzte, was er wollte, war, noch einen selbst verschuldeten hinzuzufügen. *Teen Mom* mochte bei den Fernsehzuschauern beliebt sein, doch in Familien wie den Fortners oder den Whitley-Shulers gehörten sich Teenagerschwangerschaften einfach nicht. Mochte der Rest der Welt ein uneheliches Kind ganz entspannt sehen, in seiner Welt hatten die Regeln sich nicht geändert. Es war in seiner Generation noch genauso skandalös und schmachvoll wie in der seiner Mutter. Wie seine Mutter hatten er und Tracy Lynn zwei Optionen gehabt, doch sie hatten sich anders entschieden als Nonnie.

Niemand außer ihm und Tracy Lynn wusste, was in jenem Sommer geschehen war. Niemand außer ihm und Tracy Lynn – und Vivien. Er hatte nie erfahren, wie viel Vivien herausgefunden hatte, aber sie hatte Tracy Lynns Namen gekannt, weshalb er davon ausgegangen war, dass sie alles wusste. In den ersten zwei Jahren in Princeton hatte er in Angst und Schrecken gelebt, dass sie die Bombe platzen lassen würde. Doch offensichtlich hatte sie es niemandem erzählt, und er hatte sich immer gefragt, warum sie ihr Wissen nie gegen ihn verwendet hatte. Eigentlich überraschend in Anbetracht ihrer Neigung zum Spionieren, ihrer schlechten Manieren und ihres unangenehmen Charakters.

Als Vivien eine Bürste in der einen Hand, das Handy in

der anderen, in die Küche kam, blickte er auf. Ihre dunklen Haare waren zerzaust, als hätte sie mit einem Handtuch versucht, sie trocken zu rubbeln. Ihr schlammverschmiertes Kleid hatte sie ausgezogen und sich in eine Jeanshose und ein T-Shirt geworfen, das farblich zu ihren tiefgrünen Augen passte.

»Haben Sie sich aufgewärmt, Ms. Vivien?«

»Nein. Mir ist eiskalt, und ich wünschte, ich hätte einen Pullover oder eine Jacke eingepackt.« Sie sah ihrer Mutter sehr ähnlich. Ein Kontrast aus dunklen Haaren und weißer Haut und Augen wie Kleeblätter auf dem Hügel von Tara. Aber Viviens Lippen waren üppiger als die ihrer Mutter. Röter und voller, als wäre sie die ganze Nacht geküsst worden. »Ich habe nach einer Decke gesucht, aber keine gefunden«, sagte sie, als sie an das auf den Hof hinausgehende Fenster trat. Das Licht des umfunktionierten Kronleuchters glitt über ihr feuchtes langes Haar. Das T-Shirt fiel locker über ihre kleinen Brüste, aber nicht locker genug, um ihre harten Brustwarzen zu verbergen, die gegen den weichen Baumwollstoff drückten. »Nicht mal auf Mamas Bett.«

Er sah auf seine Uhr und nahm den Deckel von der Kanne. Vivien fror also wirklich. »Ich habe eine Jacke in meinem Truck. Ich kann sie schnell holen.« Sie bestand nicht aus Höflichkeit darauf, sich wegen ihr keine Umstände zu machen, wie es jede anständige Südstaatenfrau getan hätte, und so war er gezwungen, wieder hinaus in den Platzregen zu rennen und seine Jagdjacke aus der Aluminiumkiste auf der Ladefläche seines Chevy zu holen. Die geriffelten Bündchen waren zerfasert und das gesteppte Futter stellenweise überstrapaziert. Das Tarnmuster wies am linken Ellbogen einen dreieckigen Riss auf, und in einer der Taschen steckten wahrscheinlich noch Schrotpatronen, Kaliber 12. Die Jacke hatte eindeutig bessere Tage gesehen, doch er jagte niemals ohne seine Glücksbringer-Carharttjacke. Als er wieder ins Haus kam, saß Vivien noch immer an dem kleinen Küchentisch, das Gesicht vor Kummer in den Händen vergraben. Jetzt fühlte er sich ein bisschen schlecht, weil er ihr insgeheim einen unangenehmen Charakter unterstellt hatte. Vielleicht war er ein bisschen zu hart in seinem Urteil gewesen. »Die ist zwar alt, aber darin wird Ihnen wieder warm werden«, erklärte er, während er ihr die Jacke um die Schultern legte.

»Danke.« Sie blickte mit feuchten grünen Augen zu ihm auf.

Jetzt fühlte er sich mehr als nur ein *bisschen* schlecht. »Gern geschehen.« Vielleicht war sie gar nicht so schlimm. Vielleicht hatten sich auch ihre Umgangsformen gebessert. Er trat an den Herd und atmete den Dampf ein, der aus dem kräftigen braunen Tee stieg.

»Die Jacke riecht nach Sumpfwasser.«

Vielleicht auch nicht. Er warf ihr einen Blick über die Schulter zu. »Kann sein. Als ich sie das letzte Mal getragen habe, stand ich knietief im Little Pee Dee River.« Als sie die Nase rümpfte, fügte er hinzu: »Wahrscheinlich sind auch noch Spritzer von Vogelgedärmen darauf.« Er rechnete fest damit, dass sie die Jacke angewidert abschütteln würde, die er gerade erst im strömenden Regen für sie geholt hatte, aber sie tat es nicht. Ihr Bedürfnis nach Wärme musste schwerer wiegen als ihre Einwände gegen seine »sumpfige« Jacke. Schmunzelnd wandte er sich wieder zum Herd. »Wann sind

Sie angekommen?« Er nahm das Teesieb aus dem Wasser und legte es in die Spüle.

»Vor etwa einer Stunde.«

»Sind Sie allein gereist?« Er fasste die Teekanne am Henkel und trug sie zum Tisch. Seine Glücksbringerjacke wirkte an ihr so groß, dass sie aussah, als würde sie von Unkräutern verschluckt. Von stinkenden Unkräutern, wie es schien.

»Nein. Meine Assistentin ist im Harbour View weiter unten an der Straße abgestiegen.«

Es wunderte ihn, dass Vivien nicht bei ihrer Assistentin war, mit ihr in der Dachgeschoss-Suite ausspannte und Chardonnay schlürfte, statt sich in dem staubigen Reihenhaus aufzuhalten. »Was haben Sie im Schlamm gemacht?«

»Nach etwas Wichtigem gesucht«, antwortete sie ohne jede weitere Erklärung.

»Es überrascht mich, Sie hier anzutreffen.« Im Regen, klatschnass im Matsch wühlend, mit Wassertropfen, die ihr von den Wimpern fielen, während sie mit nacktem Schmerz in den Augen zu ihm aufblickte. Sie hätte furchtbar aussehen müssen. Das hatte sie auch. Furchtbar sexy.

»Warum?« An ihrem Hals klebten feuchte Haarsträhnen, während sie die Bürste durch die Haare an ihrem Hinterkopf zog. »Warum sollte ich nicht hier sein?«

Henry löste nur mit Mühe den Blick von Viviens weichem Hals und goss ihr Tee in die rosa Tasse. »Weil die Wohnung gerade renoviert wird.«

»Das sehe ich. Mama hat nie etwas von einer Renovierung gesagt.« Sie verstummte. Dann, als würde sie mehr zu sich selbst sprechen, fügte sie hinzu: »Ich verstehe nicht, warum sie nie etwas gesagt hat.«

In den letzten anderthalb Jahren hatte er Macy Jane besser kennengelernt als in den ganzen ersten dreißig Jahren seines Lebens zusammen, doch es gab immer noch vieles an dieser Frau, was ihm ein Rätsel war. Er schob Vivien die Tasse über den Tisch zu, neben ihre Bürste und ihr Handy. »Ich habe in der Speisekammer nirgends Zucker gefunden, und ich denke, es versteht sich von selbst, dass im Kühlschrank auch keine Milch ist.«

»Ich habe Milch und Zucker zugunsten von Stevia aufgegeben.«

»In dieser Gegend wäre das so blasphemisch, wie die Religion aufzugeben.«

Sie wärmte ihre Hände an der heißen Tasse. »Das auch.« Ihr Blick glitt über sein Gesicht und musterte ihn eingehend, als suchte sie nach Veränderungen seit jenem letzten Mal, als sie zusammen in einem Raum gewesen waren.

Er setzte sich auf den Stuhl ihr gegenüber und strich sich die Haare aus der Stirn. Er hatte sich sehr verändert, und nicht nur körperlich. »Sind Sie von der Episkopalkirche zur Sünde übergewechselt?«

»Ich habe mich dafür entschieden, sonntags auszuschlafen.«

Entscheidungen. Vivien war mit einer Vielfalt von Optionen aufgewachsen. Mit der Option, zwischen den Episkopalen zu sitzen oder auszuschlafen. Sie hatte die Freiheit gehabt, so viel Eis zu essen, bis ihr schlecht wurde, oder nach Hollywood durchzubrennen, um Schauspielerin zu werden. Henrys Leben als Heranwachsender war ganz anders gewesen. Er hatte immer gewusst, dass ihm nur bestimmte Karrieremöglichkeiten offenstanden. Männer in seiner Position hatten drei Optionen: Arzt, Anwalt oder Banker. Wenn eine dieser Optionen nahtlos in die Politik führte, umso besser. Er hatte seine Optionen nie hinterfragt. Nie eine andere Zukunft in Erwägung gezogen. Er hatte sich aufs Finanzwesen verlegt, und die Welt der Finanzen hatte ihn zerlegt.

Als besann sie sich plötzlich auf ihre Manieren, fragte Vivien: »Wie geht's Ihrer Mutter?«

»Mutter ist wie immer kerngesund.«

»Freut mich zu hören.«

Henry war sich ziemlich sicher, dass das gelogen war. Er sah ihr in die Augen, und falls ihm entfallen war, warum genau er sich noch mal mit Vivien in Ms. Macy Janes Küche aufhielt, erinnerten ihn ihre vom Weinen geröteten Augen wieder daran.

»Mama hat erwähnt, dass Sie zurück nach Charleston gezogen sind.« »Vor etwas mehr als zwei Jahren.« Er fragte sich, was ihre Mama noch alles erwähnt hatte. Hatte sie Vivien auch erzählt, warum er hierher zurückgezogen war? Hatte sie erwähnt, dass er mit voller Wucht in die Turbulenzen der Wall Street gerast war? Dass er einer der jüngsten Trader bei New York Securities gewesen war, mit dreiunddreißig einen großen Schreibtisch gehabt und stramm auf eins der begehrten Eckbüros zugehalten hatte? Nein. Er bezweifelte, dass Macy Jane viel von diesem Leben gewusst hatte. »Nonnie muss es gefallen, Sie wieder zu Hause zu haben.« Nicht wirklich. »Ich wohne nicht bei meiner Mutter.« Wenn Vivien sich mit Konversation ablenken wollte, würde er ihr den Gefallen tun. Es sei denn, es dauerte zu lange. Er hatte nur kurz am Reihenhaus anhalten wollen, um sich zu vergewissern, dass es abgeschlossen war. Tee und einen Plausch hatte er nicht eingeplant. Er hatte ein neues Leben und eine Arbeit, die auf ihn wartete. Arbeit, die nichts mit einem Eckbüro an der West Street zu tun hatte. Nichts mit dem Scheffeln von Millionen und mit den Fallstricken, die der Umgang mit solchen Summen mit sich brachte. Er war seinem gewaltigen Ego und der Verlockung von Macht und Sex zum Opfer gefallen. Und dann war alles zusammengebrochen. Ein Zusammenbruch, der nichts mit dem Aktienmarkt zu tun hatte, dafür alles mit einem Herzinfarkt mit dreiunddreißig Jahren. Ein Herzinfarkt, der ihn gezwungen hatte, sein Leben schonungslos unter die Lupe zu nehmen. Er hatte die Macht schonungslos unter die Lupe genommen, die viel leichter verloren als gewonnen war. Sein aufgeblasenes Ego hatte ihn beinahe umgebracht, und wofür? Für Geld, das für ihn so bedeutungslos geworden war wie Sex.

Sie musterte ihn mehrere Sekunden, bevor sie ihren schlanken Zeigefinger durch den Henkel der Tasse schob. »Ich weiß, warum ich in Mamas Haus bin, aber die Frage ist, warum bist du hier, Henry?« Er kannte sie schon sein ganzes Leben, konnte sich jedoch nicht erinnern, dass sie ihn je beim Namen genannt hatte. Nur bei seinem Namen. Nicht Grusel-Henry oder Arschgesicht-Henry. Sie zog fragend eine Augenbraue hoch und spitzte die Lippen, um betont langsam in ihren Tee zu pusten.

»Ich habe nur nachgesehen, ob das Haus abgeschlossen ist.« Vor zwei Jahren hatte er zwei Optionen gehabt. Das Tempo zu drosseln oder den Löffel abzugeben. Auch wenn er sich für Ersteres entschieden hatte, war er nicht so langsam, dass ihm rote Lippen nicht auffielen, die wie ein Kuss an rosa Porzellan gedrückt waren. »Ich glaube, ich hatte noch keine

Gelegenheit, dir mein tief empfundenes Beileid auszusprechen. Deine Mutter war ein lieber Mensch.«

»Ich kann nicht glauben, dass sie wirklich fort ist. Es kommt mir so unwirklich vor.« Vivien ließ die Tasse wieder sinken, ohne getrunken zu haben. »Ich denke dauernd, sie kommt gleich zur Tür rein. Ich muss mich ständig daran erinnern, dass sie nie wieder durch diese Tür kommen wird.« Sie schluckte heftig und richtete ihre Aufmerksamkeit auf den Garten jenseits des Fensters. Sie sah müde und traurig und winzig klein in seiner alten Jacke aus. »Ich muss dauernd daran denken, dass sie allein gestorben ist«, sagte sie fast flüsternd.

»Sie war nicht allein. Meine Mutter war bei ihr.«

»Was?« Ihr Blick kehrte zu ihm zurück. »Nonnie war hier?«

»Nicht hier. Sie waren zu Hause.« Er fragte sich, wie viel sie über den Tod ihrer Mutter wusste. Dem V zwischen ihren zusammengezogenen Augenbrauen nach zu urteilen wahrscheinlich nicht viel. »Im Kutschenhaus.«

»Mama ist aus dem Kutschenhaus ausgezogen.«

Er schüttelte den Kopf. »Ich glaube nicht, dass sie jemals ausgezogen ist.«

»Ich hab ihr vor zwei Jahren dieses Haus hier gekauft«, erklärte sie, als wäre Henry schwer von Begriff. »Wir haben Möbel gekauft. Sie hat eine Party gegeben und Krabbenbeutelchen und Cocktailwürstchen serviert.« Sie deutete aus dem Fenster zu dem matschigen Blumenbeet, in dem sie gewühlt hatte. »Wir haben Rosé Impérial getrunken, und der Korken ist in die Fleißigen Lieschen geflogen. Es war so heiß, dass Martha Southerland den Verstand verloren hatte und ohne ihren Spanx-Figurformer aufgekreuzt ist. Mama war entsetzt.«

»Hast du danach im Schlamm gewühlt? Ich dachte, du suchst vielleicht nach einem verlorenen Konföderiertenschatz.«

»Er ist mir wertvoller als ein verlorener Schatz.« Vivien starrte den Mann an, der ihr gegenüber am Tisch saß. Den Mann mit den tiefbraunen Augen und den dunklen Haaren, die er sich oft aus der Stirn strich. Er hatte Ähnlichkeit mit dem Jungen, den sie einst gekannt hatte, nur dass die ältere Version von Henry größer und attraktiver war. Vielleicht war er doch nicht so ein Mistkerl wie in ihrer Erinnerung. Er hatte sie aus dem Schlammbeet gehoben und sie praktisch ins Haus getragen. Der jüngere Henry hätte nur die Arme vor der Brust verschränkt und finster auf sie herabgeblickt, als klaute sie seine kostbare Erde.

»Ich weiß nur, dass Macy Jane seit meiner Rückkehr nach Charleston im Kutschenhaus gewohnt hat.«

Er hatte ihr Tee gekocht und ihr seine Jacke gegeben. Der dem Anschein nach fürsorgliche Mann, der ihr gegenübersaß, war anders als der Junge, den sie gekannt hatte. Vielleicht war er auch nur aus Respekt für ihre Mutter nett zu ihr. Aber der Grund spielte keine Rolle. Vivien war dankbar dafür, im Warmen und Trocknen zu sein. Sie war nach Charleston gekommen, ohne auch nur eine Strickjacke dabeizuhaben. Ihre Unterwäsche hatte sie auch vergessen, die wahrscheinlich noch auf dem Haufen auf dem Bett lag, wo sie sie hingeworfen hatte. Momentan hatte sie jedoch wichtigere Sorgen als ihre Unterwäsche oder die Frage, ob Henry sich verändert hatte oder immer noch ein herablassendes Arschloch war oder nicht. Sie nahm die Hände aus seiner großen Jacke und massierte sich die Schläfen. »Was hat sie mit deiner Mutter im Kutschenhaus gemacht?«

»Sie haben getwittert.«

Vivien ließ die Hände auf den Tisch fallen, sodass ein paar Tropfen Tee über den Rand ihrer rosa Teetasse schwappten. »Hast du gerade gesagt, sie haben getwittert?«

»Sich eher bekriegt, auf Twitter, mit der Vereinigung der Töchter der Konföderation.« Er zuckte mit einer Schulter. »Irgendwas mit einem ›Shrimps mit Maisgrütze‹-Rezept. Ich habe versucht, mich da rauszuhalten.«

»Wie bitte? Die Töchter der Konföderation?«

»Der Ortsverband in Georgia, glaube ich.«

»Warte! Meine Mama ist an einem Twitter-Krieg gestorben? Mit der Vereinigung der Töchter der Konföderation aus Georgia? Wegen Shrimps mit Maisgrütze? Im Kutschenhaus mit Nonnie?« Je mehr er ihr erklärte, desto unverständlicher klang das alles. So unverständlich wie Plateau-Sneakers. Oder Twerking. Oder Algebra.

»Ich weiß nicht, was genau sie gemacht haben, als Macy Jane gestorben ist. Ich war nicht dabei. Nachdem Mutter den Krankenwagen gerufen hat, hat sie mich gleich angerufen, und ich bin hingefahren.« Seine ernsten Augen erwiderten ihren Blick, und seine Stimme senkte sich. »Als ich zum Kutschenhaus kam, war deine Mutter schon auf dem Weg ins Krankenhaus.«

Vivien konnte Nonnie zwar nicht leiden, war aber erleichtert und dankbar, dass ihre Mutter nicht allein gewesen war.

»Wir sind direkt hinter dem Krankenwagen hergefahren, aber als wir in der Notaufnahme ankamen, war Macy Jane schon tot.«

Vivien schob einen Finger durch den Henkel der Tasse und hob den Tee an ihre Lippen. Sie trank noch einen Schluck, während der Schmerz in ihrer Kehle aufstieg. »Wie ist Mama gestorben? Was ist passiert?«

»Ich weiß nicht. Mutter sagte, sie hätten am Küchentisch gesessen, und Macy Jane wäre einfach vom Stuhl gefallen.«

Viviens Hand zitterte, als sie die Tasse wieder sinken ließ, und in ihren Augen brannten Tränen. Sie wollte nicht weinen. Nicht jetzt. Später, wenn sie allein wäre, würde sie daran denken, wie ihre Mama vom Stuhl gefallen war. »Der Coroner ruft mich an, sobald ...« Sie konnte den Satz nicht beenden. Ihre Stimme erstarb, und sie vergrub das Gesicht in den Händen. Sie würde das schaffen. Vivien musste sich ein letztes Mal um ihre Mama kümmern. Aber es war schwer. Wahnsinnig schwer. Sie zählte von zehn rückwärts, wie sie es von ihrer Schauspiellehrerin gelernt hatte. Sie stellte sich vor, wie sie in eine Rolle schlüpfte. In die Rolle einer starken Frau, die ihre Gefühle unter Kontrolle hatte. Sie versuchte, sich Hillary Clinton vorzustellen, Condoleezza Rice und Ruth Bader Ginsburg. Ein ersticktes Schluchzen entrang sich ihr, und sie holte tief Luft. Ihre Mutter war ein guter Mensch gewesen. Es war ungerecht, dass sie gestorben war, während schlechte Menschen weiterlebten. Menschen wie Charles Manson, der BTK-Killer und Nonnie Whitley-Shuler.

»Komm, ich bringe dich ins Harborview, Vivien.«

Sie spürte das Gewicht seiner großen Hand auf ihrer Schulter. »Ich will nach Hause.« Sie wischte sich die Augen und sah zu Henry auf. Über den Matschfleck auf seiner breiten Brust zu seinen dunklen Augen unter den dunkleren Brauen. »Ich will ins Kutschenhaus.«

»Ist dein Koffer oben?«

»Ja.« Als sie aufstand, nahm Henry die Hand weg. Sie hätte nie geglaubt, je wieder einen Grund zu haben, den Fuß auf das Grundstück der Whitley-Shulers zu setzen.

»Ich hole ihn.« Er deutete zum Garten. »Mein Wagen steht hinten.«

Vivien trug ihr Teegedeck zur Spüle. Sie erinnerte sich daran, wie sie das Service für die Einweihungsparty ihrer Mutter gekauft hatte. Sie spülte die Teekanne aus und stellte sie zum Trocknen in die Spüle, wobei ihr die Jacke von der Schulter rutschte. Sie zog sie fest um sich, während sie die Küche durchquerte, und wieder fiel ihr der Geruch seiner Jacke auf. Der dicke Segeltuch-Stoff hatte eine waldige Kopfnote, eine vollmundige Mittelnote wie Wind auf warmer Haut und einen Unterton von etwas eindeutig Sumpfigem. Sie nahm ihre Bürste und ihr Handy vom Tisch und checkte mit dem Daumen ihre Nachrichten. Sie hatte zwanzig SMS, dreiunddreißig Mails und zehn entgangene Anrufe. Keiner davon vom Coroner.

Sonnenlicht brach durch die Wolken und strömte durch die Wohnzimmerfenster. Es warf unregelmäßige Schatten über den Parkettboden und die zugedeckten Möbel. Sie ließ das Handy in ihre Handtasche gleiten, die auf dem Laken stand, das das Sofa schützte. Wie organisierte man eine Beerdigung? Die einzige Beerdigung, an die sie sich richtig erinnerte, war die von Oma Roz. Sie war damals fünfzehn gewesen und hatte ihre Mama begleitet, um einen Sarg auszusuchen und Blumen zu bestellen. Alles andere war verschwommen.

Suchte man einfach auf Google nach Bestattungsinstituten? Ihre Mama hatte der Episkopalkirche angehört. Spielte das eine Rolle, was die Ausgestaltung der Trauerfeier und die Grabplätze anging? Und was reichte man zum Essen? In den Südstaaten war das Essen auf Beerdigungen sehr wichtig.

Es gab so viel zu tun, dass sie nicht wusste, wo sie anfangen sollte, und sich um ihre Mama zu kümmern war nichts, was sie auf Sarah abschieben konnte. Sarah konnte in die Stadt gehen und für Vivien Slips und Büstenhalter kaufen. Die Beerdigung ihrer Mama war zu persönlich. Etwas, das nur Vivien erledigen konnte. Wie in ihrer Kindheit, als ihre Mama sich auf sie verlassen hatte, wenn sie in eine ihrer Depressionen verfiel.

Staub kitzelte ihr in der Nase, und sie nieste. Hier im Stadthaus herrschte Chaos, und sie betrachtete das Loch über dem herausgerissenen Kaminsims genauer. Sie hatte ihrer Mama dieses Haus gekauft, und jetzt war es ruiniert. Statt des rosa Hauses, in dem ihre Mutter glücklich hätte leben sollen, fand sie hier ein Katastrophengebiet vor. Die Wut brodelte in ihr wie Lava, und sie ließ zu, dass sie sich durch sie hindurchwälzte, weil sich brodelnde Wut viel besser anfühlte als der brennende Schmerz, der ihr Herz versengte. Ihre Mutter war notorisch gutgläubig gewesen, vor allem, wenn es um Männer ging. Für einen Betrüger wäre es unglaublich einfach gewesen, sie davon zu überzeugen, dass das Haus renoviert werden musste. Für einen Betrüger, der wehrlose Frauen ausnahm. Wehrlose Frauen, denen denkmalgeschützte Häuser gehörten, für die jede Restaurierung einzeln genehmigt werden musste, was dann wiederum von der Historical Society oder der Preservation Society oder wie zum Henker die sich alle nannten, geprüft und nochmals genehmigt werden musste. Vivien betrachtete die geschliffenen Böden und die Stromkabel, die aus einer Steckdose hingen, und ihre Wut steigerte sich auf thermonukleare Temperaturen. Jeder Schritt musste einer Überprüfung standhalten und genehmigt werden, und es war vorstellbar, dass ein zwielichtiger Bauunternehmer das Projekt über Jahre hinweg in die Länge zog.

»Der Regen hat aufgehört«, sagte Henry, als er wieder hereinkam.

Sie drehte sich um und beobachtete, wie er durch die vielfältigen Schatten ging. Sonnenlicht glitt über seine harten Schultern und durch sein dunkles Haar. Er hielt ihren Louis-Vuitton-Koffer in einer Hand und ihr schlammverschmiertes Kleid mit dem schwarzen Strohhut in der anderen. Der trägerlose BH und der Slip, den sie vorhin getragen hatte, waren vom Regen durchnässt, und sie stopfte sie hastig in ein Nylonfach in dem Trolley.

»Bist du so weit?«

Statt zu antworten, deutete sie auf den fehlenden Kaminsims. »Das Haus ist erst vor zwei Jahren inspiziert worden. Weißt du, was zum Teufel hier passiert ist?«

»Die Schornsteinabdeckung ist abgerissen.« Er deutete zur Zimmerdecke und dann auf das Loch in der Wand. »Am Mauerwerk ist Wasser runtergelaufen und hat in der Verschalung und im Putz Fäulnis verursacht.«

»Wer hat das gesagt?«

»Zum einen ein Bauinspektor.« Er ließ die Hand sinken und sah ihr wieder in die Augen. »Und zum anderen ein Generalunternehmer und ein Handwerker.«

Sie machte ein skeptisches Gesicht und verschränkte unter

seiner großen Jacke die Arme. »An dem allen ist nur Wasser schuld?« Sie deutete mit dem Kinn auf die verschandelte Wand.

»Wasser ist die zerstörerischste Kraft der Welt«, erklärte er, während er den Raum zu den Glastüren hin durchquerte. Die Sonne verschwand wieder hinter den Wolken und tauchte das Wohnzimmer in tiefere Grautöne.

Was wusste er schon von Sanierungen? Er war Börsenmakler oder Finanzmanager oder irgendwas anderes im Bankgeschäft. Nichts, was auch nur das Geringste mit körperlicher Arbeit zu tun hatte. »Mama war viel zu gutgläubig und ist offenbar einem Betrüger auf den Leim gegangen, der hier alles in Schutt und Asche gelegt hat.« Sie schnappte sich ihre rote Handtasche und folgte ihm. »Betrüger, die wehrlose Frauen ausnehmen, sollten vom Bus überfahren werden.« Zur Sicherheit fügte sie noch hinzu: »Und dann erschossen.«

»Das ist hart.«

»Mama war viel zu gutgläubig und hätte sich zu allem überreden lassen. Anscheinend hat irgendein hinterhältiger Mistkerl ihre Gutgläubigkeit ausgenutzt.«

»Niemand hat Macy Jane ausgenutzt.«

»Woher weißt du das?«

Er öffnete die Türen und warf ihr einen Blick über die Schulter zu. Die Sonne kämpfte sich wieder durch die Wolken, und er ließ ein strahlendes Lächeln aufblitzen. Sie hätte schwören können, auf seinem rechten Schneidezahn ein Funkeln gesehen zu haben, wie bei der Karikatur eines Comic-Helden. »Ich«, sagte er. »Ich bin der hinterhältige Mistkerl, der das Haus in Schutt und Asche gelegt hat.«

KAPITEL 4

TAGEBUCH VON VIVIEN LEIGH ROCHET
Finger weg! Lesen bei Todesstrafe verboten!!

Liebes Tagebuch!
Donny Ray Keever ist der SÜSSESTE Junge der Schule. Er sitzt in Mathe hinter mir und stupst mit seiner Heftmappe an meine Stuhllehne. Er hat mich gefragt, ob ich ihm einen Bleistift leihen könnte. Ich habe ihm gesagt, er könnte ihn behalten. Er hat »Danke« gesagt. Ich glaube, er mag mich. ☺

Liebes Tagebuch!
Das ist der Beweis!!! Spence Whitley-Shuler ist dumm! Er kaut Kaugummis, die so scharf sind, dass sie einem den Mund verbrennen. Ich fand Spence schon immer bescheuert. Er lächelt mich an und lacht, als hielte er sich für saukomisch. Ist er aber nicht. Seine Witze sind nicht lustig. Ich glaube, er ist schwer von Begriff. Warum sollte er sonst scharfe Kaugummis kauen, die einem die Zunge verbrennen?

Liebes Tagebuch!
Es ist offiziell!! Ich liebe Donny Ray Keever! Seine Haare sind goldblond und seine Augen türkis-azurn-topasfarben. Er sieht sooo gut aus. Rattenscharf. Ich habe ihm erzählt,

dass ich nächste Woche eine Zahnspange kriege. Er sagte: »Cool.« Cool ist das coolste Wort überhaupt.

Liebes Tagebuch!
Ich glaube nicht, dass ich je einen BH kriege. Ich hab mich heute gemessen. Keine Veränderung seit letztem Mal. ☹

Liebes Tagebuch!
Die Gottesanbeterin hat mich beschuldigt, ein paar von den Petits Fours für ihre dämliche Gartenparty gegessen zu haben. Heute Morgen wurden ihr zwölf Schachteln davon geliefert. Sie sahen aus wie winzige lila Geschenke mit Schleifen aus grüner Spitze. Sie behauptet, jemand hätte eine halbe Schachtel aufgegessen. Sie ist so blöd. Jemand hat eine ganze Schachtel gegessen!! Ich hab so doll gelacht, bis mir schlecht wurde und ich lila und grün in meinen Wandschrank gereihert habe. Mama hat es entdeckt und wurde sauer. Sie hat gesagt, sie wäre kurz davor, mich zu versohlen, aber dann hat sie es doch nicht gemacht. Aber sie hat mich gezwungen, die Kotze aufzuwischen. ☹ ☹

Liebes Tagebuch!
Echt fies! Ich hab Mama gesagt, dass ich mir ein Tamagotchi wünsche, aber sie hat gesagt, vielleicht zum Geburtstag. Mein Geburtstag ist erst in zwei Monaten!! Bis dahin sind alle Tamagotchis weg. Außer mir wird jedes Kind auf der Welt eins haben! Und Mama könnte es vergessen. Wie wenn sie traurig wird und vergisst, dass ich nicht ständig Käsemakkaroni mag. Oder wie damals, als ich in der Weihnachtsaufführung ein Lamm gespielt habe. Mama

hat mir mein Kostüm genäht, und wir haben meine Rolle geprobt: »Bääh-bääh. Sehet! – bääh-bääh.« Ich durfte direkt neben dem Christkind sitzen, aber Mama hat die Aufführung vergessen und sich mit diesem blöden Chuck im Kino »Titanic« angesehen. Ich hab geweint, aber Oma Roz hat mich auf ein Eis eingeladen.

Liebes Tagebuch!
Tod für Danny Ray! Er hat gesagt, ich wäre fett, und dass ich nur auf die Charleston Day School gehe, weil Mama finanzielle Unterstützung bekommt. Ich hab fast losgeheult, aber auch nur fast. Ich hab die Tränen zurückgehalten und ihm gesagt, ich könnte was gegen mein Gewicht unternehmen, wenn ich wollte, aber gegen sein hässliches Gesicht ließe sich nichts ausrichten. Als ich nach Hause gekommen bin, habe ich es Mama erzählt, und sie hat gesagt, manche Menschen fühlen sich so mies, dass sie andere Menschen dazu bringen müssen, sich genauso mies zu fühlen. Sie hat gesagt, Männer taugen nichts, und ich bin schön. Aber sie ist auch meine Mama und muss das sagen. Ich hab den Kopf in ihren Schoß gelegt, und sie hat mir den Rücken gestreichelt, während ich mich ausgeweint habe. Ich will ab jetzt kein Eis mehr. ☹

<u>Liste mit Dingen, die ich nicht mehr will:</u>
 1) Eis essen
 2) Die Höhle der Gottesanbeterin saubermachen
 3) Überhaupt irgendwas saubermachen
 4) Lauftraining in der Schule
 5) Mathe

KAPITEL 5

Vivien träumte, am Set eines Filmes zu sein, über den sie nichts wusste und in dem sie gar nicht mitspielen wollte. So sehr sie auch protestierte, alle bestanden darauf, dass sie ihre Rolle spielte. Jedes Mal, wenn der Regisseur »Action!« rief, starrte die Filmcrew sie an und erwartete von ihr, dass sie wusste, was sie zu tun hatte. Es war ihr immer leichtgefallen, sich ihren Text zu merken, aber für diesen Film hatte sie nie ein Drehbuch bekommen. Sie analysierte eine Szene gern gründlich, bevor sie vor die Kamera trat, aber dieses Mal kannte sie ihre Rolle nicht. Sie konnte nicht gut improvisieren, und wenn sie es musste, wurde ihr eiskalt, und sie erstarrte vor Angst.

Einmal wachte sie auf und wusste mehrere Sekunden lang nicht, wo sie war. Als sie die Umrisse der alten weißen Frisierkommode ihrer Mutter und die Konturen der Parfümflaschen und der Schneekugel erkannte, die sie in der dritten Klasse aus einem Einweckglas und Glitzer gebastelt hatte, schnitten die scharfen Kanten der Trauer in ihr Herz. Sie vergrub die Nase im Kissen ihrer Mutter und atmete den Duft ihres blumigen Shampoos ein. Als ihr die Augen wieder zufielen, träumte sie von weichen, liebevollen Händen und rosa Magnolien. Sie träumte von Oma Roz und ihrem Haus in Summerville, wo sie immer Weihnachten und Thanksgiving verbracht hatten und wo sie gewohnt hatte, wenn ihre Mutter in eine Depression verfiel.

Als Vivien das nächste Mal die Augen aufschlug, strömte Sonnenlicht durch die Außenläden und die Spitzenvorhänge. Durch die einen Spalt offen stehende Schlafzimmertür konnte sie hören, wie in der Küche im Erdgeschoss jemand herumlief. Gestern Abend hatte sie Sarah eine SMS mit der Adresse des Kutschenhauses geschickt und ihr beschrieben, wo der Schlüssel versteckt lag. Sie spielte mit dem Gedanken aufzustehen, drehte sich aber lieber auf die Seite und rückte ihr Kissen zurecht. Sie wollte nicht aufstehen, dem Tag nicht ins Auge sehen. Sie wollte sich nicht dem stellen, was hinter der Schlafzimmertür auf sie wartete. Sie wollte einfach nur im gemütlichen Bett ihrer Mama liegen bleiben. In den anheimelnden weichen Laken ihrer Mama, unter die sie als Kind oft gekrochen war, wenn sie schlecht geträumt oder sich nachts gefürchtet hatte. Langsam fielen ihr die Augen wieder zu, und die schwere Last der Trauer zog sie hinab in einen friedlichen Traum.

»Es wird Zeit aufzustehen, Mädchen.«

Die vertraute Stimme riss sie aus dem Schlaf, und ein paar Herzschläge lang verwandelte sich ihr angenehmer Traum in einen Albtraum, ähnlich wie im *Zauberer von Oz*, wenn Dorothy fröhlich über den gelben Ziegelsteinweg hüpft und ihr die Böse Hexe des Westens in einer schwarzen Rauchwolke erscheint und ihr den Spaß verdirbt. Als Vivien die Augen aufschlug, wurde ihr Albtraum Realität. Nur dass die echte Hexe blond war und in den Südstaaten lebte.

»Ich habe dir Tee und Toast gemacht.« In der Tür stand Nonnie Whitley-Shuler in einer gelben Seidenbluse mit einem geblümten Halstuch. Sie trug ihre stets präsenten Perlen, von Generationen von Shuler-Frauen getragen und vom Alter vergilbt. Nonnies Perlen waren ein Zeichen von Ehre und Prestige. Sie erzählte für ihr Leben gern die Geschichte, wie ihre Urgroßmutter die Perlen ihrer Mama in »Großvater Edwards Windel« versteckt hatte, als eine »Yankee-Bande« die Familienplantage Whitley Hall geplündert hatte.

»Ich hab keinen Hunger«, krächzte Vivien.

»Du musst aber etwas essen.« Nonnies blonde Haare fielen in Locken auf ihre Schultern und umrahmten ihr längliches Gesicht. Sie war nie eine Schönheit gewesen, hatte aber stets das Beste aus dem herausgeholt, was Gott ihr gegeben hatte. »Ich lasse mir nicht nachsagen, dass du bei mir verhungerst.«

Wie immer kommandierte Nonnie, und alle standen Gewehr bei Fuß. Vivien setzte sich auf und schwang die Füße aus dem Bett. Nicht, weil sie einem Befehl gehorchte, sondern weil sie nicht für alle Ewigkeit im Bett bleiben konnte, egal wie verlockend das auch sein mochte. Außer ihrer Unterwäsche hatte sie nämlich auch vergessen, ein Kleid für die Beerdigung einzupacken.

»In natura siehst du deiner Mama viel ähnlicher als im Film.«

Sie wusste nicht, ob das als Kompliment gemeint war oder nicht, aber sie nahm es als eins. »Danke, Ms. Nonnie.« Sie schlurfte ans Fußende des Bettes und zog sich den Kimono-Morgenmantel ihrer Mutter über ihren kurzen Pyjama. Dann schnappte sie sich ihr Handy vom Toilettentisch und folgte Nonnie in den schmalen Flur, an der geschlossenen Tür ihres alten Zimmers vorbei und die Treppe hinab.

Die drei Original-Türen des Kutschenhauses waren schon

vor langer Zeit durch Rundbogenfenster ersetzt worden, und Vivien blinzelte, als sie durch das Licht schritten, das sich in breiten Streifen über die Teppiche und die abgenutzten Möbel ergoss. Vivien überprüfte ihr Handy auf Nachrichten und entgangene Anrufe, während sie hinter Nonnie in die Küche trat. Da das Gerichtsmedizinische Institut noch nichts von sich hatte hören lassen, legte sie das Mobiltelefon in Reichweite auf die Platte des Eichentisches, an dem sie als Kind die meisten Mahlzeiten eingenommen hatte.

»Henry hat mir erzählt, dass Sie hier waren, als meine Mutter gestorben ist.«

»Ja.« Auf dem Säulentisch stand eine Schüssel mit Erdbeeren, und die ältere Frau stellte ihnen zwei kleine Teller mit Toast hin. »Möchtest du Marmelade? Ich glaube, Macy Jane hat dieses Jahr wieder welche aus Pfirsichen gemacht.«

»Nein, danke.« Vivien ließ sich auf einen der Esszimmerstühle mit Spindelstab-Rückenlehne gleiten.

»Ich nehme mir einen Klacks.«

Klar. Vivien erinnerte sich an Nonnies präzisen »Klacks Marmelade« und beobachtete, wie sie die orangefarbene Marmelade auf eine Ecke ihres Toastbrotes tupfte. Genau wie immer.

Vivien legte die Hand um ihre zarte blaue Tasse und führte sie an die Lippen. Als der warme Tee in ihren Mund rann, erfüllte sie der Geschmack von Zucker auf ihrer Zunge mit süßen, tröstlichen Kindheitserinnerungen. Seit sie nach Hollywood gezogen war, hatte sie sich Zucker abgewöhnt. Folglich hatte sie auch aufs Teetrinken verzichten müssen, denn ungeachtet ihrer Wohnadresse war sie immer noch Südstaatlerin, und Tee ohne Zucker gehörte sich einfach nicht. Zumindest sprach man in der feinen Gesellschaft nicht darüber. Genauso wenig wie über Zungenküsse mit einem Cousin ersten Grades.

»Henry sagte mir, dass du eine Assistentin hast, die dich auf Reisen begleitet.« Nonnie nahm Vivien gegenüber Platz und legte sich eine Leinenserviette auf den Schoß.

»Ja. Sarah müsste jeden Moment hier sein.« Vivien hatte eine Aufgabenliste, die ihre Assistentin heute Morgen für sie abarbeiten sollte. Als Erstes ein Starbucks zu suchen und ihr einen dreifachen großen Milchkaffee, fettfrei, ohne Schaum, mit zwei Päckchen Stevia zu besorgen. Und als Zweites Slips und BHs für sie einzukaufen. Bevor sie gestern Abend zu Bett gegangen war, hatte sie ihre Unterwäsche gewaschen und zum Trocknen über einen Wäschekorb gelegt. Genau wie als Teenager, wenn sie für sich selbst sorgen musste.

»Hast du schon Nachricht von der Gerichtsmedizin?«

Vivien warf einen Blick auf ihr Telefon und stellte ihre Teetasse wieder auf der Untertasse ab. »Noch nicht.« Verstohlen ließ auch sie ihre Serviette auf ihren Schoß gleiten, als wäre sie wieder zehn Jahre alt. »Ich muss wissen, was mit Mama passiert ist.«

Nonnie griff mit ihren langen Fingern nach ihrem Toastbrot. »Zuerst wird gegessen. Du bist zu dünn.«

Und das aus dem Munde der Frau, die jede Kalorie zählte, bevor sie sie in den Mund steckte. Wenn Vivien zum Lachen zumute gewesen wäre, hätte es lachhaft sein können. »Ich bin kein Kind mehr.«

»Ja. Ich weiß.« Nonnie biss ein Stück Toast ab, und erst nachdem sie geschluckt und ihre Mundwinkel mit der Serviette abgetupft hatte, fügte sie hinzu: »Macy Jane könnte nicht in Frieden ruhen, wenn ich zulassen würde, dass ihr Mädchen vor Hunger ohnmächtig wird.«

Vivien widerstand dem Verlangen, ihr das Toastbrot ins Gesicht zu schleudern oder ihr die Zunge herauszustrecken. Sie war dreißig Jahre alt, aber Nonnie gab ihr das Gefühl, wieder ein Kind zu sein. »Wissen Sie, warum Mama nicht im Reihenhaus gewohnt hat?«

»Dieses Haus hier mochte sie lieber.«

»Aber dieses Haus gehört nicht ihr. Es ist Ihres.« Vivien hob ihre Scheibe Toast an den Mund und biss ein Stück ab. Sie merkte erst, wie hungrig sie war, als sie in den dicken Vollkorntoast biss und die geschmolzene Butter schmeckte.

»Doch, dieses Haus gehört ihr. Es ist auf ihren Namen eingetragen.« Nonnie sah Vivien mit ihren grünen Augen an, während sie noch einen Klacks Marmelade auf ihren Toast tat.

Ein großer Brocken Toastbrot blieb Vivien im Halse stecken, und sie spülte ihn mit Tee herunter. Nonnie hatte ihrer Mutter das Kutschenhaus geschenkt? Es hätte sie weniger verwundert zu erfahren, dass Nonnie ihre getreue episkopalische Seele dem Teufel vermacht hätte, was vielleicht sogar geschehen war, wenn sie so darüber nachdachte. »Seit wann?«

»Schon ziemlich lange. Jetzt gehört es wohl dir.« Die ältere Frau aß weiter ihren Toast, als wäre das keine Sensation.

»Warum hat sie mir nie etwas davon gesagt?« Vivien argwöhnte allmählich, dass es vieles gab, was ihre Mutter ihr nie gesagt hatte.

»Ich bin davon ausgegangen, dass du es wusstest. Sie hat das Kutschenhaus jedenfalls immer als ihr Zuhause betrachtet.«

Schon, aber Vivien hatte immer geglaubt, mit »Zuhause« hätte sie das Haus gemeint, in dem sie wohnten. Ihre Mutter hatte immer vom Wegziehen geträumt, Fantasien von einem Leben an exotischen Orten gehabt. Sie hatte sich ein Zuckerketten-Reihenhaus gewünscht, das nur ihr allein gehörte. Sie hatte sich einen eigenen Garten gewünscht, wo Vivien auf Bäume klettern konnte, ohne dass sich jemand über abgebrochene Äste beschwerte. »Was hat meine Mutter mir sonst noch verschwiegen?«, fragte sie mehr sich selbst, während sie noch ein Stückchen Toast aß.

»Das kann ich nicht sagen. Der Versuch, Macy Janes Gedankengängen zu folgen, gestaltete sich oft so schwierig, wie den Flug eines Schmetterlings zu verfolgen. Eines wunderschönen Schmetterlings, der sich von einer Blume zur anderen treiben lässt.« Das traf es gut und war eine überraschend liebenswürdige Beschreibung ihrer Mutter. Doch dann machte Nonnie alles wieder zunichte. »Deshalb warst du auch so eine Range.«

Range? Wer benutzte diesen Ausdruck überhaupt noch? Über sechzigjährige, stockkonservative, verklemmte Frauen. »Bei Tag war sie gesund und rangenhaft, ein echter Dynamo, und bei Nacht eine wunderschöne, bezaubernde Frau.«« Vivien nahm sich eine Erdbeere und biss sie in der Mitte durch.

Nonnie zog beeindruckt eine Augenbraue hoch. »Wenn du so gut über Zelda Fitzgerald Bescheid weißt, dass du Aussagen über sie zitieren kannst, weißt du sicher auch, dass Schizophrenie bei ihr diagnostiziert wurde und sie in einer Nervenklinik starb.«

Und ob. Das wusste Vivien alles. Sie wusste auch, dass Zelda Phasen manischer Genialität hatte, die sie dazu inspirierten, wunderschöne Prosa zu schreiben.«»Glaubst du nicht, dass ich für dich geschaffen bin?«, zitierte sie.»Mir ist, als hättest du mich bestellt, und ich wurde dir geliefert – damit du mich trägst. Du sollst mich tragen wie eine Uhrenkette oder eine Ansteckblume im Knopfloch – für alle Welt sichtbar.‹«

»Beeindruckend.«

Vivien hatte fast alle Dialogzeilen all ihrer Rollen im Kopf, die sie je gespielt hatte. »Ich habe einen Sommer lang Zelda in *The Last Flapper* in einem kleinen Theater am South Sepulveda Boulevard gespielt.« Vivien zuckte mit den Achseln, verdrückte die Erdbeere ganz und legte den Stiel fein säuberlich auf ihren Teller. »Ich halte es für wahrscheinlich, dass Zelda eher bipolar war als schizophren. Und ich vermute, dass eine Behandlung, damals wie heute, niemanden geheilt hat. Zumindest nicht vollständig.«

Die beiden Frauen, die eine gemeinsame Vergangenheit verband und die einander gut kannten, sahen sich über den Tisch hinweg an. In den Augen einer Erwachsenen wirkte Nonnie weniger einschüchternd, fast menschlich. Genau wie Henry gestern war sie sehr aufmerksam. Vivien führte es auf Nonnies Respekt für ihre Mutter zurück und vielleicht auf die Betroffenheit, die sie alle empfanden. »Mama schien sich in den letzten Jahren weniger gequält zu haben.«

»Ich glaube, du hast recht.« Nonnie aß noch ein Stückchen Toast und spülte es mit ihrem Tee herunter, bevor sie fragte: »Machst du dir Sorgen, dass du Macy Janes Krankheit auch bekommen könntest?«

Aber der Grund für Nonnies Besorgnis spielte keine Rolle. Vivien war ihr einfach nur dankbar. »Jetzt, wo ich dreißig bin, habe ich nicht mehr solche Angst davor. Aber es kommt mir schon immer in den Sinn, wenn ich mich etwas zu überschwänglich freue.« Das Handy neben Viviens Teller vibrierte, und sie nahm es in die Hand. Ihre Brust zog sich zusammen, während alle anderen Körperteile taub wurden. Mit einem Blick zu Nonnie nahm sie den Anruf an. »Hallo.« Vivien sah auf ihre Hand, mit der sie die Tischkante umklammerte, und hörte zu, während der Coroner erklärte, dass ihre Mutter an einem Herzinfarkt gestorben war, den eine Lungenembolie verursacht hatte. Er benutzte Worte wie *tiefe Beinvenenthrombose, Versagen der rechten Herzkammer* und *akuter Gefäßverschluss*. Vivien antwortete mit Ja und Nein und fühlte sich von den Informationen, die auf sie einprasselten, wie betäubt. Wahrscheinlich hatte es vorher keine Anzeichen oder Symptome gegeben. Sobald der Thrombus zu ihrem Herzen gewandert war, hatte man nichts mehr tun können, um sie zu retten. Nicht einmal, wenn sie im Krankenhaus gewesen wäre.

Viviens Welt verengte sich und wurde an den Rändern dunkel und verschwommen, und ihr fiel nur noch eine letzte Frage ein: »Hat Mama gelitten?«

»Nein«, versicherte ihr der Coroner. »Es ging sehr schnell.«

Vivien legte auf und sah Nonnie an. »Mama ist an einem Blutgerinnsel im Herzen gestorben«, sagte sie, und zum ersten Mal, seit Vivien denken konnte, verlor Nonnie die Contenance. Ihre Haltung, die stets elegant, aber auch streng gewirkt hatte, wich aus ihren steifen Schultern, und sie stützte sogar die Ellbogen auf den Tisch.

»Wie ist ein Blutgerinnsel in ihr Herz gekommen?«

»Der Coroner sagt, aus ihrem Oberschenkel.« Und zum

ersten Mal, seit sie denken konnte, sah sie die Gottesanbeterin als ein menschliches Wesen, das zu echten menschlichen Regungen fähig war. »Hat sie in letzter Zeit müde gewirkt?«

»Nein.« Nonnie verschränkte die Arme auf dem Tisch.

»Aufgeregt?« Vivien trank einen Schluck Tee. »Henry hat etwas von einem Twitter-Krieg erwähnt.« Ausgerechnet.

»Ach das.« Nonnie winkte ab. »Natürlich, die lächerliche Behauptung der TDK-Gruppe in Georgia, sie würden auf ihrer jährlichen Spendenveranstaltung in Savannah die besten Shrimps mit Maisgrütze servieren, hat sie schon gekränkt. Über Twitter hat sie unsere Schwestern aus Georgia zurechtgewiesen, aber aufgeregt hat sie sich nicht. Sie hat sich eher aufgeregt, wenn es bei Wal-Mart im Sonderangebot Scrapbooking-Papier und Schablonen gab.« Nonnie lehnte sich in ihrem Stuhl zurück. »Ich bin aufgestanden, um mir noch ein Glas Merlot einzuschenken, und habe einen dumpfen Schlag gehört. Als ich mich umgedreht habe, lag Macy Jane auf dem Boden.« Aus ihren Augen sprach Schmerz, und ihr spitzes Kinn zitterte. »Ich habe versucht, sie wieder aufzuwecken. Ich kenne mich mit Wiederbelebungsmaßnahmen nicht aus, ich habe mich so hilflos gefühlt.«

»Der Coroner hat gesagt, dass man nichts hätte tun können.« Vivien sah zu, wie Nonnie mit ihren Gefühlen kämpfte. »Selbst, wenn sie im Krankenhaus gewesen wäre.«

Die ältere Frau nickte einmal und räusperte sich. Als würde eine Tür zuschlagen, siegte ihre Beherrschung, und sie gab sich wieder ganz geschäftsmäßig. »Hat deine Mutter jemals darüber gesprochen, wie sie sich ihre Beerdigung wünscht?«

»Sie war fünfzig. Welche gesunde, fünfzigjährige Frau spricht darüber, wie sie sich ihre Beerdigung vorstellt?« Jetzt war es Viviens Kinn, das zitterte. Obwohl sie Schauspielerin war, konnte sie sich nicht so zusammenreißen wie Nonnie. Je fester sie ihre Gefühle unter Verschluss hielt, desto stärker drangen sie an die Oberfläche. »Ich hab keine Ahnung, was sie sich gewünscht hätte oder wo ich überhaupt anfangen soll.«

»Nun, ich glaube, Macy Jane würde gern bei Stuhr's aufgebahrt werden und ihren Trauergottesdienst in der St. Phillips Episcopal abhalten lassen.«

Vivien nickte. Stuhr's Klientel bestand aus Politikern und vornehmen Familien. Sie hörte, wie die Haustür klappte, und atmete erleichtert auf, als Sarah in die Küche trat.

»Wie geht es Ihnen heute Morgen?«, fragte Sarah, während sie mit dem Handy am Ohr hereingeschneit kam, ihr Notebook in der Armbeuge, und einen dreifachen Milchkaffee von Starbucks, fettarm und ohne Schaum, in der freien Hand.

»Gott sei Dank.« Vivien stand auf und nahm ihrer Assistentin den Kaffee ab. »Das war Gedankenübertragung.« In den letzten Jahren hatte sie mehrere Assistentinnen gehabt, und Sarahs Gabe zu wissen, was Vivien brauchte, ohne ständig darauf hingewiesen zu werden, war nur einer der Gründe, warum sie einige von Sarahs unreifen Mätzchen tolerierte.

»Sind Sie etwas zur Ruhe gekommen?«

»Ich konnte ein bisschen schlafen«, antwortete sie, während Sarah an ihren Wangen Küsschen in die Luft hauchte.

»Gut.« Mit ihren verstrubbelten blonden Locken, einer superschmalen Jeans und einem Bandage-Bustier wirkte Sarah frisch und ausgeruht und typisch L. A. Sie trug klobige Armreifen am Handgelenk, und von ihrem Ellbogen hing eine orangefarbene Tote-Bag aus Leder. »Ich habe Ihren Terminplan für die nächsten paar Wochen zusammengestellt, und Randall Hoffmans Sekretärin hat Ihren Lunch am zwölften bestätigt.«

»Das ist diesen Freitag.« Randall Hoffman war ein oscargekrönter Regisseur, und die Produktion seines neusten historischen Films sollte nächsten Monat beginnen. Die Schauspielerin, die ursprünglich für die Hauptrolle besetzt war, war ausgestiegen, und Vivien wollte diese Rolle unbedingt übernehmen. Sie *brauchte* diese Rolle, um ihre schauspielerische Vielseitigkeit unter Beweis zu stellen. Heute war Montag. Wie viele Tage lagen normalerweise zwischen Tod und Beerdigung? Sie hatte sich nie mit solchen Dingen befasst und hatte wirklich keine Ahnung.

»Und am Freitagmorgen ist die erste gemeinsame Leseprobe für *Psychic Detectives*.«

Psychic Detectives war eine Hit-Serie auf HBO, und da konnte sie keinen Rückzieher machen. Nicht, wenn sie in einer Woche am Set erwartet wurde, um mit den Dreharbeiten zu beginnen. »Okay.« Sie konnte am Freitag in L. A. sein, dann gleich nach der Leseprobe zurück in Charleston. »Dann können wir Mamas Beerdigung jeden Tag außer Freitag abhalten.«

Sarah zog zwei Tütchen Stevia aus ihrer Tote und reichte sie ihr. »Am Donnerstag haben Sie Ihr zweites Vorsprechen für den Steven-Soderbergh-Film.«

»Das Vorsprechen müssen Sie verlegen.« Vivien ging wieder zurück und stellte ihren Becher auf den Tisch. »Sarah, das ist Mrs. Whitley-Shuler. Nonnie, meine Assistentin Sarah.«

»Nett, Sie kennenzulernen«, sagte Sarah gleichgültig und richtete ihre Aufmerksamkeit wieder auf ihr Handy.

»Ganz meinerseits.« Die perlenbehangene Matriarchin überragte sie beide wie eine Königin. Aus ihrem hageren Gesicht sprach leises Missfallen.

Vivien nahm vorsichtig den Deckel von ihrem Milchkaffee und stellte ihn auf den Tisch. Sie riss die weiß-grünen Päckchen auf und kippte den künstlichen Süßstoff hinein. Sie wusste nicht, was in Nonnie gefahren war, aber den verkniffenen Zug um ihren Mund kannte sie.

»Der *Enquirer* hat wegen des Christian-Forsyth-Gerüchts bei Ihrer Presseagentin angerufen.« Sarah scrollte eifrig mit dem Daumen auf dem Bildschirm ihres Smartphones nach unten, während Vivien in ihrem Kaffee rührte. »Sie hat keinen Kommentar abgegeben.« Sarah war gut in ihrem Job. Ihr entging nur selten etwas, aber im Augenblick war jedes Wort aus ihrem Mund eine weitere Belastungsprobe für Viviens sowieso schon angespannte Nerven. »Das *People*-Magazin wird nächsten Monat im Red Carpet Spotlight ein Foto von Ihnen im schwarzgoldenen Dolce & Gabbana-Kleid bringen, und sie wollen eine kurze Frage-Antwort-Runde zu diesem speziellen Abend.« Als Sarah kurz innehielt, kämpfte Vivien gegen das Bedürfnis an, ihr das Telefon zu entreißen und es an die Wand zu schmettern. Mit jeder neuen Verpflichtung auf dem Terminplan wurde ihre innere Unruhe schlimmer. Es war zu viel. Es war einfach alles zu viel. »Den genauen Termin für Ihren Auftritt in der *Tonight Show* haben wir noch nicht festgelegt. Wir warten noch ab, ob sie den Termin verlegen können, damit es Ihnen besser passt. Ihre Landschaftsgärtner haben den venezianischen Pflanzkübel neben

Ihrer Cabaña zerbrochen und ...« Sie hielt inne, während sie mit dem Daumen weiter nach unten scrollte.

»Allmächtiger, Herzchen«, sagte Nonnie, während sie Sarah das Telefon aus der Hand nahm und es in die Tasche fallen ließ. »Vivien trauert um ihre Mutter. Kann das alles nicht warten?«

Sarahs Blick huschte verblüfft von Vivien zu Nonnie und wieder zurück. Arme Sarah. Vor ihrem Job bei Vivien hatte sie es mit ein paar schwierigen Schauspielerinnen und einer ungebärdigen Pop-Prinzessin zu tun gehabt, aber jemanden wie die Gottesanbeterin hatte sie noch nie getroffen. »Was?«

Zum ersten Mal im Leben war Vivien dankbar für Ms. Eleanor Whitley-Shuler, direkte Nachfahrin von Colonel John C. Whitley, Sezessionist und Aristokrat. »Sagen Sie einfach allen, dass es in meiner Familie einen Trauerfall gab und ich nicht weiß, wann ich zurück sein werde. Verlegen Sie alle Termine in den nächsten zwei Wochen.« Sie atmete tief durch. »Der dämliche Pflanzkübel ist mir schnurz.«

Sarah presste missbilligend die Lippen zusammen. »Aber am neunzehnten ist Drehbeginn für *Psychic Detectives*.«

»Okay.« Bevor sie hier alles erledigt hätte, würde sie eine beträchtliche Anzahl von Flugmeilen ansammeln. »Hier ist so viel zu regeln.« Vivien wusste, dass sie viel verlangte, aber es ging nicht anders. »Aber in den nächsten zwei Wochen sollten wir auch einiges hinbekommen.«

»Wir? In zwei Wochen? Sie wollen mich die nächsten zwei Wochen hier haben?« Sarah presste die Lippen noch missbilligender zusammen und schüttelte den Kopf. »Ich kann auf keinen Fall zwei Wochen wegbleiben, Vivien. Ich kann Patrick nicht so lange allein lassen.«

Vivien hob ihren Kaffee an die Lippen und nippte daran. Das war ein Musterbeispiel für Sarahs unreife Mätzchen. »Meine Mutter ist gerade gestorben, und Sie machen sich Sorgen um Ihren fremdgehenden Freund?«

»Er geht nicht fremd. Sie kennen ihn nicht.«

Vivien lachte bitter und konnte nicht fassen, dass sie in der Küche ihrer toten Mutter dieses Gespräch führte. Sie hatte viele hübsche Jungs wie Patrick gekannt. Arbeitslose Schauspieler, die von schlecht bezahlten Jobs und naiven Frauen lebten. Zu diesen Frauen hatte auch sie einmal gehört. »Ich weiß, dass er ein Parasit ist, der Frauen mit niedrigen Erwartungen ausnutzt und dem man nicht trauen darf.« Was nur wieder bewies, dass intelligente Frauen wie Sarah, oder sie selbst, strohdumm sein konnten, wenn es um Männer ging. »Ich brauche Sie hier.« Dieser Tag hatte schon schrecklich angefangen, und ein Zerwürfnis mit Sarah konnte sie jetzt überhaupt nicht brauchen. Schon gar nicht vor Nonnie.

Wieder hörte Vivien die Haustür klappen, und innerhalb von Sekunden erschien Henry hinter ihrer Assistentin. Na prima! Das Zweite, was sie auf keinen Fall brauchen konnte, war ein weiterer Zaungast aus der Familie Whitley-Shuler. »Sie müssen hierbleiben.«

»Ich kann nicht.«

Henry balancierte eine große weiße Torte und schob sich mit der anderen Hand seine Sonnenbrille auf den Kopf. Er blieb in der Tür stehen, und sein Blick traf über Sarahs Blondschopf hinweg Viviens. »Ich muss erst meinen Starbucks-Morgenkaffee austrinken, bevor ich mich damit auseinandersetzen kann«, wehrte Vivien ab, während sie nach ihrem Morgenrock tastete, um sich zu vergewissern, dass er vorne züchtig geschlossen war. Sie hatte größere Probleme als Henrys plötzliches Auftauchen, und sie konzentrierte sich wieder auf ihre Assistentin. »Wir haben vergessen, Unterwäsche einzupacken, und ein Kleid habe ich auch nicht. Ich brauche ein schwarzes Kleid.«

»Und ich brauche Patrick.«

»Aber ich brauche Unterwäsche.«

»Ich kann nicht bleiben.«

»Ich kann nicht selbst in die Mall laufen und mir ein Kleid kaufen, Sarah. Nicht ohne Sicherheitspersonal.«

»Ich will Patrick nicht verlieren.«

»Das sollten Sie aber. Er ist ein Blindgänger.«

»Meine Damen«, mische sich Nonnie ein. »Ich sorge dafür, dass du ein Kleid bekommst, Vivien.«

Vivien sah in Sarahs entschlossenes Gesicht und wusste, dass sie gehen würde, mit oder ohne ihren Job. »Na schön.« Sarah konnte nervtötend sein, aber sie war eine gute Assistentin, jedenfalls meistens. Es würde Monate dauern, eine Nachfolgerin zu finden und anzulernen. Jemanden, der loyal war, bei dem sie sich darauf verlassen konnte, dass keine Informationen über ihr Privatleben an die Boulevardpresse durchsickerten. »Fliegen Sie nach Haus und arbeiten Sie von L. A. aus. Wahrscheinlich ist es sowieso einfacher.« Vivien kam allein klar. Sie hatte zwar seit Jahren ihre Termine nicht mehr selbst vereinbart, einen Chauffeur-Service gerufen oder ihre Taschen getragen, aber das würde sie mit Sicherheit hinbekommen.

»Danke.« Sarah fischte ihr Handy wieder aus der Tasche und beorderte umgehend das Taxi wieder zurück, das sie gerade hier abgesetzt hatte. »Ich hole meine Sachen und buche meinen Flug auf dem Weg zum Flughafen.« Sie legte auf und rückte das Notebook in ihrer Armbeuge zurecht. »Patrick liebt mich«, beharrte sie, wie es Frauen tun, wenn sie nicht nur sich selbst, sondern auch alle anderen überzeugen wollen. »Er ist ein anständiger Kerl.«

»Er ist ein Gigolo. Er wird mit Ihrer spanischen Nachbarin schlafen, Ihrer besten Freundin aus Korea und mit dem russischen Mädchen ein paar Straßen weiter, als wäre er ein Funktionär für Auslandsbeziehungen. Und dann, wenn Sie sich einen Namen gemacht haben, verkauft er eine Enthüllungsgeschichte über Sie an den *Enquirer*.« Ob die Geschichte wahr wäre, würde dabei keine Rolle spielen. Vivien wedelte mit der Hand. »Fahren Sie nur.«

Sarah drehte sich um und wäre fast mit der dreischichtigen Kokosnusstorte zusammengestoßen, den Henry in den Händen hielt.

»Hoppla.« Henry versuchte krampfhaft, die Glasplatte vor seiner Brust zu balancieren. Ein paar Kokosraspeln rieselten zu Boden, und als es schon aussah, als hätte er sie gerettet, kippte die Torte gegen sein schwarzes Polohemd. »Verdammt.«

»Entschuldigung.« Sarah leckte sich weiße Glasur von der Handkante und eilte an ihm vorbei.

Er sah auf die Torte auf seinem Hemd und hob den Blick wieder zu Vivien. »Die muss zu dir gehören.«

»Ja. Tut mir leid.« Wieder griff Vivien nach dem Seidengürtel ihres Morgenmantels und vergewisserte sich, dass er noch einwandfrei geschlossen war. »Sie ist noch jung und bildet sich ein, verliebt zu sein.«

Nonnie trat vor, nahm Henry die Torte ab und trug sie zum

Tisch. »Jugend ist keine Entschuldigung für schlechte Manieren. Sie hat keine gute Kinderstube.«

Henry starrte auf den Fleck aus weißer Glasur und Kokosraspeln auf seinem Hemd. »Ms. Jeffers wollte gerade ihre Torte abgeben, als ich in die Einfahrt fuhr.« Er blickte auf. »Sie sagte, sie würde auch noch einen Reisauflauf mit Huhn vorbeibringen, sobald er aufgetaut ist.«

»Warte.« Vivien deutete entsetzt vor sich. »Sie bringt ihn doch nicht hierher, oder?«

»Etta wird sich damit brüsten, mit ihrer Kondolenztorte als Erste vor Ort gewesen zu sein, und jetzt erwartet sie natürlich, sie auf dem Empfang gleich neben Louisa Deerings Twinkie Loaf zu sehen, nur um damit anzugeben.« Nonnie seufzte und legte nachdenklich ihren langen Zeigefinger an die Unterlippe, während sie die verunglückte Torte musterte. »Zu Weihnachten hat Louisa einen Cocktailwürstchen-Kranz gemacht. Die Gute.«

»Ms. Jeffers bringt ihren Auflauf doch nicht in dieses Haus, oder?« Vivien wiederholte sich. Als Heranwachsende war sie auf ein paar Beerdigungen gewesen und erinnerte sich deutlich an Tische, die unter jeder erdenklichen Auflaufvariation und Salatkreation ächzten. Das Letzte, womit sie sich beschäftigen wollte, war Götterspeise aus Coca-Cola Cherry.

»Nein. Diese Küche ist für Essensspenden zu klein.«

Wie befürchtet, kamen auf Vivien Massen an Kondolenz-Essen zu.

»Ich rufe Etta an und lasse sie den Damen in St. Phillips ausrichten, dass sie zum Herrenhaus kommen sollen.« Die oberste Tortenschicht rutschte herunter und zerbarst in mehrere Teile. »Nun, die Torte ist nicht mehr zu retten. Ich sage

Ella, dass wir nicht widerstehen konnten und sie sofort aufgegessen haben.«

Nonnie wollte lügen? Die Frau, die unter Androhung von Strafe stets von Vivien verlangt hatte, die Wahrheit zu sagen? Vivien machte den Mund auf, und bevor sie sich eines Besseren besinnen konnte, sagte sie: »Lügen bringen das Jesuskind zum Weinen.«

Nonnies Kopf fuhr herum, und ihre Augen verengten sich. »Fromme, aus Güte entstandene Lügen zeugen von Gottes Barmherzigkeit.«

»Wo steht das denn in der Bibel?«

Henrys tiefes Lachen zog die Aufmerksamkeit beider Frauen auf sich. Seine tiefbraunen Augen leuchteten vor Belustigung, als er zum Tresen ging und ein Stück Küchenpapier von der Rolle abriss. »Manche Scheiße ändert sich nie.«

»Henry! Ich habe dich nicht auf die besten Schulen des Landes geschickt, damit du vulgäre Obszönitäten von dir gibst.«

»Verzeih meine vulgären Obszönitäten.« Henry blickte an sich herab und wischte sich eine dicke Schicht aus Kokosraspeln und Glasur vom Hemd. »Aber mit der ganzen Gängelei und Schimpferei klingt es hier wie in alten Zeiten.« Er blickte auf und sah das Missfallen in den Augen seiner Mutter, bevor er Vivien anblickte. Aber sie sah nicht aus wie in alten Zeiten. Vivien war nicht mehr das pummelige kleine Mädchen, das einem die Zunge herausstreckte, wenn sie glaubte, dass man es nicht sah. So erwachsen und wunderschön brachte sie ihn dazu, an interessante Stellen zu denken, an die sie die Zunge strecken könnte.

»Niemand gängelt hier, Henry Thomas. Ich leite euch

behutsam an. Ich weiß nicht, wie du auf solche Gedanken kommst.« Seine Mutter trug die beiden Teller mit halb aufgegessenem Toast an den Tresen. »Ich rufe jetzt den Pfarrrektor an und setze ihn über Macy Janes Ableben in Kenntnis. Ich bin mir sicher, wir bekommen noch heute einen Termin bei ihm.«

»Heute?« Vivien sah überfordert, beklommen und hinreißend aus. Ihr Haare waren noch vom Schlaf zerzaust und ihr schlanker, zierlicher Körper war in Seide gehüllt. Ihm war gestern Abend schon aufgefallen, wie dünn sie war. Er hatte auch andere Veränderungen an ihr wahrgenommen. Zum Beispiel, dass sie ihren Akzent abgelegt hatte. Was jammerschade war. Henry liebte es, wenn sich süße Worte wie Honig von den Lippen eines Südstaaten-Mädchens ergossen.

»Das muss erledigt werden, bevor wir alles bei Stuhr's arrangieren. Du musst einen Tag, eine Uhrzeit und Kommunionhelfer festlegen.«

»Oh.« Viviens grüne Augen wurden rund, und sie schüttelte den Kopf. Dabei fiel eine lange dunkle Haarsträhne nach vorne, die sie sich aus dem Gesicht strich. »Ich habe keine Ahnung, wie man eine Beerdigung plant, ganz zu schweigen von Kommunionhelfern.«

»Das liegt daran, dass du nicht genug Zeit in der Gemeinschaft Christi verbracht und über Sünde und Sterblichkeit nachgedacht hast. Ich rufe jetzt bei St. Phillip's an und vereinbare einen Termin bei Father Dinsmore«, verkündete die Frau, die von sich behauptete, nicht herrisch zu sein.

Als seine Mutter aus der Küche ging, entsorgte Henry das Papierhandtuch. »Und weg ist sie. Die Herrin über Sünde und Sterblichkeit.«

»Zum ersten Mal in meinem Leben bin ich dankbar dafür, dass Nonnie so arrogant und herrisch ist.« Vivien warf ihm einen Blick zu und riss entsetzt die grünen Augen auf. »Oh, entschuldige, dass ich so von deiner Mutter spreche.«

Wieder war es ihr gelungen, aufrichtig zu klingen. »Arrogant und herrisch beschreibt sie ziemlich gut.«

Vivien trat ein paar Schritte zum Tisch und schnappte sich den Starbucks-Kaffeebecher. »Ich hätte nie geglaubt, dass ich es noch erlebe, aus ihrem Mund eine Lüge zu hören.« Von der Seite sah sie so dünn aus, als könnte sie durch einen Briefschlitz passen.

»Du meinst ›Gottes Barmherzigkeiten‹?« Er schnappte sich zwei Gabeln aus einer Schublade und kam auf sie zu. »Mutter kann alles rechtfertigen und beharrlich daran festhalten. So gewinnt sie die meisten Auseinandersetzungen.« Er spießte ein kleines Tortentrümmerstück auf und hielt ihr die Gabel hin. Vivien sah die Gabel an, nahm sie aber nicht.

»Es ist lange her, seit ich Kokosnuss-Beerdigungs-Torte gegessen habe.« Er nahm ihre Hand und legte den Stiel der Gabel in ihre Handfläche. »Zwing mich nicht, das allein zu essen.« Er spießte noch ein Stück auf und steckte es sich in den Mund.

Während sie von der Gabel in der Hand zu ihm aufblickte, verzogen sich ihre vollen Lippen nach unten. »Ich bin kein Fan von Torte.«

Er schluckte und spießte noch ein Stück auf. »Seit wann? Ich erinnere mich an eine von Mutters Gartenpartys und an den Diebstahl dieser übertrieben verzierten Küchlein, die sie immer serviert.«

»Das muss Spence gewesen sein.«

Er aß einen Happen und lachte. »Spence wurde für vieles verantwortlich gemacht, aber diese schwuchteligen Kuchen hat er genauso wenig gemocht wie ich.«

»Das weiß ich nicht mehr.« Sie trank einen Schluck von ihrem Kaffee, und ein leises Lächeln umspielte ihren Mund. »Wenn ich mir tatsächlich etwas von Nonnies Gartenparty-Petits-Fours ausgeliehen hätte ...«

»Darlin'«, unterbrach er sie, »man kann sich nichts *ausleihen*, was man nie mehr zurückgeben will.«

Ihr Lächeln wurde breiter, und ein warmes, überschäumendes Lachen kam über ihre Lippen, als wäre sie von Sonnenschein und Champagner erfüllt.

»Nun, wenn ich tatsächlich *aus Versehen* ein paar Petits Fours von deiner Mama genommen haben sollte, dann nur, weil das Eis alle war.« Sie legte die Gabel auf den Tisch, ohne den Tortenhappen angerührt zu haben. »Und jetzt müssen Sie mich entschuldigen, Mr. Whitley-Shuler. Wenn ich nicht fertig bin, bis Nonnie zurückkommt, reißt sie mir den Kopf ab«, verkündete sie mit einem Südstaatenakzent in voller Ausprägung, der nur so vor Honig troff.

KAPITEL 6

Die nächsten vierundzwanzig Stunden waren wie ein Kaleidoskop aus Panik und Erschöpfung, Furcht und Schmerz, das sich drehte und überschlug, das eine über das andere schob und dabei Farbe und Form wechselte, jedoch immer dieselben unwirklichen Bilder erzeugte. Nur Viviens Trauer, scharf und stumpf zugleich, blieb eine Konstante in ihrem Herzen und ihrer Seele.

Vivien hätte nicht gewusst, wie sie den Tag ohne Nonnie hätte durchstehen sollen. Die Gottesanbeterin war unerwartet hilfsbereit und hatte zwischen herrischen Befehlen immer wieder Freundlichkeit und Mitgefühl durchscheinen lassen. Sie stand Vivien zur Seite, als sie die Musik für die Begräbnisfeier in St. Phillips auswählte und den Sargverkaufsraum bei Stuhr's abging. Nonnie wusste, wie viele Limousinen und welchen Bestattungswagen sie nehmen mussten. Was den Friedhof anbelangte, bestand Nonnie darauf, dass nur Mount Pleasant Memorial Gardens infrage käme, wo sie eine Grabstätte nicht weit vom ehemaligen Gouverneur James Edwards auswählten. Nonnie notierte die Namen der sechs Sargträger, die Macy Janes weißen Sarg tragen würden, und wusste genau, welchen Floristen sie anrufen musste, um den Blumenschmuck zu organisieren. Aber Nonnie gehörte nicht zur Familie. Vivien schon, und sie und ihre Mama hatten stets aufeinander aufgepasst. Es war Viviens Pflicht, sich dieses eine letzte Mal um die intimen Details für ihre Mutter zu kümmern.

Es war allein ihre Pflicht, den Nachruf für ihre Mutter zu schreiben, und später am Abend, als ihr Slip wieder im Wäscheraum trocknete, schnappte sie sich den Laptop, mit dem ihre Mutter sich mit den Töchtern der Konföderation in Georgia bekriegt hatte, und schrieb. Vivien war Schauspielerin, keine Schriftstellerin, und brauchte fast den ganzen Abend, um etwas zustande zu bringen, das lang genug war, um eine dreiviertel Seite im *Post and Courier* zu füllen. Als sie fertig war, drückte sie auf »Senden« und klappte den Laptop zu.

Wäre ihre Mutter noch am Leben gewesen, hätte sie Bescheidenheit vorgetäuscht und noch eine Prise Demut hineingestreut, insgeheim wäre sie aber sehr zufrieden mit ihrem Nachruf gewesen. Der Südstaaten-Tradition der Schönfärberei und der lebenslangen Abneigung ihrer Mutter gegen glatte Lügen folgend, hatte Vivien die Wahrheit bis zum Gehtnicht-mehr ausgeschmückt. Sie schrieb, dass Macy Jane von vielen für ihren freien (unberechenbaren) Geist geliebt worden war, für ihre Fantasie (träumte von exotischen Orten), ihre künstlerische Begabung (strich manchmal Tische) und ihre preisgekrönten Kochkünste (belegte einmal mit ihrer Pfirsichmarmelade den dritten Platz).

Im letzten Absatz brauchte sie nichts zu beschönigen. Sie schrieb über die Güte und die Liebenswürdigkeit ihrer Mutter und dass sie schmerzlich vermisst würde. Sie erwähnte Angehörige, die ihrer Mutter im Tod vorausgegangen waren, und die paar, die noch in diversen Teilen des Landes lebten, ließ jedoch ihren eigenen Namen weg. Die Trauerfeier galt Macy Jane Rochet, nicht Vivien Leigh Rochet, und das Letzte, was sie wollte, war, den Tag in ein *Raffle*-Fantreffen zu verwandeln.

Es lag auch allein in Viviens Verantwortung, die Totenkleidung ihrer Mutter auszuwählen. Als sie am nächsten Morgen aufwachte, legte sie das rosa Seidenkleid bereit, das ihre Mama zu ihrer Einweihungsfeier getragen hatte. Sie zog eine Kleiderhülle aus ihrem Wandschrank und tat ein Paar Christian-Louboutin-Pumps dazu, die ihre Mutter nur ein einziges Mal in der Wohnung getragen hatte, weil sie die roten Sohlen nicht verkratzen wollte. Sie fügte die dreizehn Millimeter Mikimoto-Perlen mit den passenden Ohrringen hinzu, die sie ihrer Mutter vor fünf Jahren zu Weihnachten geschenkt hatte, und da ihre Mama ohne Formwäsche nicht mal tot über dem Zaun hätte hängen wollen, packte Vivien noch ihren Spanx-Shapesuit dazu.

Sie packte alles zusammen und drückte das rosa Kleid ein letztes Mal an ihre Brust. Am seidenen Peter-Pan-Kragen hing noch der Duft des Parfüms ihrer Mutter, doch Vivien weigerte sich, den Tränen nachzugeben. Sie hatte schon gestern fast den ganzen Tag geweint, und wenn sie jetzt wieder anfing, fürchtete sie, würde sie nicht mehr aufhören können. Wenn sie jetzt zusammenbräche, würde sie nicht mehr wieder aufstehen können.

Sobald alles für Stuhr's bereit war, duschte sie und zog ein Rolling-Stones-T-Shirt im Vintage-Look über ihren einzigen trägerlosen BH. Dazu trug sie eine schwarze Jeans mit Ledersandalen und nur sehr wenig Make-up. Auf dem Weg zur Haustür hinaus nahm sie die Kleiderhülle mit. Sie ging über den Kopfsteinpflasterweg zum hinteren Teil des Herrenhauses und erinnerte sich an die vielen Male, als sie sich im Buchsbaum oder in der mit Rosen bewachsenen Gartenlaube versteckt und Nonnies Gespräche belauscht oder auf die Lebenseiche geklettert war und Spence und seine Freunde mit Eicheln beworfen hatte.

Es war jetzt zwölf Jahre her, seit sie zum letzten Mal den Fuß ins Haus der Whitley-Shulers gesetzt hatte, doch sobald sie eintrat, erkannte sie, dass sich in der riesigen Villa im klassizistischen Stil im Grunde nichts geändert hatte. Es roch immer noch nach altem Holz und Möbelpolitur, vermengt mit einem leichten Hauch nach stockigem Stoff und restaurierter Tapete. Mit seinen Familienporträts und Gemälden, Marmorstatuen und dem Duncan-Phyfe-Mobiliar fühlte es sich immer noch an wie in einem Museum.

Vivien traf Nonnie im Doppelsalon an, dessen Schiebetüren offen standen; der überladene Raum wurde gerade für den Empfang übermorgen geputzt und auf Hochglanz gebracht. Die blaugoldenen antiken Teppiche passten zu den schweren Seidenvorhängen, die die raumhohen Fenster noch genauso einhüllten wie in Viviens Erinnerung. Die Glastüren zur überdachten Rundumveranda hin waren geöffnet, und Nonnie stand groß und hager im marineblauen Kostüm mit Messingknöpfen vor dem verschnörkelten Marmorkamin. Sie wirkte wie ein General, während sie das Personal anwies, das schon begonnen hatte, für den Beerdigungsempfang zusätzliche Tische und Stühle aufzustellen. Alle im Raum schienen Haltung anzunehmen, wenn sie eine Anweisung gab. Alle, bis auf einen Mann, der mit dem Ellbogen an den Kaminsims gelehnt dort stand und ein missmutiges Gesicht machte. Die Ärmel seines blau-weiß gestreiften Hemds hatte er an den Unterarmen hochgerollt, sodass man die silberne Uhr am Handgelenk sehen konnte. Er trommelte mit den Fingern auf dem Marmorsims, während er seiner Mutter dabei zusah, wie sie auf Dinge zeigte und das Personal dirigierte. Dann drehte sie sich zu ihm und deutete zur Zimmerdecke, worauf er den Kopf schüttelte, eindeutig nicht erfreut über die Befehle, die ihm seine Mutter erteilte. Bei ihrem letzten Treffen mit Henry hatte er mit Tortenglasur auf dem Hemd in der Küche ihrer Mama gestanden und über stibitzte Petits Fours gelacht. Sie konnte sich nicht erinnern, Henry schon einmal lachen gehört zu haben. Jemals. Auf keinen Fall hatte er sie jemals »Darlin'« genannt, und für einen kurzen Moment waren sie nur ein Mann und eine Frau gewesen, die zusammen in einer Küche standen und gemeinsam lachten. Sie hatte die Vergangenheit vergessen und dass sie ihn einst Arschgesicht Henry genannt hatte.

»Ich bin nicht dein Bediensteter«, sagte er gerade zu Nonnie, als Vivien zu ihnen trat. »Ich bin nur hier, um die Einlegeplatten für Großmutters Tisch zu holen.« Er deutete auf einen Esszimmertisch mit großen Klauenfüßen, der an die hintere Wand geschoben war. »Ich glaube, dir ist nicht ganz klar, welche Mühe es machen wird, die verdammten Dinger in zwei Tagen fertigzukriegen.«

»Ich weiß es zu schätzen, Sohn, aber im Augenblick brauche ich dich, damit du für mich auf den Dachboden gehst und nach Großmutter Shulers Hochzeitssilber suchst. Ich brauche die Chrysanthemen-Tortenplatte. Sie ist ungefähr so groß, schwer und unbeschreiblich geschmacklos.«

Vivien erinnerte sich an das Chrysanthemensilber. Sie hatte es so oft geputzt, dass sich ihr das Muster unauslöschlich ins Gedächtnis eingebrannt hatte. Sie legte die Kleiderhülle auf einem viktorianischen Sofa ab und unterbrach Nonnies Tirade über den stillosen Geschmack der Shulers. »Entschuldigung.« Als die ältere Frau sich zu ihr umwandte, sagte sie: »Ich habe Mamas Kleidung mitgebracht.«

»Gut.« Nonnie nickte wohlwollend. »Ich lasse sie zu Stuhr's bringen.«

Was Vivien auf ihr zweites Problem des Tages brachte. »Ich muss ein paar Sachen einkaufen.« Hinter der linken Schulter seiner Mutter traf ihr Blick Henrys, und die Falten, die seine Stirn zerknitterten, hoben sich, als hätte er gerade erst aufgeblickt und wäre überrascht, sie zu sehen. »Bei meiner überstürzten Abreise aus L. A. habe ich vergessen, ein Kleid einzupacken.« Sein Mundwinkel hob sich, als sei sie keine ganz unangenehme Überraschung. In den letzten zwei Tagen hatte Henry sie öfter angelächelt als in ihrem ganzen Leben. Sie richtete ihre Aufmerksamkeit auf Nonnie, weg von Henrys verwirrendem Lächeln. »Sarah ist nicht hier, um für mich Sachen zu besorgen.« Als Vivien das letzte Mal versucht hatte, wie eine Normalsterbliche einzukaufen, hatte ein Pulk Fotografen auf dem Rodeo Drive vor Dior kampiert und auf sie gewartet. Innerhalb von Minuten war die Menschenmenge größer geworden, die Papparazzi aufdringlicher, sodass sie im Laden gefangen war. Bevor das Sicherheitspersonal die Schaulustigen auseinandertreiben konnte, war ein japanischer Tourist von Paris Hiltons rosa Bentley niedergemäht worden. Zum Glück hatte der Tourist überlebt, aber diese Erfahrung hatte Vivien entsetzt. Sie hatte ihre Lektion gelernt. »Ich will keine Aufmerksamkeit auf mich ziehen, solange ich in Charleston bin.« Sie sah Henry an, als sie sagte: »Normalerweise ruft Sarah vorher an, damit der Geschäftsführer noch vor meiner Ankunft den Sicherheitsdienst postieren kann.«

Henry schüttelte den Kopf. »Dass du einen Sicherheitsdienst brauchst, bezweifele ich.«

Vielleicht hatte er recht. Schließlich waren sie in Charleston. Nur sehr wenige Menschen wussten, dass sie in der Stadt war. Wenn sie wirklich jemand erkannte, würde er sie wahrscheinlich für irgendeine Frau halten, die Vivien Rochet ähnlich sah, eine unscheinbarere und weniger attraktive Version natürlich.

»Ich rufe bei Berlin's an.« Nonnie zog ein Handy aus ihrer Blazertasche und wählte die Nummer. Sie schilderte Viviens Anliegen, legte die Hand über das Telefon und sagte: »Ellen sieht nach, ob sie das schwarze Armani-Kleid noch haben.«

Vivien wusste genau, wo sich Berlin's befand. Als Kind hatte sie mit ihrer Mama oft die Schaufenster des exklusiven Geschäfts auf der King and Broad bewundert. Sie hatten über den Tag gesprochen, an dem sie reich genug wären, um den Laden zu betreten und sich Designer-Klamotten und frivole Hüte zu kaufen, aber wie all die anderen Träume hatten sie es nie in die Tat umgesetzt. Und jetzt würden sie nie wieder die Gelegenheit dazu bekommen. »Steht Mamas Wagen in der großen Garage?«

»Der Wagen läuft nicht, Henry wird dich fahren«, bot Nonnie ihren Sohn wie einen Chauffeur-Dienst an und konzentrierte sich wieder auf das Telefon. »Oh, das ist großartig.«

Vivien warf einen Blick zu Henry und sah, wie Verärgerung sein leises Lächeln ersetzte. Als Junge war er oft furchteinflößend und heftig gewesen. Als Mann wirkte er eher finster und grüblerisch als furchteinflößend, wie Heathcliff, Mr. Darcy oder Joe Manganiello.

»Ich nehme ein Taxi«, sagte Vivien rasch, um nicht zu riskieren, dass Henry ihr gegenüber hitzig, schwermütig oder zum Werwolf wurde.

»Ich setze dich bei Berlin's ab«, bot er an, klang aber nicht sonderlich froh darüber.

»Ja, so ist's recht.« Nonnie hielt inne und sah Vivien an. »Welche Größe hast du, Liebes?«

»Null.«

Null. Null war keine Größe. Es war nichts. Nix. Nada. Zero. Eine Nullnummer. Aber nicht die Kleidergröße einer Frau. Zumindest sollte es das nicht sein.

Die Unterarme auf seine Schenkel gestützt, saß Henry vorgebeugt in einem schwarz-weißen Sessel und tat so, als würde er die Modezeitschrift in seinen Händen studieren. Er hockte im hinteren Teil von Berlin's und hatte keinen Schimmer, wie er zu dem Job als Viviens Chauffeur und persönlichem Leibwächter gekommen war. Eigentlich hatte er sie nur rasch absetzen und gleich weiterfahren wollen, aber sie hatte in seinem Truck gesessen und verängstigt auf die Ladenfront gestarrt, statt die Tür zu öffnen, und nervös an ihrer großen Sonnenbrille und der von ihm geliehenen Baseballmütze herumgenestelt. Während er noch überlegte, ob er sie einfach aus dem Wagen schubsen konnte, hatte er sich sagen gehört, dass er ja auch im Laden auf sie warten könnte. Vermutlich lag es an dem Südstaatler in ihm, aber wenn er gewusst hätte, dass Vivien mehr als zehn oder fünfzehn Minuten brauchen würde, hätte er sich lieber die Zunge abgebissen, als den Job anzunehmen.

Verdammt, er hatte schon einen Job. Einen, der nicht beinhaltete zu warten, während Vivien Rochet Kleider anprobierte und sich in einem dreiteiligen Spiegel von allen Seiten betrachtete. Sein aktueller Auftrag wartete in seiner Werkstatt auf Vollendung. Er hatte die geschwungene Kücheninsel aus Kirschholz und Stahl selbst gebaut und musste nur noch die Schubladen einpassen und die Griffe anschrauben, bevor seine Jungs sie in einem Penthouse in der Prioleau Street einbauen konnten.

»Ich bin gleich fertig. Versprochen.«

Henry hob den Blick von einem Artikel über »Strandfrisuren«. Vivien trat aus der Ankleidekabine und schwebte an ihm vorbei zu dem bodenlangen Spiegel. Er spürte einen Druck im Schädel. Das Kleid kam ihm bekannt vor. Es war das erste, das sie vor einer Stunde anprobiert hatte. Hätte er ein Gewehr dabeigehabt oder einen Hammer, hätte er sich jetzt selbst von seinen Qualen erlöst.

Wieder beobachtete er Vivien dabei, wie sie das Kleid betrachtete, das sich an die zarten Rundungen ihres Körpers schmiegte. Sie drehte sich hin und her und legte die Hand auf ihren flachen Bauch, während sie mit der anderen Hand das Haar von ihrem langen Hals und den Schultern hob, als hätte sie sich noch nie in diesem Kleid gesehen. Als wäre ihr entgangen, wie perfekt es ihre kleinen Brüste und ihren süßen kleinen Hintern umschloss oder wie der schwarze Stoff auf ihren weißen Schultern anlag.

»Dieses Kleid steht Ihnen ausgezeichnet«, versicherte ihr

die Verkäuferin, während sie sich auf ein Knie niederließ und sich am Saum zu schaffen machte. »Es muss nur um zweieinhalb Zentimeter gekürzt werden.«

»Sie haben recht.« Vivien legte den Kopf schief. »Und mit den Peeptoes von Manolo sehe ich auch nicht so klein und stämmig aus.«

Stämmig? Entweder machte sie Witze, oder sie gehörte zu den Nervensägen, die nach Komplimenten heischten. Sie ließ ihre Haare wieder sinken und strich mit beiden Händen an ihren Seiten entlang zum Po. Wenn sie ihn jetzt fragte, ob sie in dem Kleid dick aussah, würde er nicht dafür garantieren können, dass er sie nicht erwürgte. Fast hätte er vergessen, dass sie ein verwöhnter Filmstar war, der sich einbildete, dass alle Menschen nur dazu da waren, sie zu bedienen, und der sich ohne Assistentin nicht einmal den morgendlichen Milchkaffee besorgen konnte. In seinem Leben hatte es einmal eine Zeit gegeben, in der er genauso gedankenlos gewesen war. In der sein Ego ihn dazu getrieben hatte, um jeden Preis zu gewinnen und seine Bedürfnisse über die aller anderen zu stellen.

»Ich warte draußen auf dich«, murmelte er, während er aufstand.

In den drei Spiegeln hoben drei Viviens den Blick vom Saum ihres Kleides. Ihre grünen Augen suchten sein Bild hinter ihr. »Ich beeile mich«, versicherte sie ihm.

Eine Vivien war schon schlimm genug. Drei Viviens waren zwei zu viel. Sie war lästig und nervig und so unerhört schön, dass sie seine Libido ein- und wieder ausschaltete wie eine Glühbirne. Er warf die Zeitschrift auf den Stuhl und eilte an Reihen mit an den alten Backsteinwänden angebrachten

Ständern voller Designerklamotten vorbei und trat durch die Glastüren in die Hitze und Feuchtigkeit des ältesten Teils der »Heiligen Stadt« hinaus. Der Autoverkehr verstopfte die Ecke King und Broad und fügte der heißen, schwülen Luft noch eine Schicht Auspuffgase hinzu. Lieber erstickte er an nebligen Abgasen, als Vivien weiter dabei zuzusehen, wie sie ihren Hintern betatschte.

Er lehnte sich mit der Schulter an das Gebäude und zog Handy und Sonnenbrille aus der Brusttasche. Er hatte ein echtes Leben und einen echten Job und keine Zeit, auf eine verwöhnte Schauspielerin aufzupassen oder in einer Modezeitschrift Tipps für Strandfrisuren zu studieren. Er beantwortete E-Mails und SMS von Lieferanten und Kunden und hakte nach, ob sein Antrag auf endgültige Abnahme einer Sanierung im French Quarter im Bauamt bearbeitet wurde.

Nach zehn Minuten war Vivien immer noch nicht aufgekreuzt, und er überbrückte die Wartezeit, indem er nach dem Stand von ein paar alten Technik-Aktien schaute. Aktienhandel war nicht mehr sein Vollzeitjob, doch er behielt den Markt im Auge. Auf dem Höhepunkt seiner Börsenhandelstage in New York hatte er in nachrichtenabhängige Aktien und Aktiensektoren investiert. Heute verwaltete er die Kommanditgesellschaft und den Hedgefonds, die er vor Jahren mit seiner Mutter und seinem Bruder gegründet hatte. Der Fonds war nur ein Teil des Anlage-Portfolios ihrer Familie, und Henry sorgte dafür, dass er mehr Geld machte, als er verlor. Jetzt, wo sein Job nichts mehr mit Bank- und Finanzwesen zu tun hatte, konnte er entspannt an die Sache herangehen und sogar ein bisschen Spaß am Spekulieren finden. Jetzt, wo es nicht mehr sein Job war, konnte er sich auf das konzentrieren, was er wirklich gern tat. Die Arbeit machen, zu der er von Natur aus geneigt hätte, hätte er je die Wahl gehabt.

Seit er denken konnte, hatten ihn Holzmaserungen und die glatten Oberflächen exotischer Hölzer fasziniert. Er hatte es geliebt, sich verschiedene und außergewöhnliche Verwendungsmöglichkeiten für unterschiedliche und ungewöhnliche Harthölzer auszumalen und seit frühester Kindheit immer sofort eine Fülle von Ideen gehabt, wie man einen Raum einrichten könnte, lange bevor er wusste, dass es so etwas wie Innenarchitektur oder Raumdesign überhaupt gab.

Endlich schwang die Tür auf, und Vivien, wieder in Jeans und T-Shirt und mit seiner Clemson-Tigers-Baseballmütze, kam aus Berlin's herausgeschlendert. Außer ihrer roten Handtasche hatte sie nichts dabei.

»Wo ist das Kleid?«, fragte er irritiert. Immerhin hatte sie genügend Kleider anprobiert, um sich wenigstens für eins zu entscheiden.

»Es wird noch geändert.« Sie durchwühlte ihre Handtasche und zog die Sonnenbrille heraus. »In einer Stunde können wir es abholen.«

»Was?«

»Da die Damen schon so lieb waren, ihre Schneiderin sofort an den Saum zu setzen« – sie hielt inne und zog ihre große Sonnenbrille auf –, »war es doch das Mindeste, was ich tun konnte, ihnen zu versichern, dass wir so lange warten.«

»Wir?« Er spürte, wie sein Augenwinkel zuckte.

»Oh.« Sie drehte sich zum Gewusel aus Autos und Fußgängern um und blickte durch die dunklen Brillengläser zu ihm auf. »Halte ich dich von irgendwas ab?«, fragte sie, als hätte er ganz selbstverständlich den ganzen Tag Zeit, auf sie zu warten.

Am liebsten hätte er sie einfach stehen gelassen, aber er war nicht dazu erzogen worden, Frauen im Stich zu lassen. »Und was schlägst du vor, sollen *wir* eine ganze Stunde lang machen?«

»Ich muss noch zu Bits of Lace.« Sie sah sich um, als rechnete sie fest damit, dass jemand sie von hinten ansprang. »Die Damen sagten, es sei nur ein Stück weiter die Straße runter.«

Es tat ihm leid, dass er gefragt hatte. »Der Unterwäscheladen?«

Sie nickte, und der Schatten des Schirms seiner Baseballmütze glitt über den Rand ihrer rosa Lippen. »Ich denke, ich sollte vorher dort anrufen und meinen Besuch ankündigen.« Wieder durchwühlte sie ihre Handtasche und zog diesmal ihr Handy hervor. »Ich muss die Telefonnummer googeln.«

»Warum denn?«, fragte er misstrauisch. Seine Mutter hatte bei Berlin's angerufen, und sie hatten extra für sie einen ganzen Ständer mit Kleidern zusammengestellt. Er hatte nicht vor, ihr noch eine Stunde dabei zuzusehen, wie sie eine Kofferraumladung Slips anprobierte. Hinter seinen Sonnenbrillengläsern ließ er den Blick zu ihren Lippen gleiten. Verdammt. Er fühlte sich wieder wie die Glühbirne, und er schien nicht gefragt zu werden, ob seine Libido angeschaltet werden sollte oder nicht.

»Ich sollte den Ladenbesitzer vorwarnen, falls sie den Sicherheitsdienst vorher postieren wollen.«

Er sah ihr in die Augen. Das erste Aufflackern des Verlangens erlosch. Gott sei Dank. »Ich glaube nicht, dass dich jemand erkennen wird.« Falls er noch einen Beweis für ihre Hochnäsigkeit gebraucht hatte, dann war, einen kleinen Wäscheladen anzurufen und einen Sicherheitsdienst zu verlangen, genau das Richtige. »Verdammt, Prinzessin, sogar ich erkenn dich kaum wieder, und ich kenne dich seit Jahren.«

Besorgt runzelte sie die Stirn. »Bist du sicher?«

»Ich bin mir sicher, dass du paranoid bist.« Er ging ein paar Schritte die King Street entlang in Richtung des Wäschegeschäfts, blieb jedoch stehen, als sie ihm nicht folgte. »Müssen wir nicht hier lang?« Er deutete in die grobe Richtung von Bits of Lace. In der Nähe gab es eine Sportkneipe, in der er sich ein Bier genehmigen könnte, während er wartete.

»Wir können nicht zu Fuß gehen.«

»Aber es ist nur vier oder fünf Straßen weiter.«

»Wenn die Lage außer Kontrolle gerät, ist dein Wagen zu weit weg.«

Außer Kontrolle? Es war möglich, dass sie vielleicht jemand erkannte, aber er bezweifelte ernsthaft, dass die Lage außer Kontrolle geraten würde. Doch dann fielen ihm ihre verrückten *Raffle*-Fans ein. Sie waren schon merkwürdig. »Dann fahren wir eben«, kapitulierte er und ging in die entgegengesetzte Richtung zu seinem Truck, auch wenn er es reichlich übertrieben fand. Er bezweifelte, dass ihre Fans überhaupt wussten, dass sie in Charleston war, und hielt es für unwahrscheinlich, dass jemand in einem albernen Lederkostüm mit Kettenhemd in einem Unterwäschegeschäft aufkreuzen würde.

Henry fuhr die paar Straßen weiter und fand einen Parkplatz direkt gegenüber von Bits of Lace. Während Vivien BHs einkaufte, entspannte er sich im King Street Grill gleich nebenan. Er wählte einen Tisch ziemlich weit vorn; zu dieser Tageszeit war das Lokal leer, an den Tischen saßen nur drei Paare und an der Theke eine Gruppe junger Männer. Auf dem Fernseher über der Bar übertrug ESPN das Baseball-Spiel zwischen den Rangers und den Cubs, und er lehnte sich entspannt zurück und studierte die Speisekarte. Da er sich nicht zwischen Pulled Pork Sliders und Nachos entscheiden konnte, bestellte er beides und dazu eine Flasche Palmetto Porter. Nachdem er die letzte Stunde in einem Frauenbekleidungsgeschäft verbracht hatte, auf verschnörkelten Möbeln gehockt und in Frauenzeitschriften geblättert hatte, fühlte sich Sportgucken und Dunkelbiertrinken an, wie nach einem unangenehmen Besuch bei einem anstrengenden Auftraggeber nach Hause zu kommen. Seine Schultern entspannten sich, und die Anspannung wich aus seinen Gelenken. In einer Sportkneipe sitzen zu dürfen, statt dumm in einer Dessousboutique rumzustehen, während Vivien sich Slips ansah, war eine Gnade, eine Befreiung von der unverschämten Göre, die zu einer wunderschönen Frau herangewachsen war, und seiner beunruhigenden Reaktion auf sie, die er weder erwartet noch gewünscht hatte.

Als die Kellnerin sein Bier brachte, trank er einen Schluck von dem kräftigen Porter. Statt in einer Kneipe zu sitzen und sich über seine körperliche Reaktion auf Vivien Gedanken zu machen, sollte er in seiner Werkstatt sein und an der Kücheninsel aus Kirschholz arbeiten oder ein Angebot für die neue Krankenhausanlage in North Charleston aufsetzen. Ungeachtet der Marke der französischen Blazer, in die seine Mutter ihn als kleiner Junge immer gesteckt hatte, und ungeachtet der exklusiven Internate oder seines Princeton-Abschlusses lag die Arbeit mit Holz in seiner Natur. Wie sein Vater liebte Henry den Geruch von Holz und wie es sich unter seinen Händen anfühlte, und er hatte es schon als Kind geliebt, etwas von Hand zu fertigen, das er sich selbst ausgedacht hatte.

Er leckte sich Schaum aus dem Mundwinkel und stellte das Glas auf den Tisch.

Henry hatte immer getan, was von ihm erwartet wurde, bis diese Erwartungen ihn fast umgebracht hätten. Damals hatte er seinen Schreibtischjob an den Nagel gehängt und war glücklicher gewesen als je zuvor. Seine Mutter hielt seine Kunstschreinerei für eine Vergeudung seines teuren Studiums. Sie hielt einen Handwerkerberuf für einen Whitley-Shuler nicht für angemessen, und es wunderte ihn überhaupt nicht, dass sie ihn Vivien als Chauffeur angeboten hatte, als hätte er nichts Besseres zu tun. Genauso wenig, wie es ihn überraschte, dass Vivien ihn herumschubste und seine Geduld genauso auf die Probe stellte wie damals als Kind.

Deshalb musste er zugeben, dass es ihn überraschte, als Vivien fünfzehn Minuten nachdem er sein Bier bestellt hatte, durch die Tür der Sportkneipe trat. Er hatte damit gerechnet, dass sie mindestens noch eine Stunde brauchen würde, und sei es nur, um ihn zu ärgern.

»Ich hab so schnell wie möglich gemacht«, sagte sie fast außer Atem, als wäre sie von einem BH-Ständer zum nächsten gerannt. Sie stellte ihre Einkaufstüte und die Handtasche auf den Stuhl ihm gegenüber. »Ich glaube, ich hab mich noch nie beim Einkaufen so beeilt.«

Jetzt war sie schnell. Wo es nicht darauf ankam. Wo sie noch eine halbe Stunde totzuschlagen hatten, bevor sie noch einmal zu Berlin's mussten, und er sich bei einem Bier und seinem Lieblingsessen entspannte. Er gab der Kellnerin ein Zeichen. »Was darf ich dir zu trinken bestellen?«, fragte er, als Vivien sich auf den Stuhl neben ihm gleiten ließ.

»Ich hätte gern einen Mojito.« Sie ließ die Sonnenbrille auf der Nase, als sei sie von der CIA. »Danke.«

Er gab Viviens Bestellung auf und bat um einen zweiten Teller. »Wie ist es gelaufen? Sind irgendwelche Fans hinter Unterhosenregalen hervorgesprungen und haben um ein Autogramm gebeten?«

Als sie lachte, musste er wieder an Sonnenschein und Honig denken. An Whiskey in einer Tasse Tee, die einen von innen heraus wärmte. »Nein. Ich habe mir grundlos Sorgen gemacht.« Sie schüttelte den Kopf, und die Sonne, die durch die großen Fenster strömte, glitt über ihre weiche Wange. Ihre dunklen Haare hingen hinten aus der Baseballmütze heraus und strichen über ihr T-Shirt. »Gott sei Dank.«

»Du bist zu verkrampft.« Sie bestand nur aus weicher Haut und glänzendem Haar und knipste seine Libido wieder an wie mit einem Lichtschalter.

»Ich?« Ihr klappte die Kinnlade herunter, und sie schnappte nach Luft. »Du bist schon verkrampft auf die Welt gekommen, Henry.«

Womit sie wahrscheinlich recht hatte, aber das hätte er niemals zugegeben. Als Viviens Getränk und der zusätzliche Teller kamen, nahm sie sich drei armselige Nachos und legte sie auf ihren Teller.

»Ich bin nicht derjenige, der so verkrampft ist, dass er seine Sonnenbrille nicht absetzt. In einer Kneipe.«

»Ich will keine Aufmerksamkeit erregen.«

»Die Sonnenbrille erregt aber Aufmerksamkeit.« Er trank einen Schluck Bier. »Wenn die Leute dich anstarren, Darlin', dann wahrscheinlich, weil sie glauben, dass du dahinter ein blaues Auge verbirgst. Gott, sie glauben wahrscheinlich, dass du es von mir hast.«

»Frauenschläger.« Lachend nahm sie die Brille ab. Sie legte sie auf den Tisch und spitzte die Lippen um ihren Mojito-Strohhalm. »Du bist so verklemmt, dass du nicht mal einen Dessous-Laden betreten kannst.« Sie hielt inne, um ein Stückchen von einem Nacho abzubeißen. »Wahrscheinlich bist du einer von den Typen, die Angst davor haben, dass ihnen die vielen Slips das ganze Testosteron aussaugen.«

»Mein Testosteron wird durch Slips nicht beeinträchtigt.« Er sah sogar sehr gern Spitzenslips an Frauen. Vor allem, wenn sie versuchten, ihm das Testosteron auszusaugen.

Sie schüttelte den Kopf und versuchte, ein Lächeln zu unterdrücken. »Ich erinnere mich noch an den Sommer, als du einen Wutanfall gekriegt hast, weil die saubere Unterwäsche von mir und meiner Mama draußen an der Wäscheleine hing.«

Das wusste er noch, weil ihn der Anblick der im Wind flatternden Omaschlüpfer traumatisiert hatte. »Ihr habt eure Wäscheleine vor dem Kutschenhaus gespannt.«

»Einen Garten hatten wir ja nicht.« Sie zuckte mit den Schultern und aß ihr mickriges Nacho auf.

»Ich war vierzehn, und meine Schulfreunde wollten an dem Tag kommen.« Er fragte sich, ob sie immer noch große Seidenunterhosen trug. Irgendwie bezweifelte er es.

»Du hättest die Wäsche einfach abnehmen können, statt auszuflippen.«

Dass er ausgeflippt war, bezweifelte er ebenso. »Ich wollte eure Oma... äh Wäsche nicht anfassen.«

»Du hast dich nicht verändert, du bist immer noch verklemmt und pingelig.« Sie trank einen Schluck.

»Ich war nie verklemmt und pingelig.« Schon eher verärgert und gereizt.

»Ich glaube, du hast Angst, dass die vielen Slips sich auf deine Libido auswirken und dich schrumpeln lassen wie eine Rosine.«

Er zog eine Augenbraue hoch. »Mich bringt nichts zum Schrumpeln wie eine Rosine.« Sprach er hier wirklich über seine Eier? Mit Vivien Rochet? »Darin bin ich gut.«

»Probieren geht über Studieren, wie meine Oma immer sagte.« Sie griff nach ihrer Einkaufstüte und stellte sie vor ihn auf den Tisch. »Beweise es.«

»Ich stecke da nicht meine Hand rein.«

»Es sind keine Schlangen drin, Henry.« Sie griff nach einem Nacho. »Mach schon!«

»Ich bin nicht deine Assistentin. Ich lass mich nicht herumkommandieren.«

»Hast du Schiss?«

»Hör auf, Vivien.« Sie bedrängte ihn. Provozierte ihn, und nach dem Funkeln in ihren Augen zu urteilen machte es ihr auch noch Spaß.

»Du traust dich ganz bestimmt nicht, Henry.«

In ihrem hübschen Gesicht konnte er fast das kleine Mädchen sehen, das seinen Wandschrank durchwühlt hatte, das ihn herausgefordert hatte, es als Diebin zu bezichtigen. Das pummelige kleine Mädchen, das ihm immer die Zunge herausgestreckt hatte, wenn niemand hinsah.

»Ich mein's ernst.« Ihre Augen verengten sich, und sie schüttelte den Kopf. »Ich fordere dich heraus.«

»Das ist doch lächerlich.« Er stellte die Tüte auf seinen Schoß und hielt ihren Blick, während er hineingriff. Seine Fingerspitzen stießen auf Seide und Spitze, und er zog einen blauen BH heraus. Einen hauchzarten, durchsichtigen BH. Er hielt ihn an einem Träger hoch und betrachtete die winzig kleinen lila Blumen, bevor er ihn wieder in die Tüte fallen ließ.

»Wie fühlst du dich?«

»Kein bisschen geschrumpelt.« Und mit jeder Sekunde weniger. Er reichte ihr die Tüte mit der Unterwäsche und sah auf die Tag-Heuer-Luxusuhr an seinem Handgelenk. »Wir sollten jetzt gehen.« Er stand auf und zog die Geldbörse aus der Gesäßtasche.

»Danke, Henry.«

Bevor er sie in Macy Janes schlammigem Garten vorgefunden hatte, hatte er noch nie gehört, dass ihr ein Dankeschön über die Lippen kam. »Wofür? Du hast ja nicht viel gegessen.« Er warf zwei Zwanziger auf den Tisch und steckte die Geldbörse wieder ein.

»Weil du mich heute gefahren hast, obwohl du keine Lust hattest.« Sie schnappte sich ihre Handtasche und die Sonnenbrille. »Und weil du mich zum Lachen gebracht und mich für ein paar Minuten lang hast vergessen lassen, warum ich hier bin.«

Er schaute in ihre grünen Augen und sah, wie das Lachen aus ihrem Blick schwand. »Gern geschehen, Vivien Leigh.« Sie setzte die Sonnenbrille wieder auf, und er legte ihr die Hand in den Rücken. Als sie die Straße überquerten, versuchte er sich daran zu erinnern, wann genau er das letzte Mal die Unterwäsche einer Frau angefasst hatte. Es musste Monate her sein. Monate aufgestauter Lust waren eine Erklärung dafür, warum Viviens Anblick im schwarzen Kleid, ihren blauen BH zu berühren und ihren warmen Rücken unter seiner Handfläche zu spüren ihn an Sex denken ließen. Er hielt Vivien die Beifahrertür seines Trucks auf und lief zur Fahrerseite. Er musste unbedingt etwas gegen den jämmerlichen Zustand seines Liebeslebens unternehmen. Das Problem war nur, dass er mehr als nur Sex wollte. Er war fünfunddreißig und hatte zwei ernsthafte Beziehungen gehabt. Beide Frauen hatten ihn verlassen, als ihnen klar geworden war, dass er es nicht ernst genug meinte, um sie zu heiraten. Dabei hatte er gar nichts gegen die Ehe, er war nur nie bereit dazu gewesen.

Die kühle Luft aus den Lüftungsschlitzen strich über seine Unterarme, während er Vivien zurück zu Berlin's fuhr. Er dachte an die Frauen, mit denen er ausgegangen war, seit er wieder in Charleston lebte. Die meisten waren kluge und attraktive Frauen gewesen. Für ein paar hatte er sogar die Billigung seiner Mutter gehabt, aber er war nicht Spence. Er brauchte Nonnies Billigung nicht.

Er hielt vor Berlin's am Straßenrand, und Vivien lief in den Laden, um ihr Kleid abzuholen. Sein Bruder hatte eine echte St.-Cecilia-Debütantin geheiratet. Nonnie war ganz aus dem Häuschen über eine Schwiegertochter gewesen, die wie sie selbst auf dem hochexklusiven St.-Cecilia-Ball vorgestellt worden war, der jedes Jahr im November stattfand. Spence hatte getan, was von ihm erwartet worden war. Er hatte ein »echtes Südstaatenmädchen« geheiratet. Und was hatte er jetzt davon? Er steckte mitten in einer brutalen Scheidung und bekämpfte seinen Schmerz mit Alkohol und Frauen. Henry war da anders. Er suchte nicht nach einer Ahnentafel. Er suchte nach einer Frau, die er für immer lieben konnte. Die er für immer lieben *wollte*.

Nachdem er Vivien am Kutschenhaus abgesetzt hatte, steuerte er seinen Truck zu seinem kleinen Haus auf John's Island. Die Größe des Hauses und dass es erst sechs Jahre alt war, hatten ihn fast genauso angesprochen wie die große Werkstatt im hinteren Garten. Bevor er eingezogen war, hatte er mehrere Wände herausgerissen und die Küche, das Esszimmer und das Wohnzimmer in einen größeren Raum umgewandelt. Er hatte ein Schlafzimmer zu einem Büro umgebaut und die Wand zwischen den zwei anderen herausgerissen, um sein Hauptschlafzimmer daraus zu machen. Das ganze Haus hätte ins Schlafzimmer seiner Mutter gepasst, aber er liebte es.

Orangefarbene Streifen spritzten über den Himmel, als Henry seinen Truck in seine Einfahrt fuhr und hinten neben der Garage parkte. Noch bevor er die Tür zur Werkstatt öffnete, konnte er das frisch geschnittene Holz und die Hobelspäne riechen. Er schloss die Tür auf und knipste die Lichter an. Außer nach frischem Holz roch es in dem Gebäude, das voll mit Hobel- und Fräsmaschinen stand, auch nach Beize und Lack. Seine Schuhe wirbelten eine dünne Schicht Sägemehl auf, während er sich zu der Kücheninsel begab, die er für das Penthouse in der Stadt angefertigt hatte. Er fuhr mit der Hand über das glänzende Holz, während er zum Aufspanntisch weiterging, in dem die Rückenlehne und der Sitz eines Stuhles festgeklemmt waren. Der Stuhl passte zu drei weiteren Stühlen und zu dem Ahorn-Tisch, den er für Macy Jane gebaut hatte. Jetzt gehörte er Vivien. Er würde sie fragen müssen, was damit geschehen sollte.

Er dachte an Vivien mit ihrem Hut und ihrer Sonnenbrille, total paranoid, als würden sich an jeder Ecke durchgeknallte Fans verstecken. Als könnte sie erkannt werden, obwohl sie in Wahrheit niemand eines zweiten Blickes gewürdigt hatte.

Das Handy in seiner Hemdtasche klingelte, und er meldete sich sofort, als er die Nummer sah. »Was gibt's, Spence? Bist du wieder da?«

»Ja«, antwortete sein Bruder. »Ich bin vor etwa einer Stunde nach Hause gekommen.«

In der vergangenen Woche hatte Spence auf einem Fischerboot in den Florida Keys Dampf abgelassen. »Hast du was gefangen?«

»Nichts, womit man sich brüsten könnte. Ich hab das mit Macy Jane gehört.« Spence hielt inne, bevor er hinzufügte: »Das ist verdammt traurig. Sie war eine nette Frau.«

»Ja, das war sie.«

»Ich habe gehört, du hast Vivien heute zum Einkaufen chauffiert.«

Er bückte sich und hob eine Schraubzwinge auf, die jemand auf dem Boden liegen gelassen hatte. »Das hast du bestimmt von Mutter.«

»Nein. Rowley Davidson hat mir gerade eine SMS geschickt. Seine Frau Lottie ist mit Vivien zur Schule gegangen und hat ihm was im Internet gezeigt.«

Henry trat an das Zwingenregal und räumte die Schraubzwinge dorthin zurück, wo sie hingehörte. »Und was genau hat Rowley Davidsons Frau Lottie mit mir zu tun?«

»Er hat mir einen Link zu einer dieser Klatschseiten geschickt.« Spence lachte. »Das solltest du dir mal ansehen.«

»Warum?«

»Tu's einfach.« Wieder lachte Spence, als wäre irgendetwas furchtbar komisch. »Ich mach jetzt Schluss, damit ich dir den Link schicken kann.«

Spence legte auf, und in weniger als einer Minute hatte Henry die SMS seines Bruders. Er tippte mit dem Daumen auf den Link und wartete. Eine rot-schwarze Website erschien – mitsamt einem Foto von Henry, wie er neben Vivien im King Street Grill saß. Sie hielt ein Nacho in der Hand, während von seinem Finger ein leuchtend blauer BH baumelte. Die Bildunterschrift lautete: Unbekannter begrapscht Vivien Rochets Büstenhalter.

KAPITEL 7

Liebes Tagebuch!
Gestern tat mir die Brust weh. Ich bin mir sicher, ich werde schon bald einen BH brauchen. ☺

Liebes Tagebuch!
Gestern habe ich Henrys Wandschrank von innen saubergemacht. Er ist furchtbar staubig, ha-ha! Ich habe so ein Holzkästchen mit Geheimfächern gefunden, wie er sie immer macht. Das letzte, das ich gefunden habe, war nicht besonders kompliziert, und in einem habe ich eine alte Armbanduhr gefunden und in einem anderen einen winzigen Jadeelefanten. Den Elefanten hätte ich gerne behalten, aber ich hatte Angst, dass Henry merkt, wenn er weg ist. Diesmal fand er sich besonders raffiniert und hat eine kleine japanische Trickbox angefertigt. Ich bin immer noch am Grübeln, aber ich kriege sie schon noch auf. Henry Whitley-Shuler wird Vivien Leigh Rochet niemals austricksen!

Liebes Tagebuch!
Hip Hop Hurra!!! Mama hat gesagt, ich darf Hiphop- und Ballettstunden nehmen, weil wir jetzt zur Episkopalkirche gehören. Vorher waren wir First Baptist, und bei denen ist

Tanzen eine Sünde. Genau wie Alkohol trinken. Nonnie hat mich und Mama mit zu St. Phillip's genommen, und die Episkopalen haben gesagt, ich muss mich taufen lassen, um mich von all meinen Sünden reinzuwaschen. Aber ich bin erst dreizehn (in drei Monaten) und glaube nicht, dass ich schon fertig gesündigt habe. Ich habe gesagt, dass ich damit noch warten will, bis ich fünfundzwanzig bin. So brauche ich mir noch ein Weilchen keine Sorgen darüber zu machen, dass ich in die Hölle komme, wenn ich lüge, und die Episkopalen werden viel mehr Sünden haben, von denen sie mich reinwaschen können. Nonnie hat böse geguckt wie Cruella de Vil, und Mama hat gesagt: »Zwing mich nicht, das dem Weihnachtsmann zu sagen, Vivien Leigh!« Aber ich glaube nicht mehr an den Weihnachtsmann, deshalb macht mir das keine Angst.

Liebes Tagebuch!
Verflucht seist du, Josephine!!! Tropensturm Josephine hat einen Baum auf unsere Starkstromleitung geworfen. Zwei Tage ohne Fernsehen!!!! Nonnie hat gesagt, das Haus der Shulers in Hilton Head steht unter Wasser. ☺ Bei Stürmen muss ich immer an meinen Papa denken, und dann werde ich traurig. ☹ Er ist noch vor meiner Geburt gestorben und bevor er Mama heiraten konnte. Ich glaube, deshalb findet Mama nie einen Freund, der bei ihr bleibt. Sie ist immer noch traurig wegen Papa. Mama hat mir einen alten Zeitungsartikel über Papa und Hurrikan Kate gezeigt. Der seinen Schoner zum Kentern gebracht hat. Er und seine ganze Familie haben für ihr Leben gern gesegelt und Kubaner gerettet, so wie diesen Flüchtlingsjungen Elian vor

ein paar Jahren, als Hurrikan Kate kam. Das zu lesen hat mich traurig gemacht. Papa hat mich nicht mehr gesehen, aber Mama hat gesagt, dass er mich wahnsinnig verwöhnen würde, wenn er noch am Leben wäre. Ich weiß nicht so recht. Manchmal spiele ich mich auf und mache andere wütend. Manchmal tut mir das, wofür ich mich entschuldige, überhaupt nicht leid.

Liebes Tagebuch!
HIMMEL!!! Ich habe Henrys japanische Trickbox aufgekriegt. Darin waren eine Holzpfeife, zwei Schlüssel und Briefe von einem Mädchen namens Tracy Lynn Fortner. Ich glaube, nach ihrer Familie ist eine Stadt benannt. Zuerst waren die Briefe so langweilig, dass ich fast eingeschlafen wäre, doch dann hab ich mich an dem Kaugummi verschluckt, den ich Spence geklaut habe. Es waren alles rührselige Briefe, wie sehr sie Henry doch vermisste, wenn er weg an der Schule war, und wie sehr sie ihn liiiiiebte, und es liiiiiebte, mit ihm zu telefonieren. Würg!! Doch dann hat sie geschrieben, sie hätte echt Angst und dass ihre Eltern enttäuscht wären und sich für sie schämen würden, weil sie einen Test nicht bestanden hätte. Zuerst dachte ich, dass sie nur nervt, weil sie in einem Mathetest durchgefallen ist oder eine schlechte Note im Sport bekommen hat. Aber NEIN!! Sie schrieb, dass sie drei Schwangerschaftstests gemacht hätte. Henry hat Tracy Lynn Fortner geschwängert! Dann schrieb sie, dass sie Henry nicht mehr sehen wollte, wenn er zu Hause wäre. Weil es für sie zu schmerzhaft wäre, und sie hat ihn aufgefordert, sie nicht mehr anzurufen, ihr nicht mehr zu schreiben und mit niemandem

darüber zu reden. Hat Henry ein Baby bekommen? Wo ist es? Ich kann niemanden danach fragen und es keinem erzählen, sonst kriege ich Ärger, weil ich in Henrys Sachen herumgeschnüffelt habe. Es ist ein Dilemma, aber wenn ich richtig darüber nachdenke, würde ich es sowieso nicht weitererzählen. Manche Sachen verletzen die Menschen, und man sollte sie für sich behalten. Wie bei Mamas Traurigkeit. Ich mag es nicht, wenn die Kinder in der Schule über Mamas Traurigkeit reden.

<u>Liste der Dinge, die ich wissen will</u>
1) Wie die Familie meines Vaters ist
2) Wann ich endlich einen BH tragen darf
3) Ob ich Mamas Traurigkeit auch kriege
4) Was ich werde, wenn ich mal groß bin
5) Ob Kaugummi wirklich für immer im Magen bleibt

KAPITEL 8

Die Trauerfeier für Macy Jane Rochet fand in der St. Phillip's Episcopal Church statt. Der Pfarrrektor, Father John Dinsmore, im weißen Ornat, unterstützt von einem gleichermaßen eindrucksvoll gekleideten Kirchendiener, hielt die Trauerfeier ab. Insgeheim zufrieden darüber, dass die Kirche bis auf den letzten Platz besetzt war und die Trauergemeinde seiner tiefen, fesselnden Stimme lauschte, lobte er Macy Jane für ihre Liebe zu Gott und ihre Hingabe an die Gemeinschaft Christi.

Vivien hatte nicht gewusst, dass ihre Mutter so viele Freunde gehabt hatte, aber wie sie feststellen musste, gab es so einiges, wovon sie nichts gewusst hatte. So einiges, was Macy Jane vor ihr geheim gehalten hatte und das sie später klären musste. Wenn sie wieder Zeit und Raum hätte, um richtig nachzudenken und wieder zu Atem zu kommen. Wenn sie endlich allein wäre und sich einigeln könnte.

Als Father Dinsmore Schwester Macy Janes Liebe und Verehrung für Jesus lobte, musste Vivien fast lächeln. Jesus hatte im Leben ihrer Mama eine große Rolle gespielt – ob es nun »Jesus hasst hässliches Benehmen«, »Lügen bringen das Jesuskind zum Weinen« oder »Du kannst Jesus solche Sorgen machen und ihn so bekümmern (füge jedes beliebige Verb ein), dass er noch vom Kreuz herabsteigt« geheißen hatte.

Umgeben von mehr als hundert Menschen saß Vivien in der vordersten Kirchenbank und hatte sich in ihrem ganzen Leben noch nicht so allein gefühlt. Nicht einmal als Kind, als sie eine Außenseiterin gewesen war, weil sie anders war. Sie trug ein ärmelloses schwarzes Kleid und die Perlen ihrer Großmutter. Die klassische Perlenkette hatte nicht annähernd dieselbe Qualität wie die Mikimoto-Perlen, die Vivien ihrer Mutter geschenkt hatte, doch ihr ideeller Wert war unermesslich.

Vivien hatte sich die Haare zu einem lockeren Nackenknoten frisiert und trug den schwarzen Pillbox-Hut ihrer Mutter mit dem Schleier vor dem Gesicht. Auf ihre Wimpern hatte sie wasserfeste Mascara und auf ihren Mund kussechten roten Lippenstift aufgetragen. Sie saß zwischen Nonnie auf der einen Seite und ihrem Onkel Richie und seiner Frau Kathy auf der anderen Seite. In nur wenigen Metern Entfernung glänzte unter den Kronleuchtern Macy Janes weißer Sarg, und Vivien war dankbar, dass die Episkopalkirche einen geschlossenen Sarg vorschrieb. Sie glaubte nicht, sich noch beherrschen zu können, wenn sie ihre Mutter in ihrem rosa Kleid und mit den Gebetsperlen in den gefalteten Händen noch einmal anschauen müsste.

Das Schlimmste war vorbei. Zumindest hoffte sie, dass es das Schlimmste gewesen war. Vorhin hatte sie ihre Pflicht erfüllt und am offenen Sarg gesessen, während die Trauergäste hineinströmten, um die aufgebahrte Tote noch einmal zu sehen. Bis auf den Lippenstift, der eine Nuance zu orange war, hatte ihre Mutter ausgesehen wie immer. Als würde sie nur schlafen und gleich die Augen aufschlagen und sich aufsetzen, und Vivien hatte sich zusammenreißen müssen, um nicht aufzuspringen und aus dem Zimmer zu rennen. Sie hatte sich beherrschen müssen, um sich nicht die Haut abzukratzen, sich ihr schmerzendes Herz aus der Brust zu reißen oder so laut zu weinen wie Martha Southerland, als sie sich dem Sarg näherte.

Während der Aufbahrung und der langen Begräbnisfeier hatte sich Vivien zusammengerissen. Am Ende des Gottesdienstes trugen Henry und Spence und vier andere Sargträger den Sarg aus St. Phillip's zu einem silbernen Bestattungswagen, der am Straßenrand parkte. Gegenüber der Kirche, hinter einer Sicherheitsbarriere, die von vier großen, kräftigen Männern bewacht wurde, stand ein Pulk aus Jungs und Mädchen im Teenageralter und Frauen und Männern mittleren Alters. Wegen eines Beitrags im Internet hatte Sarah einen Sicherheitsdienst arrangiert, damit die Beerdigung nicht gestört wurde, doch die Menschen, die sich auf der anderen Straßenseite versammelt hatten, waren ernst. Die Fans der *Raffle*-Filmtrilogie, die sich Zahara Wests Rebellenzeichen auf die Handflächen gemalt hatten, hoben nur zum Gruß und als Zeichen des Respekts die Hand in die Luft, und ihr Anblick ließ Vivien kurz innehalten, bevor sie in die silberne Limousine tauchte und sich neben Nonnie setzte. Ihr gegenüber saß Richie, der einzige Bruder ihrer Mutter, mit seiner Frau Kathy, die die *Raffle*-Fans misstrauisch beäugte, als würden sie gleich den Wagen stürmen. Vivien war nicht sonderlich überrascht, sie zu sehen. Dank des Internets wussten sie jetzt, dass sie in Charleston war. Jemand hatte sie beim Essen in der Sportkneipe erwischt, aber das Bild ihres blauen BHs, der von Henrys Finger baumelte, war die Sache fast wert gewesen. Sie fragte sich, ob er das Foto gesehen hatte. Ob er sie jetzt immer noch für paranoid hielt?

Der Trauerzug schlängelte sich durch die »Heilige Stadt« zum Friedhof. Vivien zwang sich, ihren Onkel und Kathy in ein Gespräch zu verwickeln, obwohl Kathy nach Großmutters Perlen um Viviens Hals schielte. Es war nie ein Geheimnis gewesen, dass Kathy der Meinung war, dass nach Großmutters Tod Macy Jane alles bekommen hatte. Sie bildete sich ein, Richie wäre zurückgesetzt worden, und hatte nicht akzeptieren wollen, dass es einfach nur sehr wenig zu erben gegeben hatte. Ihre Mama hatte immer gesagt, dass der Tod manche Menschen schäbiger machte, als sich in Worte fassen lässt. »Kathy stammt aus dem Norden. Wir müssen für sie beten.« Vivien war egal, woher die Frau kam, sie hatte nur nie Lust gehabt, für jemanden zu beten, der schlecht über ihre Mutter gesprochen hatte, und genauso wenig für Onkel Richie, der seiner Schwester ihre psychische Erkrankung und das Chaos, das sie damit in der Familie verursacht hatte, nie ganz verziehen hatte.

Nach mehreren Minuten, in denen sie nur einsilbige Antworten bekam, wandte Vivien den Blick ab und blickte durch die getönten Scheiben nach draußen. Kleine Grüppchen aus *Raffle*-Fans hatten sich an der Strecke versammelt und standen mit erhobenen Handflächen am Straßenrand.

»Wer sind diese Leute?«, wollte Nonnie wissen.

»Fans der *Raffle*-Bücher und -Filme.«

»Was zum Teufel tun sie da?«

»Sie erweisen Mama Respekt.«

»Die geben sich nicht einmal Mühe zu verbergen, wie verrückt sie sind.«

Vivien hielt sie nicht für verrückt, zumindest nicht alle. Sie schätzte ihre Fans, auch wenn einige von ihnen nachweislich abgedreht waren. Letztes Jahr hatte ein als Böser Kommandant Rath verkleideter Mann versucht, in ihr Haus einzubrechen, und sie hatte die Sicherheitsvorkehrungen verstärken müssen. Die meisten waren normale, respektvolle Menschen, aber sie machte sich Sorgen, dass einige von ihnen am Friedhof auftauchen und allein durch ihre Anwesenheit stören könnten.

Als die Limousine am Friedhof hielt, war Vivien erleichtert, zwischen den Grabsteinen niemanden mit Zahara Wests Symbol auf der erhobenen Hand stehen zu sehen.

Die Sargträger strömten aus der zweiten Limousine und trugen den weißen Sarg zum Grab. Nonnie, Vivien, Richie und Kathy nahmen auf den Stühlen Platz, die das Bestattungsunternehmen für sie bereitgestellt hatte. Henry und Spence standen direkt hinter ihnen, während Father Dinsmore die Grabrede hielt. Die Sohlen von Viviens Peeptoe-Pumps gruben sich in den Rasen, während ihre Finger ihr Taschentuch verdrehten. Und sie hatte geglaubt, die Aufbahrung wäre das Schlimmste gewesen!

Sie hatte sich geirrt. Nonnie legte die Hand auf Viviens und drückte sie sanft. Die unerwartet gütige Geste gab Vivien den Rest, sie konnte ihren Schmerz nicht mehr zurückhalten. Hinter den Gläsern ihrer Sonnenbrille quollen Tränen zwischen ihren Lidern hervor, und ihr entrang sich ein Schluchzen. Was sollte sie nur ohne ihre Mama tun?

Henry legte ihr beruhigend die Hand auf die Schulter und sagte ihr ins Ohr: »Du schaffst das, Vivien.« Sein warmer Atem drang durch ihren Schleier und strich über ihren Hals.

»Es wird alles gut.« Wenn er so nah bei ihr stand, glaubte sie ihm fast. Er drückte ihre Schulter, und die Wärme seiner Berührung gab ihr in dem Moment Kraft, als sie sie am meisten brauchte. Bevor er sich wieder aufrichtete und die Hand wegnahm, strich sein Daumen über ihren Nacken.

Zum Glück war die Beerdigungszeremonie recht kurz. Ein Wirrwarr aus Gefühlen überschlug sich in ihr, als sie wieder in die Limousine stieg, wegfuhr und ihre Mutter auf dem Friedhof zurückließ. Sie verspürte Erleichterung, dass die Beerdigung vorüber war, und Schuldgefühle, weil sie erleichtert war. Ihre Mama war tot, und Vivien war jetzt ganz allein. Beklommenheit kroch über ihre Haut, und sie zwang sich, langsam und gleichmäßig zu atmen. Ihre Mama würde bald unter der Erde liegen.

Als Vivien endlich zum Empfang in Nonnies Doppelsalon eintraf, hämmerte es in ihrem Kopf, und ihr Hals schmerzte.

Vivien schlug den schwarzen Schleier hoch und begab sich zur Bar, während sich Richie und Kathy in die Schlange der Trauergäste an den Tischen einreihten, die sich unter der Last der vielen Speisen bogen. Es gelang ihr, sich rasch ein Glas Wein einzuschenken, bevor die Freundinnen ihrer Mama sie umringten, um ihre Trauer zu bekunden und ihr ihr Beileid auszusprechen. Alle wollten sie umarmen oder an ihrer Schulter weinen und ihr versichern, dass sie für sie beten würden. Vivien hatte nichts dagegen, dass jemand für sie betete; sie fragte sich nur, ob diese Gebete aufrichtig oder eher hinterhältig wären, frei nach dem Motto: »Sie ist größenwahnsinnig, ich bete wohl lieber für sie.«

Ein Teller mit Leckereien wurde neben sie auf die Bar gestellt, beladen mit Cherry-Cola-Götterspeise, Käsemousse und Schinken. Wenige Minuten später tat noch jemand Maisbrot dazu und jemand anderes Rosmarinkartoffeln und mit Sardellen gefüllte Eier. Die Gesichter und Namen verschwammen. Eine Stunde lang ließ sie Berührungen und Umarmungen über sich ergehen und fühlte sich dabei so allein wie noch nie in ihrem Leben.

»Macy Jane war eine wunderbare Frau«, pries eine der vielen Kirchenfreundinnen ihrer Mutter sie, während eine andere sagte: »Die Trauerfeier war wirklich schön«, und alle hießen Mamas »große Beerdigung« gut.

»So viel stilvoller als Richard Greens letzte Woche«, befand eine der Episkopalen-Damen, und alle nickten zustimmend.

»Nach dem Gottesdienst tauchte plötzlich seine Frau Lucy am Gebetstisch auf, um ihr gemeinsames Lieblingslied zu singen.« Die Frau presste missbilligend die Lippen zusammen. »Sixty Minute Man.«

»Obszön«, waren sich alle einig.

»Anstößig.«

»Unangemessen.«

»Ich werde für sie beten.«

Nach weiteren fünfzehn Minuten Tratsch und Trauer entschuldigte sich Vivien und verzog sich ins Bad. Sie drückte sich einen kühlen Waschlappen aufs Gesicht und überlegte, ob es irgendjemandem auffallen würde, wenn sie ins Kutschenhaus floh, um kurz auszuruhen. Sich fortzuschleichen war natürlich keine Option, und sie frischte ihren roten Lippenstift wieder auf und wappnete sich für das, was noch auf sie zukam. Bei ihrer Rückkehr hatten sich die ihr Wohlgesinnten im Raum verteilt, und sie ging zurück zur

Bar und ihrem Teller. Irgendwer hatte noch ein Stück von Louisa Deerings Twinkie Loaf dazugetan. Sie schenkte sich noch ein Glas Pinot Grigio ein, weil der Tag lang gewesen war und noch längst nicht zu Ende war. Während sie das Glas an die Lippen hob, warf sie einen Blick nach draußen. Im Garten standen Henry und Nonnie in dem mit Blauregen bewachsenen Laubengang. Das Licht der Spätnachmittagssonne wurde von den Gläsern von Henrys Sonnenbrille und dem einzelnen Knopf an seiner schwarzen Anzugjacke reflektiert. Er hob die Hand an den Kopf, und seine Jacke rutschte über die Hüften nach oben. Als Nonnie den Kopf schüttelte, legte er beruhigend die Hände auf ihre schmalen Schultern. Nonnie presste die Hand an ihre Lippen, und Henry zog sie in seine Arme und tätschelte ihr den Rücken. Er wirkte eher wie ein Elternteil und nicht wie ein Sohn, und wenn Vivien es nicht mit eigenen Augen gesehen hätte, hätte sie es nicht geglaubt.

»Vivien?«

Sie drehte sich in die Richtung, aus der die Stimme kam, und brauchte einen Moment, um das süße runde Gesicht, das von hellblonden Haaren umrahmt war, zu erkennen. »Lottie Bingham?«

»Ich heiße jetzt Davidson.« Ihre alte Freundin grinste und umarmte sie fest. »Himmel, an dir ist ja gar nichts mehr dran.«

Ihr Gewicht gehörte zu den Themen, die Vivien am allerwenigsten mochte. Ihr ganzes Leben lang hatten die Leute sie zu dick oder zu dünn gefunden und entweder versucht, ihren Konsum von Dickmachern einzuschränken, oder sie angeschrien, gefälligst einen Cheeseburger zu essen. Sie zog sich zurück und sah in Lotties große blaue Augen. »Wie ist es dir ergangen?«

»Wirklich gut.« Lottie ließ die Arme sinken und trat einen Schritt zurück.

»Rowley und ich haben das mit deiner Mama erfahren, als wir aus Dollywood zurückkamen. Es tut mir so leid, Viv.«

Dollywood. Zum Totlachen. »Danke.«

»Du siehst aus wie in deinen Filmen. Naja, außer in dem, als du eine Nutte warst.«

Vivien lachte. »*The Stroll.*« Diese Rolle hatte sie als ihr *Pretty Woman* ausgewählt, um sich aus der Sci-Fi-Schublade zu befreien. Es hatte funktioniert. In gewisser Weise. Der ab 17 Jahren freigegebene Film war von den Kritikern einstimmig verrissen und für eine Goldene Himbeere nominiert worden. Sie fand nicht, dass der Film so »schlecht wie ein billiges Flittchen« war. Nach mehreren Drehbuchänderungen traf es »ein mit Füllepisoden aufgeblasenes Trauerspiel« ziemlich gut. »Was hast du seit der Highschool so gemacht?«

»Ich bin auf die University of South Carolina gegangen, wo ich meinen Mann Rowley kennengelernt habe.« Sie hielt inne und deutete auf einen rothaarigen Mann, der sich auf der Veranda mit Spence unterhielt. »Wir haben zwei Mädchen, Franny Joe und Belinda«, fügte sie stolz hinzu.

Viele Südstaatenfrauen waren mit dreißig verheiratet und bekamen ihr drittes Kind. Wäre sie in Charleston geblieben, hätte sie inzwischen auch einen Mann und ein Kind oder auch zwei. Ein Grund mehr, warum sie froh war, dass sie die Stadt mit neunzehn verlassen hatte. Vivien hatte nichts gegen die Ehe, aber sie war von einer alleinerziehenden Mutter im Garten einer alleinstehenden Frau großgezogen worden.

Sie wusste nicht viel über die Ehe, doch die Vorstellung, sich zu verlieben und ihr Leben mit jemandem zu teilen, gefiel ihr. Einen Mann zu finden, der sie unterstützte und sich von ihrem Erfolg nicht bedroht fühlte. Eines Tages würde sie es gern ausprobieren, aber es gab ein paar Hindernisse, die dem im Weg standen.

Erstens traute Vivien Männern nicht.

Als Kind hatte sie hilflos mit ansehen müssen, wie Männer ihre Mutter ausgenutzt und nach Strich und Faden belogen hatten, und ihr eigenes Liebesleben war auch nicht viel besser. Sie war mit Faulenzern und Schnorrern ausgegangen, die Geschichten über sie an die Boulevardpresse verkauft hatten. Furchtbare Geschichten, was sie vorsichtig und misstrauisch allen gegenüber gemacht hatte, die nicht in der Filmbranche waren. Nicht ohne Grund taten sich Schauspielerinnen und Schauspieler zusammen. Häufig gab es eine stillschweigende Übereinkunft, dass keiner Geschichten des anderen verkaufte, aus Angst, dass die eigene unter die Leute gebracht würde.

Und zweitens ging Vivien nicht gern mit Schauspielern aus.

Sie waren zwar was fürs Auge, aber besonders interessant fand sie sie meist nicht. Sie war selbst Schauspielerin. Sie kannte das Geschäft. Sie lebte jeden Tag nur dafür, doch die Schauspielerei war eines der letzten Themen, über die sie sprechen wollte, wenn sie abends nach Hause kam. Sie unterhielt sich viel lieber mit Leuten, die außerhalb der Hollywood-Blase lebten. Mit Menschen, die keine Sprüche klopften wie »Als ich letzte Woche am Set war ...« oder ständig berühmte Namen fallen ließen (»Auf dem Sundance-Filmfestival hat Bob dieses Jahr eine Party geschmissen, die ...«) oder sich über ihr privilegiertes Leben beschwerten (»Ich hab Grünkohl-Chips in meinen Wohnwagen bestellt! Wo sind meine verdammten Grünkohl-Chips?«). Vivien musste zugeben, dass auch sie privilegiert war, aber oft langweilten sie die immer gleichen Gesprächen mit immer den gleichen Leuten, die vergessen hatten, dass sie nicht von Anfang an so ein Glück gehabt hatten. Vivien hatte es nicht vergessen. Zu den seltenen Gelegenheiten, wenn sie es doch tat, erinnerte sie sich daran, dass sie und ihre Mutter für ihre heutigen Privilegien Häuser geputzt hatten. Das Haus, in dem sie nun in ihrem Armani-Kleid und Schuhen für sechshundert Dollar stand.

Vivien plauderte mit ihrer alten Freundin an einem Ende der Bar über ihre Zeit an der Charleston Day School und schenkte sich und ihr Wein nach. Lottie erzählte ihr das Neuste über diverse Mitschülerinnen und Mitschüler. Vivien hob das Weinglas an ihre Lippen und sah über den Rand hinweg zu Henry, der in einer Männerrunde stand, Hochprozentiges trank und über etwas lachte. Er hatte seine schwarze Anzugjacke ausgezogen und sah in seinem weißen Hemd mit der schwarzen Krawatte gut aus. Henry hatte sie schon gestern »Darlin'« genannt. Das machte jetzt zwei Mal.

»Und von Caroline Mundy gibt es schon seit Ewigkeiten nicht die geringste Spur. Ich nehme an, es liegt daran, dass sie von der Debütantin zur Mobilheim-Bewohnerin geworden ist.«

Eine große Blondine mit Killerkurven gesellte sich zu den Männern und schlang den Arm um Henry. Er legte den Kopf schief und schenkte ihr ein Killerlächeln. Vivien fragte sich, ob er diese Frau auch »Darlin'« nannte.

»Erinnerst du dich an Jenny Alexander?«

Vivien überlegte kurz und konzentrierte sich wieder auf ihre Freundin. »Dunkelhaarig? Mit Hosen, die so eng waren, dass man ihr Allerheiligstes erkennen konnte?«

»Genau die. Ihr Bruder Paul hat eine von den Randall-Schwestern geheiratet. Sie hatten drei Kinder, und eines Tages hat er beschlossen, dass er lesbisch ist. So wie Bruce Jenner, als er sich auf einmal entschloss, Caitlyn zu sein.« Lottie schnappte nach Luft. »Kennst du die Kardashians?«

Vivien fing sich noch rechtzeitig, bevor sie mit den Augen rollte. »Ich habe Khloe mal auf der Moschino-Modenschau in Mailand getroffen.« Sie sah wieder zu der Männergruppe. Henry war inzwischen weg und die Blondine auch. »Aber nein, ich kenne die Kardashians nicht.« Khloe schien ganz nett zu sein, und Vivien missgönnte keiner der Schwestern ihren Erfolg. Sie war nur einfach kein Fan von Scripted Reality.

Nachdem sie ihrer Freundin noch ein paar Minuten zugehört hatte, entschuldigte sie sich, um sich von ihrem Onkel und Kathy zu verabschieden. Die beiden fuhren zurück nach Texas und wollten es heute noch bis Atlanta schaffen, um dort zu übernachten. Sie begleitete sie zur Tür, wo Richard sie unerwartet herzlich umarmte und einlud, sie jederzeit zu besuchen. Vielleicht war es sogar aufrichtig gemeint. Sie hoffte es, weil er der einzige Angehörige war, den sie noch hatte. Kathy tätschelte ihr die Schulter, und Vivien sah ihnen nach, wie sie über die Veranda gingen und die Treppenstufen hinabstiegen. Sie warf einen Blick zum Gehsteig gegenüber, wo ein kleines Grüppchen am Straßenrand stand, das weder die Hände erhoben hielt noch verkleidet war. Höchstwahrscheinlich nur Touristen, die eines von Charlestons schönsten historischen Herrenhäusern begafften. Vielleicht war sie nur paranoid, aber sie wollte nicht, dass die Öffentlichkeit erfuhr, wo sie in Charleston wohnte. Das Kutschenhaus ihrer Mama war nicht bewacht und hatte nur sehr instabile Schlösser. Das musste noch geändert werden, wenn sie dort wohnen wollte, während sie die Angelegenheiten ihrer Mutter ordnete. Morgen musste sie nach L. A., aber sie würde später noch Sarah anrufen und klären, ob sie es hinbekam, eine Sicherheitsfirma zu engagieren, die sich während ihrer Abwesenheit darum kümmerte. Wenn sie in Charleston den Nachlass ihrer Mutter regeln wollte, musste sie sich sicher fühlen.

Als sie ins Wohnzimmer zurückkam, plauderte sie mit Gavin Whitley und aß die Erdbeeren und Wassermelonenstücke, die jemand in einem Schüsselchen neben ihren Teller gestellt hatte. Es war lange her, seit sie Gavin zuletzt gesehen hatte, aber sie erkannte ihn sofort. Er war die männliche Ausführung seiner Schwester, sah aber besser aus, weil die Whitley-Gene besser zu Männern passten. Gavin Whitley war groß, blond und blauäugig wie Spence und hatte nichts von Henrys dunklem grüblerischem Aussehen.

Nach zwei Stunden taten Vivien die Füße weh, und sie war so müde, dass sie fast restlos erschöpft war. Obwohl sie vom Reden und den Umarmungen genug hatte, wusste sie, dass sie noch nicht gehen konnte. Sie schenkte sich noch ein Glas Wein ein und ließ sich neben den offenen Terrassentüren auf einem blau gestreiften Sofa nieder. Die kleine Couch war nicht sonderlich bequem, stand jedoch etwas abseits vom Trubel. Eine angenehme Brise strich über ihr Gesicht, und sie schloss die Augen, atmete die frische Luft ein und träumte davon, ins Bett ihrer Mama zu steigen.

»Wie hältst du dich, Vivien?«

Vivien schlug die Augen wieder auf und sah zu Spence Whitley-Shuler hoch. Abgesehen von der kurzen Begrüßung und dem Dankeschön vorhin hatte sie Spence seit Jahren nicht gesehen oder mit ihm gesprochen. Er hatte sein Jackett abgelegt und die Krawatte gelockert. »Müde.«

»Hast du gut gemacht, das mit der Beerdigung.« Er setzte sich neben sie auf die kleine Couch. »Macy Jane hätte es gefallen.«

»Danke.« Er nahm ihre Hand und drückte sie.

»Du bist in natura genauso schön wie in deinen Filmen.«

Hätte sie es nicht besser gewusst, hätte sie geglaubt, in eine Parallelwelt gefallen zu sein. Eine Welt, in der die Whitley-Shulers nett zu ihr waren, sie »Darlin'« nannten und ihr die Hand drückten.

»Falls du es brauchst«, er hielt inne und tippte auf seine Schulter, »kannst du dich hier dran ausweinen.«

»Flirtest du mit mir, Spence Whitley-Shuler?«

»Na klar«, räumte er mit einem jovialen Lächeln ein. »Ich bin ein bisschen gekränkt, dass du erst nachfragen musst.« Er sah überhaupt nicht gekränkt aus. »Wo ist deine Frau?«

»Unter Hardy Townsend, nehme ich an.« Er lachte über ihr schockiertes Gesicht. »Wir sind fast geschieden. Sobald die Tinte auf den Scheidungspapieren getrocknet ist, wird sie Hardy heiraten.«

»Oh. Tut mir leid. Das wusste ich nicht.«

Er zuckte mit den Achseln. »Mit ihm ist sie besser dran. Wir haben aus den falschen Gründen geheiratet.«

»Was für Gründe?«

»Ihr Vater und meine Mutter hielten es für eine wunderbare Idee.«

Natürlich hatte Nonnie Spence' Frau ausgesucht. Zweifellos würde sie auch Henrys auswählen.

Spence stieß sie mit dem Ellbogen an. »Und es hat auch nicht geschadet, dass sie ihre Schäfchen immer ins Trockene bringt. Wenn du weißt, was ich meine.«

Vivien lachte und spürte, wie ein Teil der Anspannung des Tages in ihrem Nacken nachließ. Sie fühlte sich wohl in seiner Gegenwart. Vielleicht weil sie Spence als den Whitley-Shuler kannte, der immer lustig war und lachte. So wohl, wie sie sich in Henrys Gegenwart nie gefühlt hatte. »Such dir deine Frau nächstes Mal nach anderen Kriterien als der BH-Größe aus.«

»Es gibt kein nächstes Mal.« Er schüttelte den Kopf, grinste aber. »Hast du schon das Foto gesehen, auf dem Henry deinen BH hochhält?«

»Ja.« Sie biss sich auf die Lippen, um nicht zu lachen. »Hat Henry es schon gesehen?«

»Wie der blaue BH von deinen Fingern baumelt, ist das Lustigste, was ich seit Langem gesehen habe.«

Henry wandte den Blick von Hoyt Colicuts lächelnden Augen zu seinem Bruder und Vivien. »Hast du nichts Besseres zu tun, als Klatschportale im Internet zu durchsuchen?« Spence lachte, und Vivien schenkte ihm ein Lächeln, das ihr hübsches Gesicht erhellte. Er dachte an ihre Tränen am Grab ihrer Mutter, und an den Schmerz, den sie nicht mehr hatte zurückhalten können. Es hatte ihm fast das Herz gebrochen.

»Nicht, wenn mein Boss auf TMZ Vivien Rochets BH ›begrapscht‹.«

Henry konzentrierte sich wieder auf seinen Angestellten

und Lehrling. Das Foto stand inzwischen auf fast jeder Boulevard-Website, und den ganzen Tag über hatten etwa ein Dutzend Bekannte ihn auf das »BH-Foto« angesprochen. Mit Hoyt waren es jetzt ein Dutzend plus einer. »Hast du zu Hause nicht eine Frau und ein Neugeborenes, die auf dich warten?«

»Doch. Aber bevor ich gehe, wollte ich dich noch fragen, ob ich noch weiter an Miss Macy Janes Tisch arbeiten soll.«

»Er ist fast fertig, aber das hat keine Eile.« Nicht, dass es je eilig gewesen wäre. Macy Jane hatte den Ananas-Säulentisch selbst entworfen, aber nie vorgehabt, ihn auch zu benutzen. Sie sprachen noch über die Pläne für eine Renovierung in einer Pension in Charleston, und als Hoyt endlich ging, war die Gruppe der Trauergäste bis auf wenige Dutzend von Macy Janes Freundinnen und Mitgliedern ihrer Kirche geschrumpft.

Henry trat an die alte Eichenbar und goss sich einen Schuss Bourbon auf Eis in ein Whiskeyglas. Er fasste sich gerade in den verkrampften Nacken, als sich ein Lachen wie Sonne und Honig durch die sich ausdünnende Menschenmenge ergoss. Er brauchte sich nicht umzudrehen, um herauszufinden, von wem es kam. Er wusste es.

»Das gefällt mir nicht.«

Henry warf seiner Mutter einen Blick zu. Er brauchte nicht nachzufragen, was sie meinte. Auch das wusste er. »Ach, das ist harmlos.«

»Du weißt doch, wie sich dein Bruder in letzter Zeit aufführt.«

Ja, Henry wusste, dass Spence sich aufführte wie ein entflohener Sträfling, der fest entschlossen war, alles zu erleben, was er verpasst hatte, bevor er geschnappt und wieder eingesperrt wurde.

»Es wäre eine Katastrophe, wenn die beiden etwas miteinander anfangen würden.«

Henry hob sein Glas. »Du unterstellst Vivien, dass sie was mit Spence anfangen will. Sie hat ihre Probleme, aber ich glaube nicht, dass sie auf Spence' Mätzchen hereinfällt.«

»Trauer kann Menschen zu bedauerlichen Verhaltensweisen verleiten. Als meine Mutter gestorben ist, war dein Onkel Gavin so verzweifelt, dass er mit einer Kellnerin aus dem Golden Skillet im Bett gelandet ist.«

»Niemand landet einfach so im Bett. Bei dir klingt es, als wäre es ein Unfall gewesen.«

»Nun, ich weiß nur, dass seine Frau so außer sich war, dass sie in Erwägung gezogen hat, sich aus Rache ein Tattoo stechen zu lassen.«

»Wegen Vivien würde ich mir keine Sorgen machen. Sie reist morgen früh ab.« Der Scotch wärmte seine Kehle, als er schluckte.

»Bleibt immer noch heute Nacht.«

Henry drehte sich um und sah an seiner Mutter vorbei zu Spence und Vivien, die auf dem Sofa im Empire-Stil am anderen Ende des Raumes saßen. Sie legte die Hand auf Spence' Schulter und versetzte ihm einen leichten Stoß, während sein Bruder grinste, als hätte er im Lotto gewonnen. Wieder kam das Lachen aus Viviens Mund. Über rote Lippen, die in ihm die Vorstellung weckten, wie er seinen Mund durch den verdammten schwarzen Schleier auf ihren drückte.

Nonnie legte die Hand auf Henrys Unterarm. »Du musst etwas unternehmen.«

Henry riss sich von Viviens Mund und ihrem schönen Gesicht los, das wieder vom Lachen erhellt war. »Was kann ich deiner Meinung nach dagegen tun?«

»Du musst sie ablenken. Sie bezaubern, sodass sie das Interesse an Spence verliert.«

»Was?« Er stieß ein verächtliches Geräusch aus. »Wie kommst du darauf, dass ich sie bezaubern könnte?« Er war sich nicht mal sicher, ob sie ihn jetzt lieber mochte als in ihrer Kindheit.

»Du bist genau wie dein Vater.« Sie zog eine ihrer blonden Augenbrauen hoch. »Du kannst jeden bezaubern, wenn du es dir in den Kopf setzt.«

Sein Vater. Sie sprach nicht von Fredrick Shuler. Er sah in die eindringlichen grünen Augen seiner Mutter und suchte nach der Frau, die eben noch im Garten geweint hatte. Die Frau, die unter der harten Schale einen weichen Kern hatte. »Bitte mich nicht um etwas so Hinterhältiges.«

»Ich verlange ja nicht von dir, das Mädchen zu verführen.« Sie verschränkte die Arme. »Verbring nur etwas Zeit mit ihr, bis sie wieder abreist.«

Wieder einmal oblag es ihm, seine Familie vor den Geheimnissen seiner Mutter zu schützen. Meist erfüllte er seine Rolle ohne Widerworte. Als Ältester war er verantwortlich dafür, alles zusammenzuhalten und dafür zu sorgen, dass es keine Brüche gab, aber das war zu viel. Diesmal fühlte es sich schäbig an, was seine Mutter von ihm verlangte, egal aus welchem Grund. Er trank einen Schluck und füllte seinen Mund mit Hochprozentigem. Manchmal verabscheute er seine Mutter fast so sehr, wie er sie liebte.

»Du schuldest mir zwanzig Mäuse.«

»Ach ja?« Erstaunt legte Vivien die Hand auf ihre Brust. »Wofür?«

»Für *The Stroll*«, antwortete Spence. »Ich hab mir den ganzen Film von vorn bis hinten angesehen. Deshalb schuldest du mir zwei Stunden meines Lebens. Zehn Dollar die Stunde sollten das abdecken.«

»So schlecht war der Film gar nicht.«

Er zog eine Augenbraue hoch. »Er war für eine Goldene Himbeere nominiert.«

Es überraschte sie, dass er ihre Karriere so interessiert verfolgt hatte. »Ja.« Lachend hob sie einen Finger. »Aber er hat sie nicht gewonnen.«

»Immerhin hat er es auf die Liste der ›Schlechtesten Filme, die je gedreht wurden‹ geschafft.«

»Das stimmt nicht.« Sie trank einen Schluck von ihrem Wein. »Du warst schon immer ein dicker, fetter Lügner, Spence.«

»Ich? Du warst eine größere Lügnerin als ich.«

Das stimmte wahrscheinlich. »Du hast bestimmt mehr gelogen.«

»Weißt du noch, als wir alle dachten, du hättest dir das Bein gebrochen?«

»Nein.«

»Du hast in der Auffahrt dein Fahrrad zerlegt und dagelegen, dir das Bein gehalten und wie am Spieß geschrien. Da musst du neun oder zehn Jahre alt gewesen sein.«

Sie hatte ihr Fahrrad oft zerlegt.

»Die Tränen strömten nur so über deine Wangen. Du hast mehrfach versucht aufzustehen, bist aber immer wieder hingefallen und lagst da wie ein Häufchen Elend.« Er lachte. »Selbst Henry war überzeugt, dass du wirklich verletzt warst. Macy Jane war außer sich, und Mutter hat ihr angeboten, euch in die Notaufnahme zu fahren.«

Jetzt fiel es ihr wieder ein.

»Und dann, einfach so«, er schnippte mit den Fingern, »hast du zu heulen aufgehört und den Kopf schief gelegt. Du hast die Ohren gespitzt, weil du den Eiswagen gehört hast, der gerade am Haus vorbeifuhr, bist aufgesprungen und blitzschnell durch den Garten gerannt und hast immer wieder geschrien: ›Warten Sie auf mich, Mr. Koolie!‹«

Ja, an den Tag erinnerte sie sich. »Ich war Stammkundin auf seiner Strecke. Ich kriege sogar heute noch Lust auf ein Snow-Cone, wenn ich ›Little Brown Jug‹ höre.«

Spencer tätschelte ihr Bein knapp über dem Knie. »Du warst schon immer eine gute Schauspielerin.« Seine Finger strichen über ihr Bein. »Und bildhübsch.«

»Spence.« Sie legte ihre Hand auf seine, um sie davon abzuhalten, weiter nach oben zu ihrem Schenkel zu wandern. »Ich sehe dich als Bruder.«

»Ich bin aber nicht dein Bruder.«

»Ich weiß, aber es fühlt sich trotzdem gruselig an.«

»Sieh mich als einen entfernten Cousin, bis es sich nicht mehr gruselig anfühlt.« Er lachte und wirkte dabei so harmlos, dass sie lächeln musste. »Eine Art Schwippschwager.«

»Hallo Bruderherz.« Vivien und Spence blickten auf, als sie Henrys Stimme hörten. »Mutter will dich sprechen.« Sein Blick wanderte von Viviens Gesicht zu seinem Bruder.

Spencer runzelte die Stirn und trank einen Schluck aus seinem Glas. »Worüber will sie denn mit mir reden?«

»Ich habe keine Ahnung.«

Spencer tätschelte Viviens Knie. »Lauf nicht weg. Wir müssen uns noch weiter unterhalten.«

Henry sah seinem Bruder nach und wandte sich wieder an Vivien. Sein Blick fand ihren, und seine Augen funkelten wie schwarze Diamanten, während seine Lippen zu einer festen Linie zusammengepresst waren. Er war in jeder Hinsicht das genaue Gegenteil seines Bruders. »Komm mit«, bat er und hielt ihr die Hand hin. Dann wurde sein Blick weicher, und seine Mundwinkel verzogen sich zu einem warmen Lächeln.

»Warum?« Sie kannte eine Menge Schauspieler, die noch so einiges von Henry lernen konnten, wenn es darum ging, seinen Charme spielen zu lassen.

»Weil du erschöpft aussiehst und eine Pause brauchst.«

Das stimmte. Sie brauchte eine lange Pause im Bett ihrer Mama. Sie schob ihre Hand in seine und spürte die rauen Schwielen an der Handfläche, als sie aufstand. Er hatte die Hände eines Arbeiters, dabei war er dazu erzogen worden, an einem Schreibtisch zu sitzen, während Arbeiter nach seiner Pfeife tanzten. »Ich muss mich erst noch von allen verabschieden.«

»Die verstehen das schon.« Er schob seine raue Handfläche zur Mitte ihres Rückens und eskortierte sie durch die Küche zur Hintertür hinaus.

Trotz ihrer zehn Zentimeter hohen Stöckelschuhe überragte er sie um mehrere Zentimeter. Vivien hatte gedacht, dass sie zum Kutschenhaus wollten, doch stattdessen gingen sie zu einer Reihe geparkter Wagen und blieben an einem tiefblauen Mercedes Roadster stehen. »Fahren wir irgendwohin?«

»Ich dachte, du könntest ein bisschen frische Luft gebrauchen.«

Während Spence' Berührungen sich wie die eines Bruders angefühlt hatten, war es bei Henrys ganz anders. Seine warme Hand, die auf ihrem Rücken ruhte, erhitzte durch den Stoff ihres Kleides ihre Haut.

Vielleicht lag es an den Strapazen des heutigen Tages. An der Anstrengung, die es sie kostete, stark zu bleiben, und der quälenden Angst, von nun an allein auf der Welt zu sein, dass sie am liebsten nachgegeben hätte. Sie wollte sich an Henrys starke Brust lehnen und bei jemandem einschlafen, der stärker war als sie, doch das war keine gute Idee. Ihr Urteilsvermögen musste getrübt sein, wenn sie glaubte, Vivien Rochet könnte sich bei Henry Whitley-Shuler anlehnen.

Henry setzte seine Ray-Ban-Sonnenbrille auf und schenkte ihr das wunderschöne Lächeln, das sie schon neulich gesehen hatte. Das voller Charme und mit aufblitzenden weißen Zähnen. »Du traust dich sowieso nicht.«

KAPITEL 9

Henry fuhr den Roadster neben seinen Truck in die Doppelgarage, drückte auf den Schaltknopf und schloss das Tor hinter sich. Neben ihm auf dem Beifahrersitz hatte Vivien sich bequem zurückgelehnt und die Augen hinter der Sonnenbrille geschlossen. Ihre Brüste hoben sich sanft, während sie schlief, und ihr schwarzes Kleid war ihre nackten Schenkel hochgerutscht. Sobald sie aus der Stadt geglitten waren, hatte er das Verdeck geöffnet, und sie war ziemlich schnell eingeschlafen. Irgendwo über dem Wappoo Creek hatte sich ihr Hut in der Brise gehoben, und er hätte Geld darauf verwettet, dass er ihr gleich vom Kopf fliegen würde, was er aber nicht tat. Das Ding war offenbar mit Nadeln, die einem Hurrikan hätten standhalten können, an ihrer Frisur befestigt.

Er stellte den Motor ab und beobachtete eine Weile ihre gleichmäßige Atmung. Er hatte das Richtige getan. Das, was nötig war, so wie immer, aber jetzt, wo er räumlichen Abstand zwischen Vivien und Spence gebracht hatte, fühlte er sich nicht besser als in dem Moment, als er auf sie zugetreten war und ihr seine Hand hingehalten hatte. Er hatte Vivien und Spence beim Lachen und Scherzen beobachtet und keinerlei Absicht gehabt einzuschreiten. Doch dann hatte sein Bruder ihr die Hand aufs Knie gelegt, und er hatte gewusst, dass ihm keine Wahl blieb.

»Vivien.« Er berührte sie vorsichtig am Arm. Ihre weiche Haut fühlte sich kühl an. Diesmal erschien ihm, das Notwendige zu tun, nicht nur wie eine Last, sondern wie reine Folter. »Zeit aufzuwachen, Darlin'.«

Sie öffnete flatternd die Augen und drehte den Kopf, um ihn anzusehen. Verwirrt legte sie die Stirn in Falten. »Sind wir schon zu Hause?«

»Ja. Bei mir zu Hause.«

»Was?« Sie setzte sich kerzengerade auf und sah sich in der Garage um. Ihr Hut kapitulierte endlich und rutschte zur Seite. »Wo bin ich?«

»In meinem Haus auf John's Island.«

Ihr Kopf fuhr zu ihm herum, und sie hielt den Hut mit einer Hand fest. »Warum sind wir hier?«

Weil seine Mutter sie so weit weg wie möglich von Spence haben wollte. »Wie ich schon sagte, ich hatte den Eindruck, du könntest eine Pause vertragen.«

»Ich muss zurück.«

Henry öffnete seine Tür und trat in die spärlich beleuchtete Garage. »Du musst überhaupt nichts.«

Ihr Blick folgte ihm, als er vorne um den Wagen herumging. »Ich muss mich noch bei den Leuten für das Essen bedanken.«

»Bist du eine Masochistin?« Er öffnete ihr die Autotür.

»Nein.«

»Warum willst du dann im Salon meiner Mutter sitzen, bis die Kirchendamen genug gequatscht haben?«

Ihre Mundwinkel verzogen sich nach oben, während sie sich umdrehte und einen Fuß auf den Betonboden setzte. Dabei rutschte ihr Kleid noch weiter an ihren weichen Schenkeln hinauf. Einen Moment lang hängte sich sein Gehirn in der Erwartung auf, ihre Unterwäsche aufblitzen zu sehen.

»Ich kann nicht abhauen, ohne mich zu verabschieden.« Ihr zweiter Fuß gesellte sich zum ersten, und sie stieg aus.

»Warum nicht?« Er schloss die Tür hinter ihr und dachte, dass er es seiner Mutter zu verdanken hatte, dass er sich wieder wie ein Schuljunge fühlte, der brennend gern einen Mädchenslip sehen wollte. Und sich noch brennender wünschte, das Mädchen ohne ihn zu sehen.

»Ich will nicht, dass die Leute mir barbarische Manieren nachsagen.«

Er würde Vivien nicht den Slip ausziehen. Das gehörte nicht zu seinem Plan. »Ist dir das so wichtig?«

»Natürlich.« Sie legte das Kinn auf die Brust und schob die Finger unter ihren Hut.

Ihre Antwort überraschte ihn. Als Kind hatte sie sich immer benommen, als wäre ihr egal, was die Leute von ihr dachten, insbesondere wenn sie mit Nachnamen Whitley-Shuler hießen. Es enttäuschte ihn ein wenig, dass es jetzt nicht mehr so war.

Sie zog die Nadeln aus ihren Haaren und fügte hinzu: »Nonnie war so hilfsbereit mit allem, und ich fühle mich einfach nicht gut, sie allein aufräumen zu lassen.« Der schwarze Hut löste sich, und sie hob den Blick und sah ihm in die Augen.

Seine Mutter räumte nie irgendetwas auf. Dafür hatte sie Angestellte. Das wusste Vivien. »Machst du Witze?«

»Fühlst du deinen Gästen immer so auf den Zahn, bevor du den Wein aufmachst?«

»Normalerweise nicht.« Er lachte und wandte sich zur Hintertür. »Aber eine Frage habe ich noch.«

»Und die wäre?«

»Rotwein oder Weißwein?«

»Weißwein, wenn es draußen so heiß ist.«

Er hielt ihr die Tür auf. »Ich hab richtig guten französischen Chardonnay.«

»Ich bin kein Weinsnob«, erklärte sie, als sie an ihm vorbeitrat. Ihr Scheitel reichte ihm kaum bis zur Nase, und er atmete den leichten Hauch von Blumen und frischer Luft ein, der sich in ihrem Haar verfangen hatte. Er schloss die Tür hinter ihnen und ging durch die Waschküche voraus in die Küche. Die Absätze ihrer Schuhe klapperten über den Küchenboden, und er fragte sich, was sie von seinem bescheidenen Heim hielt. Es war ganz anders als das Anwesen, auf dem er aufgewachsen war, und als das Tribeca-Apartment, das er in Lower Manhattan gemietet hatte, aber er fühlte sich hier wohler als in jedem Haus, in dem er bisher gelebt hatte. Es war seins. Es spiegelte den Menschen wider, der er heute war, und nicht den Mann, der einst durchs Leben gehetzt war, als stünde seine Hose in Flammen, weil das von ihm erwartet wurde.

Henry machte den Kühlschrank auf und zog eine Flasche Wein heraus, die er auf die Granitplatte der Insel stellte, die Wohnzimmer und Küche voneinander trennte. Das Haus war klein und schlicht, weit entfernt von dem komplizierten und exzessiven Leben, das er in den ersten dreißig Jahren geführt hatte.

Er drehte den Korkenzieher und folgte Vivien mit dem Blick, während sie an den Kamin trat. Sie legte den Kopf in den Nacken, als sie zu dem abstrakten Gemälde über dem Kaminsims hinaufsah. »Das habe ich von einer einheimischen Künstlerin gekauft«, erklärte er, während er den Korken aus der Flasche zog. »Es heißt ›Die Heilige Stadt‹.« Freie Formen und Wirbel aus violetter und blauer Farbe stellten Kirchen und knallgelbe Kreuze dar.

»Das sieht aus wie St. Michael's«, sagte sie und deutete auf eine weiße, wässrige Abbildung in der Mitte.

»Das ist es auch.« Er schenkte zwei Gläser Wein ein und schüttelte seine Anzugjacke ab. Er hängte sie über die Rückenlehne eines Küchenstuhls und zog sich die Krawatte vom Hals, bevor er die Gläser von der Insel nahm und auf Vivien zuging. Die Abendsonne strömte durch die Fenster, und Funken aus Licht tanzten über den Rand des Glases, das er ihr reichte. »In der linken Ecke ist St. Mary's.« Er deutete auf das Gemälde.

Sie warf ihm einen Blick über die Schulter zu. »Wer ist die Künstlerin?«

»Constance Abernathy.« Er trank einen Schluck, und der Geschmack des schweren würzigen Weins klang in seinem Mund nach. Sein Blick glitt von Viviens wunderschönen grünen Augen zu ihrem schönen roten Mund.

»Kennst du sie?«

»Ja. Sie war sogar auf Macy Janes Gedenkfeier.« Obwohl er jetzt schon seit Tagen mit Vivien zu tun gehabt hatte, konnte er es noch immer nicht richtig fassen, so nahe bei ihr zu stehen und zu sehen, wie sehr sie sich verändert hatte. Nichts an ihr erinnerte mehr an das dicke kleine Balg, das er früher gekannt hatte.

»Die große Blondine?«

Er richtete seine Aufmerksamkeit wieder auf das Gemälde. »Ja.« Und es war sogar noch ein größerer Schock, dass die

Frau, deren Bikiniposter überall auf der Welt an den Wänden von Jungs im Teenageralter hingen, jetzt ganz zwanglos in seinem Wohnzimmer mit ihm ein Glas Wein trank. Wenn ihre merkwürdigen Fans wüssten, dass sie hier war, würden sie draußen kampieren und mit erhobenen Händen auf der anderen Straßenseite stehen. Aber sie wussten es nicht. Henry war der einzige Mensch auf der Welt, der wusste, dass Vivien Rochet in seinem kleinen Haus stand und verdammt sexy aussah.

»Deine Freundin?« Sie trank einen Schluck und trat an das Polstersofa. »Henry?«

»Was?«

»Ist sie deine Freundin?«

»Wer?«

»Constance, die Malerin.«

Himmel, ihre roten Lippen lenkten ihn ab. »War sie mal.« Er reckte das Kinn und knöpfte den Hemdkragen auf.

»Stört es dich, wenn ich die Schuhe ausziehe?«, fragte sie, ohne sich die Mühe zu machen, auf seine Erlaubnis zu warten. Er nahm es ihr nicht übel. Mit ihr in seinem Haus konnte er keine zwei Gedanken lange genug zusammenhalten, um ihr zu antworten. Zumindest nicht zwei jugendfreie Gedanken. Er sollte etwas dagegen unternehmen. Vielleicht sich ins Gedächtnis rufen, dass sie eine selbstsüchtige Diva war, die sich beschwerte, wenn sie sich ihren Kaffee selbst kochen musste. Doch dann stöhnte sie und wackelte mit den Zehen, und es hätte ihn auch nicht gestört, wenn sie verlangt hätte, dass in ihrem Garten ein Starbucks gebaut würde.

Mit einem Schlag war sie dreizehn Zentimeter kleiner. »Wie lange wohnst du schon hier?« Sie stellte ihr Glas auf den Beistelltisch und hob die Hände an den Hinterkopf. Der Saum ihres schwarzen Kleides rutschte an ihren weißen Schenkeln zweieinhalb Zentimeter höher, als sie die Nadeln aus ihrem Haarknoten zog. Ein tieferes, noch erotischeres Stöhnen kam über ihre Lippen und setzte sich in seiner Brust fest, als sie den Kopf schüttelte. Jetzt fielen ihr die Haare offen über den Rücken, und die Wärme, die seine Brust einengte, erhitzte sich und schoss direkt in seinen Unterleib.

»Henry?«

»Was?«

»Ich hab dich was gefragt.«

»Entschuldige. Hab ich nicht mitbekommen.«

»Dein Haus gefällt mir.« Sie griff nach ihrem Wein und ließ sich auf die Couch sinken. »Wie lange wohnst du schon hier?«

»Ungefähr zwei Jahre.« Er setzte sich auf das andere Ende der Couch, so weit weg von ihr wie möglich. Leider war es ein kleines Sofa, damit es in den Raum passte. »Ich habe es gekauft, kurz nachdem ich wieder hergezogen bin, habe aber vor dem Einzug noch einiges renoviert.« Als sie die Beine übereinanderschlug, hielt er den Blick fest auf ihr Gesicht gerichtet statt auf ihr schwarzes Kleid, das noch weiter an ihren Schenkeln hochrutschte. »Ich habe Wände eingerissen und die Wohnung fast vollkommen entkernt.« Er deutete auf die doppelten Terrassentüren aus Ahorn und Low-E-Solarglas. »Die Außentüren hängen an Drehgelenken statt an Scharnieren.«

Vivien hörte Henry zu, während er über die Türen und Fenster sprach, die er in seinem gemütlichen kleinen Haus ausgetauscht hatte. Die bescheidene Größe sowie die moderne Bauweise überraschten sie. Sie hätte sich Henry eher auf einer Plantage vorgestellt. Mit Reithosen, glänzenden Stiefeln und im Cutaway. Als Gutsherr.

»Die Türen habe ich aus Teakholz aus Burma gemacht und ...«

»Die Türen hast du selbst gemacht?«

Er hielt inne und presste die Lippen zusammen, als wäre er gekränkt. »Natürlich, Vivien. Die Türen habe ich in meiner Werkstatt angefertigt. Ich habe auch den Korkboden in der Küche verlegt und die Mauern aus Korkziegeln hochgezogen. Das ist mein Beruf.«

Eine Werkstatt. Henry Whitley-Shuler hatte eine Werkstatt. Es überstieg fast ihre Vorstellungskraft. Als hätte er gesagt, er besäße eine Harley und wäre ein Hell's Angel. Sie betrachtete den Küchenboden wenige Meter entfernt. Was wie winzige runde Fliesen aussah, waren gleichmäßige Scheiben aus Kork. »Für den Boden musstest du aber viel Wein trinken.«

»Die Flaschen hab nicht alle ich geleert.«

Die Couch war tief, sodass ihre Füße nicht bis zum Boden reichten, sondern nach vorne ragten wie die eines Kindes. Jetzt schlug sie die Beine unter. Sie saß auf dem gemütlichen Sofa des Hübschen Henry, sah in seine braunen Augen und fühlte sich behaglich. »Du hast also nicht in deinem kleinen Versuchslabor all diese Korken in Scheiben geschnitten?«

»Nein, Vivien.«

Ihr fiel auf, dass er ihren Namen weniger dehnte, wenn er verärgert war. Sie versuchte nicht zu lachen, gab sich aber keine allzu große Mühe.

»Was?«

»Ich kann mir dich nur einfach nicht in einer Werkstatt vorstellen. Das Letzte, was ich von dir gehört hatte, war, dass du in New York lebst. Mama hat mir erzählt, dass du an der Wall Street gearbeitet hast oder so was in der Art.«

»Ja. So was in der Art«, sagte er und versuchte nicht zu lächeln, gab sich aber auch keine allzu große Mühe. Und wenn Henry versuchte, ein Lächeln zu unterdrücken, funkelten seine Augen, und ein unwiderstehliches, belustigtes Zucken umspielte seine Mundwinkel. »Ich habe meinen Riesenschreibtisch mit dem Superblick auf den Hudson gegen eine Tischkreissäge getauscht.«

»Ich kann mir nicht vorstellen, dass Nonnie besonders erfreut darüber war.« Sie trank ihren Wein aus. »Hast du nicht an der Pepperdine studiert?«

»Princeton.« Er erhob sich von der Couch, um die Flasche von der Kücheninsel zu holen, füllte ihr Glas nach und stellte die Flasche auf den Beistelltisch. »Und nein. Mutter war anfangs wirklich nicht erfreut, aber sie hat sich damit abgefunden. Mehr oder weniger.« Er nahm seinen Platz auf der Couch wieder ein und beobachtete sie über den Rand seines Glases hinweg, während er einen Schluck trank. »Aber immerhin sieht sie mich lieber lebendig als tot, das muss man ihr lassen.«

Vivien, die gerade ihr Weinglas zum Mund führen wollte, hielt in der Bewegung inne. »Sie sieht dich lieber lebendig als tot? Was heißt das?«

»Es heißt, dass ich mein Leben ändern musste.« Er zuckte mit einer Schulter. »Vor gut zwei Jahren saß ich an meinem Schreibtisch in meinem Büro im 25. Stock und überprüfte einen Aktienkorb, dessen Kursperspektive ich beobachtete, als mich plötzlich ein heftiger Schmerz in der Brust überfallen hat. Ich bin aufgestanden, und das ist das Letzte, woran ich mich noch erinnere, bis ich in der Notaufnahme von St. Luke wieder zu mir gekommen bin. Ich hatte etwas, das der Arzt einen stressbedingten Montagmorgen-Herzinfarkt nannte.«

»Henry!« Erschrocken legte sie die Hand auf ihre Brust. »Das wusste ich nicht.« Er war dreiunddreißig gewesen. Drei Jahre älter als sie jetzt. »Bist du wieder gesund?«

»Mir geht's gut. Ich war bei mehreren Kardiologen, die mir alle dasselbe gesagt haben. Reduzieren Sie den Stress in Ihrem Leben, oder Sie riskieren einen zweiten Infarkt. Das hab ich mir nicht zwei Mal sagen lassen.« Er lachte ironisch.

»Wenn ich unter Stress stehe, kriege ich schlimme Pickel.« Und wenn sie unter viel Stress stand, blieb auch ab und zu ihre Regel aus, und sie bekam Haarausfall. »Aber von Pickeln stirbt man nicht.« Sie dachte kurz nach. »Allerdings hat mich letztes Jahr jemand fotografiert, als ich mit einem gefährlich roten Pickel am Kinn die Praxis meines Hautarztes verlassen habe. Das Foto ist auf der Titelseite des *Star*-Magazins erschienen. Es war mir peinlich, aber überrascht hat es mich nicht.« Das angenehme Glühen des vorzüglichen Chardonnay wärmte ihren Bauch und breitete sich über ihre Haut aus. Sie vertrug nicht viel Alkohol und wurde sehr mitteilsam, wenn sie trank. So wie jetzt, weshalb sie wohl lieber einen Gang zurückschalten sollte, bevor sie mit dem Gesicht voran aufs Sofa kippte und zu schnarchen anfing. Es war ein langer Tag gewesen, eigentlich mehrere lange Tage hintereinander. »Ich habe eine stressige Woche hinter mir. Wahrscheinlich brauche ich bald ein Peeling und eine Perücke, oder es landet noch ein Foto von meinem kahlen Kopf mit einer erfundenen Krebsverdacht-Story in einer Boulevardzeitung.« Vivien drehte sich um, bis ihr Rücken an der Armlehne der Couch lehnte, und streckte die Beine so weit wie möglich auf den Kissen aus, ohne die Füße in Henrys Schoß zu legen. »Hast du das BH-Foto gesehen?«

»Was?«

»Das Foto mit dem blauen BH.«

»Ja.« Ein hübsches Rot kroch aus seinem weißen Kragen und stieg seinen Hals hinauf.

Vivien räusperte sich, um nicht zu lachen. »Das erscheint auch im *Star*-Magazin.« Normalerweise war das nicht lustig, aber wie Henry diesen blauen BH hochhielt, nachdem er sie für paranoid erklärt hatte, war wirklich urkomisch. »Es kommt auf die ›Normal oder nicht‹-Seite.« Die Röte, die seinen Hals hinaufkroch, erreichte das Ohr, und sie hielt sich die Hand vor den Mund, um nicht loszuprusten.

»Du warst schon immer eine gute Schauspielerin.« Er trank einen Schluck. »Ich hab es dir fast abgenommen.«

»Ich schauspielere nicht.« Sie räusperte sich. »Für diese Rubrik blättert das *Star*-Magazin Geld für die schlimmstmöglichen Fotos hin. Sie lieben Bilder von Jack Nicholson, wie er in der Nase bohrt, oder Lindsay Lohan, wenn sie aus einer Bar taumelt, oder vom dreifaltigen Grauen, Kirstie Alley auf dem Weg aus einem Lebensmittelgeschäft, wie sie ein Doughnut isst, während sie einen Einkaufswagen voll mit Cheetos und Klopapier vor sich herschiebt. Im Großen und Ganzen hätte es also viel schlimmer kommen können als ein Foto von dir, wie du mit meinem Halbschalen-BH rumwedelst.«

»Ich hab nicht damit rumgewedelt.« Er sah sie so finster an wie früher, wenn sie etwas kaputtgemacht und deshalb gelogen hatte. »Du hast mich herausgefordert, den BH hochzuhalten.«

»*Au contraire*, Henry. Ich hab dich herausgefordert, die Unterwäsche anzufassen.« Als Kind hatte sie es geliebt, Henry zu piesacken. Jetzt, wo sie erwachsen war, konnte sie sich nicht erinnern, dass es jemals so viel Spaß gemacht hatte, ihn zu provozieren. »Dass du meinen BH rausziehen und befummeln sollst, hab ich nie gesagt.«

»Hör auf damit, Vivien.«

»Das Bild wird wahrscheinlich auf der Titelseite des *Enquirer* landen«, fuhr sie fort, als hätte sie ihn nicht gehört. »Die zahlen viel Geld für ein Foto, auf dem ich etwas esse.« Das Lachen, das sie mühsam unterdrückt hatte, brach sich in einem Kicheranfall Bahn. »Du bist jetzt berühmt.«

Er trank seinen Wein aus. »Allmächtiger.«

Mit Blick auf das leere Glas in seiner Hand fragte sie: »Für dich keinen Wein mehr?«

»Ich muss dich noch zum Kutschenhaus zurückfahren.«

»Jetzt gleich?« Sie wollte noch nicht gehen. Sie wollte in Henrys gemütlichem Haus bleiben, wo sie nicht über die Welt da draußen nachzudenken brauchte. Vielleicht hätte sie ihn nicht provozieren sollen.

»Noch nicht.« Er stand auf und hielt ihr zum zweiten Mal an dem Tag die Hand hin. »Ich will dir was zeigen.«

»Werde ich es auch sehen wollen?«

»Darlin', du wirst staunen.«

Wenn es sein Penis war, wollte sie nicht staunen. Über Henry Whitley-Shulers Penis wollte sie nichts wissen. Sie wollte nicht einmal darüber nachdenken, aber je mehr sie sich bemühte, nicht daran zu denken, umso unmöglicher war es, *nicht* daran zu denken. Wie nicht an weiße Mäuse zu denken oder an den Marshmallow-Man.

Er half ihr auf die Beine und ließ ihre Hand wieder los. »Du wirst deine Schuhe brauchen.«

Oder an Henry Whitley-Shulers staunenswerten Penis. Vivien versuchte, erst in den einen Schuh zu treten, dann in den anderen. Sie geriet ins Wanken und stürzte fast. Als ihr Wein überschwappte, stellte sie das Glas auf dem Couchtisch ab. Ihre Füße protestierten und wollten sich nicht wieder in die dreizehn Zentimeter hohen Peeptoes quetschen lassen. »Meine Füße sind sauer und wollen nicht zurück in meine Schuhe.« Es gab nichts Besseres als Schmerzen, um sich von Gedanken an Henry abzulenken.

Er senkte den Kopf und sah ihr in die Augen. »Alles in Ordnung?«

Sie war eindeutig beschwipst. »Fragst du mich, ob ich betrunken bin?«

»Natürlich nicht. Das würde ich eine Dame niemals fragen.« Er ging in die Küche und fragte über seine Schulter: »Bist du's denn?«

»Vielleicht ein bisschen beschwipst.«

Er lachte. »An der Hintertür habe ich Flipflops, die du ausleihen kannst.«

»Wohin gehen wir?«

»Wirst schon sehen.« Er stellte im Vorbeigehen sein Glas auf die Kücheninsel und schnappte sich eine Flasche Wasser aus dem Kühlschrank.

Sie lief zur Hintertür und schlüpfte in ein paar große Flipflops aus Leder. »Ich kann mir dich nicht als Flipflop-Typ vorstellen.«

Er schob eine Seite der Türen auf, die sich an Drehgelenken mehrere Zentimeter vom Rahmen entfernt öffnete. »Warum nicht? Spence und ich haben den Sommer in Hilton Head meist barfuß verbracht.«

Die schwüle Nachtluft legte sich auf ihre Haut, als sie nach draußen traten und über die Steinplatten zu einem Gebäude liefen, das größer war als sein Haus. »Geh langsamer. Ich kann nicht so schnell, ohne die Flipflops zu verlieren.« Als er sein Tempo drosselte, rempelte sie ihn mit der Schulter an.

Er stupste sie mit dem Ellbogen am Arm. »Glaubst du, ein paar von deinen schrägen *Raffle*-Fans springen gleich hinter den Bäumen hervor und salutieren dir?«

»Ich nenne sie nie schräg. Ich nenne sie engagiert«, erklärte sie, während sie nebeneinander gingen. »*Raffle*-Fans zahlen meine Rechnungen. Auch wenn ich manchmal sehr merkwürdige Post bekomme und sie tatsächlich dazu neigen, an unerwarteten Orten aufzutauchen.«

»An der Straße zum Beispiel?« Er blickte auf sie herab. »Um Zahara West ihren Respekt und ihre Loyalität zu bekunden?«

»Ja.« Sie blieb stehen und sah zu ihm auf. Das Verandalicht strahlte ihn von hinten an und schien auf sein dunkles Haar. »Erzähl mir nicht, dass du die Filme gesehen hast!«

Er grinste. »Die Bücher waren besser.«

Es hätte sie nicht überraschen sollen, aber das tat es. Sie hätte ihn nie für einen Fan von Dystopien gehalten.

»Aber du hast in deinem Metall-Leder-Bikini verdammt gut ausgesehen.«

»Den Bikini habe ich gehasst. Er musste mir aufgeklebt werden, und meine Haut wurde wund davon. Ich hab einen Hitzeausschlag bekommen.« Sie krallte ihre Zehen zusammen, um die Flipflops besser halten zu können. »Der Ledercatsuit war nicht viel besser. Es hat drei Stunden gedauert, mich darin einzunähen. Und der Schweiß ...« Sie musste wirklich betrunken sein, wenn sie über Schweiß sprach. »Ich meine die Transpiration. Die *Moons of Montana*-Szenen haben wir in Yuma gedreht, bei 39 Grad Hitze. Die Transpiration war ekelhaft.«

»Jetzt hast du mir meine Lederbikini-Fantasie verdorben.« Er öffnete die Tür zu einem dunklen Gebäude und griff mit der Hand hinein, um die Lichter anzuknipsen.

Sie blickte aus den Augenwinkeln zu ihm auf und biss sich auf die Lippe. Henry hatte eine Lederbikini-Fantasie! Sie wusste nicht, wie sie das finden sollte. Sie war leicht schockiert darüber, dass er es zugegeben hatte, aber auch ein bisschen geschmeichelt. Sie trat in das offene Gebäude, das voll mit großen Sägen, Schleifmaschinen und riesigen Gottwusste-was stand. Er ging vor, und ihr Blick glitt von seinen dunklen Haaren, die den Kragen seines weißen Hemdes berührten, zu der Bügelfalte zwischen seinen breiten Schultern. Dann glitt er weiter zu seinem Hintern, und sie fragte sich, was er tun würde, wenn sie die Hände in seine Gesäßtaschen schob.

»Pass auf, wo du hintrittst!« Er legte die Hand in ihr Kreuz und lenkte sie um einen Stoß Zierleisten herum.

Die Werkstatt roch nach frisch geschnittenem Holz, nach Lacken und einem Hauch Öl. Die Wärme seiner Handfläche drang durch ihr Kleid und erhitzte ihren Rücken.

»Macy Jane hat mich gebeten, ihr für das Reihenhaus einen Esszimmertisch mit Stühlen zu machen.« Er reichte ihr die Wasserflasche und zog eine Abdeckplane von einem langen Tisch aus dunklem Holz.

Sie drehte den Verschluss ab und trank einen großen Schluck. »Den hast du gebaut?«

Er nahm ihr die Flasche ab und hob sie an seine Lippen. »Ja, Vivien.«

»Mama hat sich von dir einen Tisch für ein Haus machen lassen, in dem sie niemals leben wollte?« Für kurze Zeit hatte sie sich so weit entspannt, dass der Schmerz abgeebbt war wie das Meer bei Niedrigwasser. Während sie und Henry über sein Leben, über Stress und ihren BH gesprochen hatten, hatte sie die Traurigkeit des Tages fast vergessen. Das Loch in ihrem Herzen und den Schmerz in ihrer Seele.

»Sie hat viel davon gesprochen, in das Reihenhaus zu ziehen.« Er leckte sich einen Tropfen Wasser aus dem Mundwinkel und gab ihr die Flasche zurück. »Aber ich glaube, sie hat lieber übers Umziehen gesprochen, als wirklich umziehen zu wollen.«

Das war typisch für ihre Mama. Realitätsferne Pläne zu schmieden.

»In einem Antiquitätenladen hatte sie ein paar große Ananas-Kerzenhalter gefunden und sie mir ›zur Inspiration‹ gebracht. Ich mache keine überladenen Möbel, und wenn sie nicht deine Mutter gewesen wäre, hätte sie mich von hinten gesehen. Ich restauriere zwar aufwändig Möbel für Kunden, aber sperrige, allzu komplizierte Tische zu fertigen gehört nicht zu dem, was ich hier tue. Es ist nicht das, was ich machen *will*.«

»Hast du ihr das gesagt?« Sie führte das Wasser an ihren Mund und legte die Lippen an die Stelle, wo seine gewesen waren.

Er lachte. »Ich hab's versucht, aber jedes Mal, wenn ich versucht habe, ihr so einen wuchtigen Staubfänger auszureden, hat sie noch ein verschnörkelteres Detail hinzugefügt. Noch eine Intarsie oder Löwenfüße, deshalb habe ich weitere Diskussionen vermieden.« Er ließ sich auf ein Knie nieder und deutete auf die Füße des Tisches. »Ich habe einen Typen in Virginia aufgetan, der die Ananasfrüchte geschnitzt und sie auf der Löwenfußbasis angebracht hat. Hoyt hat viel damit zu tun gehabt, die vielen Ecken und Winkel zu beizen.«

Die Ananas stand für Herzlichkeit und Gastfreundschaft, und ihre Mama liebte dieses Willkommenssymbol. Vivien ließ die Flasche sinken. Oder, verbesserte sie sich in Gedanken, *hatte* dieses Symbol geliebt. Der Schmerz, den sie seit Samstagnacht verspürt hatte, brauste auf sie zu wie eine Windböe voller Scherben aus Trauer. Während der Totenfeier und des Gottesdienstes war es ihr gelungen, ihre Gefühle in Schach zu halten. Sie hatte ihre Panik am Grab und beim Empfang danach unterdrückt, doch jetzt brach sie sich plötzlich Bahn und drängte mit Macht aus den Tiefen ihrer Seele nach oben. Sie stach ohne Vorwarnung in ihr Herz und bohrte sich in ihre Augen.

»Er ist aus afrikanischem Ahorn mit Teakholz-Intarsien.« Er stand wieder auf und strich sich Sägemehl vom Knie seiner marineblauen Hose. Er sah über ihren Kopf hinweg und deutete auf etwas. »Die Stühle sind Prototypen, die ich letztes Jahr für sie gebaut habe.«

Tränen trübten Viviens Blick, und sie presste die Lippen

zusammen, um nicht laut aufzuschluchzen. Es lag an dem Ananas-Tisch, den ihre Mama niemals sehen würde. An dem langen emotionalen Tag. An dem Wein, der ihre Anspannung gelöst hatte, sodass sie den Schmerz nicht mehr zurückhalten konnte, der sie überschwemmte wie ein Ruderboot in einem Orkan.

»Die Verbindungen sind …«

Sie legte die Fingerspitzen an den Mund, um den Schmerz zurückzuhalten. Ihre Mutter war fort und würde nie mehr zurückkommen. Keine Telefonanrufe mehr und das sanfte »Hallo, Kleine« ihrer Mama am anderen Ende der Leitung. Keine Umarmungen mehr oder Küsschen auf die Wange. Sie würde nie mehr ihr glückliches Gesicht und ihre lächelnden Augen sehen, wenn sie blendender Laune war. Keine wilden Fantasien mehr, die sie niemals hatte ausleben wollen.

»Vivien?«

Die letzte Erinnerung an das Gesicht ihrer Mutter war im Sarg. Mit Lippen, die einen Hauch zu orange geschminkt waren.

»Vivien? Ist alles in Ordnung?«

»Nein.« Sie sah zu Henry auf, ein verschwommener Fleck aus dunklen Augen und Haaren. Der Schmerz zerfetzte sie innerlich und krampfte sich in ihren Magen. Sie krallte die Hand in den schwarzen Stoff über ihrem Bauch. »Das ist nicht fair.« Sie klang wie ein Kind, aber es war ihr egal. Es war nicht fair. Die Welt war voll mit Menschen, die den Tod verdient hatten. Ihre Mama hatte es nicht verdient, mit nur fünfzig Jahren zu sterben.

»Ich weiß.«

Sie schüttelte den Kopf und wischte sich die Tränen von

den Wangen. »Nein, weißt du nicht. Du hast deine Ma-mma ja noch. Und-und Spence. Ich bin allein. Für immer.«

»Wein doch nicht, Vivien.«

»Du ka-kannst Nonnie noch anrufen.« Sie schluckte, und ihr Schluchzer kam wie ein Krächzen heraus. »Aber ich hab nie-niemanden.«

»Natürlich hast du das.«

»Nein, Henry. Hab ich nicht. S-sie war alles, was ich hatte.« Sie wischte sich die Tränen weg und seufzte, als er sie tröstend an seine feste Brust zog. Als wäre es das Natürlichste auf der Welt, schlang sie die Arme um seine Taille. Sie hinterfragte es nicht. Fragte sich nicht, wie sie dazu kam, ihre Wange an sein weißes Hemd aus feiner Baumwolle zu schmiegen. Er roch wie seine Jagdjacke, ohne den Sumpfgeruch. Waldig und frisch; die warme Haut und der Baumwollstoff erhitzten ihre Wange, und sein Herz hämmerte unter ihrem Ohr.

»Alles wird wieder gut.« Er streichelte ihr über den Rücken. »Ich bin ja hier. Meine Mutter wird dich immer willkommen heißen, und Spence wird …« Seine Finger strichen ihr das Haar aus dem Gesicht. »Ich bin für dich da.«

»Das ist nicht dasselbe.« Ihr Leben würde nie mehr dasselbe sein. »Sie wird nie ihre Enk-enkel sehen.« Trotz des Schmerzes holte sie tief Luft. »Sie wird nie ihre Enkel sehen«, stieß sie hervor. »Meine Kinder werden sie nie-niemals kennenlernen.«

»Vivien …«

»Ich habe sie auf dem Friedhof gelassen, damit sie beerdigt wird. Das-das kriege ich nicht aus dem Kopf.«

»Du brichst mir das Herz.« Er drückte sie noch fester an

sich und zog sie in seine Arme, wo sie sich sicher und behütet fühlte. In ihrer Kindheit hatte sie sich selbst beschützen müssen, heute hatte sie dafür Leibwächter. Es gab niemanden, der sie in den Arm nahm und ihr das gab, wovon sie nicht einmal wusste, dass sie es am meisten brauchte.

Bis jetzt. Vivien zog sich zurück und sah zu ihm auf. In sein attraktives Gesicht, das ihrem so nahe war. Sein intensiver Blick stand im Widerspruch zu seiner tröstenden Stimme und seiner wohltuenden Berührung. Langsam senkte er das Gesicht, und seine braunen Augen sahen fest in ihre.

»Vivien.« Ihr Name war nur ein Flüstern. Ein sanfter Atemzug an ihren Lippen, der ihr Schauder über den Rücken sandte. »Ich tue alles für dich.«

Zum dritten oder vierten Mal an jenem Tag war Vivien bis ins Mark erschüttert. Schockiert von Henry Whitley-Shuler. Er sah sie überhaupt nicht an wie eine nervtötende Göre und schien sie auch nicht schütteln zu wollen. Nein, er sah aus wie ein Mann, der mit seinen Händen etwas ganz anderes tun wollte.

Und sie wollte es auch. Sie wollte, dass er sie berührte und sie auf andere Gedanken brachte. Sie wollte, dass er ihr gab, wovon sie nicht gewusst hatte, dass sie es brauchte, bis er sie berührt hatte.

Er strich mit dem Mund über ihren und verweilte einen atemberaubenden Moment dort. »Sag mir, was du willst.« Seine Lippen drückten sich auf ihre, nicht ganz ein Kuss, und viel zu kurz. »Du kannst mich um alles bitten.«

Sie schnappte nach Luft, während ihr Herz in ihrer Brust hämmerte. Sie wollte, dass er sie küsste, ihren Atem zum Stocken brachte. Dass er sie mit seinen starken Händen den

Schmerz vergessen ließe, der ihr das Herz zerriss. Sie wollte, dass er sie am ganzen Körper küsste und die Kontrolle übernahm, aber sie wollte nicht bitten müssen. »Henry«, flüsterte sie und stellte sich auf die Zehenspitzen. Sie sah in seine tiefbraunen Augen und schluckte heftig. Sie war noch nie der Typ gewesen, der um etwas bat. »Küss mich einfach.«

Ein raues Stöhnen strich über ihren Mund, als er mit einem Arm fest ihren Rücken umschlang und sie noch fester an sich zog. Mit der anderen Hand hielt er sie sanft am Hinterkopf, und er küsste sie lang und langsam und gab ihr, was sie verlangte. Selbst als er in ihrer Magengrube ein kleines prickelndes Feuer entfachte, verlor er nicht die Kontrolle. Genau in dem Moment, als sie es forciert hätte –, ihn gedrängt hätte –, schob er sie von sich und ließ die Hände sinken. »Ich fahr dich nach Hause.«

KAPITEL 10

TAGEBUCH VON VIVIEN LEIGH ROCHET
Finger weg! Lesen bei Todesstrafe verboten!!

Liebes Tagebuch!
Ich habe die Rolle bekommen! Die Theater-AG führt »Der kleine Horrorladen« auf, und ich spiele Audrey!! Die echte Audrey, nicht die Pflanze. Ich habe vorgesprochen und die Rolle bekommen. Ich war sehr nervös, weil ich vorsingen musste. Ich wusste nicht, ob ich das kann, aber Mama hat mir den Film gekauft, und ich habe ihn mir immer wieder auf dem Videorekorder angesehen, bis ich alle Lieder und Dialoge auswendig konnte. Ich hab den Film sogar öfter geguckt als »Clueless«, den besten Film, der je gedreht wurde. Loraine Monroe-Barney dachte, sie würde die Rolle kriegen, weil sie total beliebt und Cheerleader ist. Alle an der Schule dachten, sie würde die Rolle bekommen, weil irgendwo ein Bezirk oder sowas nach ihrem Uropa benannt ist. Ich war sooooo nervös. Ich konnte nicht schlafen und kaum was essen. Mama sagt, ich mache Jesus solche Sorgen, dass er noch vom Kreuz herabsteigt, aber ich konnte nicht anders. Dies ist der BESTE Tag in meinem Leben.
☺ ☺ ☺

Liebes Tagebuch!
Ich brauche eindeutig bald einen BH. Mama sagt, ich soll nichts überstürzen. Sie sagt, die Frauen in unserer Familie sind Spätentwickler, und wenn sie endlich erblühen, haben sie meist kleine Blüten. Das ist mir egal. Ich will nur einen BH tragen wie alle anderen Mädchen an der Schule.

Liebes Tagebuch!
Die gute Nachricht ist, dass Mama Dämlack Chuck abgeschossen hat. Die schlechte Nachricht ist, dass sie einen neuen Freund hat, Jeb. Er hat braune Zähne und riecht nach Bier. Ich nenne ihn Depp, und Mama sagt, ich bin einfach gehässig. Oma Roz sagt, ich soll mich nicht über Depp aufregen, weil er schneller weg vom Fenster sein wird, als grünes Gras durch eine Gans flutscht. Igitt!!

Liebes Tagebuch!
Henry und Spence sind für die Sommerferien nach Hause gekommen. Mama und ich haben Spence ein Geschenk gebracht, weil er Geburtstag hatte. Er ist ein Jahr älter als ich, aber er ist echt merkwürdig. Mama sagt, ich erkenne Fröhlichkeit einfach nicht, wenn ich sie sehe. Egal. Er ist einfach nicht normal. Henry kam zu spät zur Party und hat ein Mädchen mitgebracht. Er ist jetzt sechzehn und fährt Auto und ist nicht mehr so hässlich wie früher. Das Mädchen hatte rote Haare und schöne weiße Haut und arbeitet bei Piggly Wiggly. Nach der Party habe ich gehört, wie Nonnie zu ihm sagte, dass das Mädchen eine Dirne der schlimmsten Sorte wäre. Worauf er antwortete: »Du irrst dich, Mutter. Sie ist eine Dirne der besten Sorte.«

Ich glaube, Henry hat über S. E. X. gesprochen. Nonnie ist wütend geworden und aus der Küche gestürmt wie die Böse Hexe des Westens. Ich habe gelacht, weil Henry meist ihr geflügelter Affe ist. Er hat gesagt, dass ich aufhören muss, mich in anderer Leute Angelegenheiten einzumischen. Ich hab geantwortet, dass er mich mal am Ar ... am Ärmel lecken kann. Mama hat gesagt, wir brauchen beide Jesus.

Liebes Tagebuch!
Die Kinder in der Schule behaupten, dass Mama verrückt ist. Ich versuche zu widersprechen, aber tief in mir drin weiß ich, dass sie recht haben. Einmal, als sie mich von der Schule abgeholt hat, hatte sie ihr Kleid linksherum an, und ihre Haare standen in alle Richtungen. Ich habe mich so geschämt, dass ich Bauchschmerzen davon bekam. Danach habe ich mich total schlecht gefühlt und geweint, weil ich mich so für meine Mama geschämt habe. Sie kann nichts dafür. Letzte Woche hat sie das Wohnzimmer gelb gestrichen. Sie ist die ganze Nacht aufgeblieben, und als ich aufgestanden bin, um zur Schule zu gehen, hat sie gelacht und ununterbrochen gequasselt, wie sie es immer tut, wenn sie in fröhlicher Stimmung ist. Sie hat gesagt, sie würde mich in die Schule fahren, aber ich habe mir ein Pop-Tart geschnappt und bin aus dem Haus gerannt, bevor sie ihre Handtasche finden konnte. Von dem süßen Teilchen habe ich Bauchschmerzen bekommen.

Liebes Tagebuch!
ICH LIEBE DIE SCHAUSPIELEREI!! Meine Schauspiellehrerin hat gesagt, ich sei begabt, und ich hätte Audrey besser

gespielt als alle anderen Schülerinnen, die sie je unterrichtet hat. Mama hat gesagt, ich soll nach den Sternen greifen, mich mit zum Kindertheater genommen und mich zum Schauspielunterricht einmal die Woche angemeldet. Eines Tages wird die ganze Welt VIVIEN LEIGH ROCHET kennen!!

<u>Liste der Dinge, die ich werden will</u>
1) Schauspielerin – logo
2) Schauspielerin – doppellogo
3) Schauspielerin – dreifachlogo
4) Dünn
5) Mutter von fünf Kindern

KAPITEL 11

Vivien schob einen Fuß in ihren Pumps und warf über die Schulter einen Blick zu Henry, der in seiner Küche stand und durch die Nachrichten auf seinem Smartphone scrollte, als hätte er sie nicht gerade geküsst.

»Komm in die Gänge«, befahl er ihr, ohne aufzusehen.

Nach dem Kuss hatte er sie praktisch aus seiner Werkstatt geschubst, und ihr schwindelte noch immer davon, wie sie durch den Garten hinter ihm hergerannt war. Oder vielleicht schwindelte ihr auch noch immer von diesem wunderbar-verrückten Kuss, der in ihr den Wunsch nach mehr geweckt hatte. Er hatte sie an sich gezogen und sie dann von sich gestoßen und dadurch mehr als nur körperliche Distanz zwischen ihnen hergestellt. »Warum bist du so stinkig?«

»Ich bin niemals stinkig, Vivien.« Er hörte sich eindeutig stinkig an.

»Du bist schon stinkig auf die Welt gekommen.« Ihr anderer Fuß weigerte sich, in den Schuh zu gleiten, und sie gab es auf.

»Und du als Nervensäge.«

Mit nur einem Schuh an den Füßen humpelte sie in die Küche. »Noch vor wenigen Minuten warst du anderer Meinung.« Er antwortete nicht. »Du hast mir die Zunge in den

Hals gesteckt, als wolltest du überprüfen, ob ich meine Mandeln noch habe.« Was vielleicht übertrieben war.

Er warf ihr einen Blick aus den Augenwinkeln zu und konzentrierte sich wieder auf sein Handy. »Übertreib's mal nicht«, murmelte er, als hätte der Kuss zwischen ihnen nichts verändert.

Immer noch leicht aus dem Gleichgewicht, verschränkte sie die Arme vor der Brust. »Ich übertreibe überhaupt nichts, Henry.« Der Kuss hatte in ihr Verlangen nach ihm geweckt. Verlangen nach Henry Whitley-Shuler, und das veränderte alles.

»Lass es gut sein, Vivien.«

Keine Chance. »Gib's zu, Henry.«

Seufzend drehte er sich zu ihr. »Was willst du hören? Dass ich dich am liebsten auf den Ananas-Tisch deiner Mutter geworfen, dir das Kleid hochgeschoben und den Slip runtergezogen hätte, wenn du nicht betrunken gewesen wärst?«

Oh. Seine Worte ließen sich in ihrer Magengrube nieder und machten ihren Mund trocken. *Das* hatte er gedacht? »Ich dachte, ich wäre eine Nervensäge.«

»Bist du ja auch.« Er hob die Hand und strich ihr die Haare hinter die Ohren. »Du machst mich wahnsinnig mit deinem hübschen Gesicht und deiner großen Klappe und damit, wie dein süßer Po in diesem Kleid aussieht. Du provozierst mich ganz bewusst, bis ich die Kontrolle verliere.«

»Wenn du die Kontrolle verloren hättest, würde ich jetzt auf dem Tisch meiner Mutter liegen. Weißt du noch?« Seine Handfläche fuhr von ihrem Ohr seitlich an ihren Hals. »Ich bin nicht betrunken, Henry.« Als sie aufblickte, erkannte sie den Ausdruck in seinen Augen: diesen harten, suchenden

Blick, als könnte er in ihr Gehirn sehen und darin die Wahrheit lesen. Sie drückte einen Kuss auf seine Handfläche, und seine Lider sanken auf Halbmast, während sein Blick weicher und wärmer wurde. Sie hatte noch nie Verlangen in Henrys Augen gesehen, von dem Verlangen, ihr den Hals umzudrehen, mal ganz abgesehen. Dieses Verlangen hier durchströmte sie jetzt, erhitzte Tausende kleine Nervenenden und ließ sich zwischen ihren Schenkeln nieder.

Eine schreckliche Sekunde lang zögerte er, bevor er sein Gesicht wieder zu ihr senkte. Dieser Kuss begann als leiser Hauch, ein sanftes Atemholen gefolgt von einer Welle aus Verlangen, wie warmer Sonnenschein am dunkelsten Tag ihres Lebens.

Vivien war dreißig und hatte schon viele Männer geküsst, sowohl auf der Leinwand als auch privat. Männer, die versucht hatten, sie mit Charme, Geld und Macht zu verführen. Sie hatte geglaubt, schon alles erlebt zu haben, aber das hier war anders. Neu. Das hier war Sehnsucht und Verlangen, nur von einem hauchdünnen Faden unter Kontrolle gehalten, und verführerischer als aller Charme, alles Geld und alle Macht der Welt. Das war eine Verführung, die ihre Brüste zusammenzog und ein Keuchen aus ihrer Lunge und einen Schauder in ihre Brust zwang. Henry machte sich ihre geöffneten Lippen zunutze, und Vivien zögerte nicht, seine warme Zunge in ihrem Mund willkommen zu heißen.

Den Kopf in den Nacken gelegt, strich sie mit der Hand zu seinem Hinterkopf und berührte mit den Fingerspitzen sein feines Haar. Sie schleuderte ihren Schuh von sich, reckte sich an seiner Brust heraufgleitend auf die Zehenspitzen und küsste ihn heftig. Sie wollte ihn um seine Selbstbeherrschung bringen.

Als Henry sich zurückzog, waren seine Augen fast schwarz und von einer Leidenschaft erfüllt, die sie bis in die Knie spürte. Sein Atem drängte aus seiner Lunge, als er den Kopf senkte, um mehr zu bekommen, und sie mit einem heißen Kribbeln erfüllte, das durch ihre Adern brauste.

Er legte eine Hand an ihren Hinterkopf und die andere auf ihren Po. Seine Finger krallten sich in ihr Haar, und er zog sie näher an sich. Seine Brust und seine Hüften streiften sie, die explosiven Funken rasten durch sie hindurch und errichteten einen Flammpunkt mitten in ihrer Brust. Seine Erektion drückte an ihre Oberschenkel, und Leidenschaft verbrannte sie innerlich, versengte ihre Haut und gab ihr das Gefühl, als hätte sie einen Blitz berührt. Es verglühte sie von innen heraus, und sie zog sich zurück, um in seine dunklen, hungrigen Augen zu sehen, die ihren Blick erwiderten. »Henry«, flüsterte sie und hob die Fingerspitzen an ihre Lippen, als rechnete sie damit, dass sie verbrannt waren.

Er atmete tief durch die Nase ein und sah zur Zimmerdecke. »Wenn ich dich nach Hause bringen soll, sag es mir jetzt gleich«, bat er, ohne jedoch die Hände sinken zu lassen. Er sah ihr wieder in die Augen. »Bevor du mich noch restlos um den Verstand bringst.«

Obwohl sie sich nur allzu bewusst war, dass sie mit dem Feuer spielte, fuhr sie mit den Händen über seine harte Brust zu seinem Hals. Sie hatte einen Blitz berührt, und es hatte ihr gefallen.

In der Ferne verblassten die leisen Geräusche der Abenddämmerung, während das Verlangen die Kontrolle übernahm und sie ihren Mund zu seinem hob. Im Nu wurde der so sanfte Kuss unersättlich. Feucht und nährend mit einer Leidenschaft, die viel zu groß war, um sie zurückzuhalten. Sie wollte Henry, und es fühlte sich irgendwie richtig an, dass sie ihn auch bekommen sollte.

Ihre Hände glitten zu seinem Hemd, und sie machte sich an den Knöpfen zu schaffen, bis sie offen waren. Dann lagen ihre Hände auf seinem Körper, berührten seine warme Haut und seine harten Schultern. Ihre Finger fuhren durch seine Brustbehaarung, und sie legte die flache Hand auf seinen festen Bauch.

Sie war so konzentriert darauf, wie sich seine Muskeln unter ihrer Haut anfühlten, dass sie erst bemerkte, dass Henry den Reißverschluss ihres Kleides geöffnet hatte, als er sich lange genug zurückzog, um es ihr von den Schultern zu streifen. Das schwarze Armani-Kleid fiel ihr in einem dunklen Ring um die Füße, gefolgt von ihrem BH.

Henry schüttelte sein Hemd ab und zog sie an seine harte Brust. Ihre festen Nippel strichen über seine warme Haut, was sich so gut anfühlte, dass sie erschauderte.

»Verdammt«, sagte er mit gepresster Stimme, als er zurücktrat, um sie anzusehen. Mit Schlafzimmerblick betrachtete er sie vom Scheitel an über ihr Gesicht und ihre Schultern weiter nach unten zu ihren Brüsten und ihrem schwarzen Slip. »Sieh dich nur an«, raunte er. »Ganz erwachsen und perfekt.« Dabei strichen seine Finger über die Spitzen ihrer empfindlichen Brustwarzen.

Sie stöhnte, fuhr mit der Hand über seinen flachen Bauch und folgte mit den Fingern seinem dunklen Glückspfad bis zu dem Knopf, der den Bund seiner Hose verschloss. Er war nach links ausgerichtet, und sie drückte die Hand an seine Erektion, deren Hitze den Wollstoff erwärmte.

Er sog den Atem zwischen den Zähnen ein, umfasste ihre Taille, hob sie auf die kalte Granitplatte der Kücheninsel und spreizte die Finger über ihre Rippen, während er sie betrachtete. Sein Blick berührte ihre Brüste, ihren Bauch und ihre Schenkel. Dann schob er die Hände zu ihren Schulterblättern, wölbte ihren Rücken und brachte ihre Brüste nah an sein Gesicht.

Sein Atem hauchte über ihren schmerzenden Nippel, kurz bevor er ihn sanft in seinen heißen, feuchten Mund saugte. Vivien stöhnte und stützte sich mit den Händen nach hinten ab. Seine Wangen zogen sich nach innen, während er einen köstlichen Sog erzeugte. Eine Hand glitt von ihrem Rücken über ihren Bauch, und er zog ihr den Slip aus und ließ ihn neben ihr Kleid fallen. Während sie auf seine Berührung wartete, stockte ihr der Atem, und als es so weit war, rauschte die Luft aus ihrer Lunge und sie warf den Kopf in den Nacken.

»Du bist feucht, Vivien Leigh.« Seine raue Stimme vibrierte an ihrer Brust, während er ihr schlüpfriges Fleisch stimulierte. Er liebkoste sie wie ein Mann, der genau wusste, wie man einer Frau Lust bereitete. Sie brauchte ihm keine Anweisungen zu geben, und es wäre nur allzu leicht gewesen, ihm an Ort und Stelle zu erliegen. Sich von ihm bis zum Orgasmus streicheln zu lassen. Es hätte nicht viel mehr bedurft, und sie wäre dahin gewesen, aber sie wollte nicht auf einer kalten Granitplatte allein zum Orgasmus kommen. Sie wollte mit ihm zusammen zum Höhepunkt kommen.

»Warte«, sagte sie und packte ihn am Handgelenk. Er fuhr mit der feuchten Hand über ihren Bauch zu ihrer Brust, und seine Finger spielten mit ihr, verteilten Feuchtigkeit über ihren Nippel. Er folgte mit seinem Mund, und tief in seiner Kehle grollte ein Laut tiefer männlicher Lust, archaisch und besitzergreifend, der sie so nahe an die Schwelle brachte, dass sie befürchtete, mit nichts als seinem Mund auf ihrer Brust zu kommen.

»Stopp, Henry.«

Er hob den Kopf und sah sie mit einem Blick an, in dem nichts lag außer Leidenschaft. »Ich bringe dich jetzt nicht nach Hause.«

»Ich will auch nicht nach Hause.« Sie leckte sich die trockenen Lippen. »Zieh die Hose aus und bring mich ins Bett.«

Seine Hose fiel schon zu Boden, bevor sie den Satz beendet hatte. Blau-weiß gestreifte Boxershorts folgten, und sie konnte kaum einen Blick auf seine imposante Erektion erhaschen, bevor er sie hochhob. Sie schlang die Beine um seine Taille, und sein langer, heißer Satinpenis drückte an ihren Schritt und ihren Po.

Sie hob das Gesicht zu ihm, und seine Zunge fiel über ihren Mund her, während er sie vom Wohnzimmer über den Flur in sein dunkles Schlafzimmer trug. Von den Fenstern ergoss sich Licht über das große Bett, und er legte sie sanft auf die tiefblaue Überdecke. Ihre Arme fühlten sich leer an, als sie sich auf die Ellbogen stützte, während er die Schublade seines Nachttischs aufzog. Während er ein dünnes Kondom über die pralle Spitze seines Penis rollte, beobachtete er sie mit schweren Lidern und mit Augen, die vor Hunger leuchteten. Dann glitt er über sie, mit seiner warmen Haut und seinem harten Körper, und hüllte sie in eine besitzergreifende Umarmung. Die Spitze seiner Erektion berührte sie, weich und hart und unglaublich heiß zugleich. Er schob sich bis zur Hälfte hinein, spürte den Widerstand und nahm ihr Gesicht in die Hände. Er küsste sie sanft, als er sich zurückzog, um sich noch ein wenig weiter in sie zu schieben.

Sie sog einen Atemzug ein, seinen Atem, als er sich fast ganz zurückzog, nur um sich tief in ihr zu vergraben. Ein raues Stöhnen zerriss seine Brust und hallte in ihren Ohren.

Sie schlang ein Bein um seinen Rücken. »Henry«, flüsterte sie, als er begann, sich in ihr zu bewegen, und einen perfekten Rhythmus der Lust vorgab. »Das fühlt sich gut an.«

Mit dem Gesicht knapp über ihrem fragte er: »Sag mir, wie gut.«

Jeder Zentimeter ihres Körpers war fokussiert auf das Stoßen seiner Hüften, und sie versuchte trotz der Lust, die durch ihren Körper schnitt und ihr Inneres zu feurigen Knoten verdrehte, klar zu denken. In seinem dunklen, aufgewühlten Blick verschmolzen ungezügelte Lust und gemäßigte Zurückhaltung, und sie stieß noch ein »Wirklich gut« hervor, bevor sie sich der Lust vollkommen hingab. Wieder und wieder, härter und intensiver, stieß er in sie hinein. Sein Atem strich über ihre Wange, während er sie weiter die Matratze hinauftrieb und sie näher und näher an die Schwelle brachte. Sie war nicht viel mehr als pure Lust und reine Hingabe, und in jenem Moment besaß er ihren Körper ganz. Ihr war es egal, solange er nicht aufhörte. »Henry«, rief sie, während sie sich mit ihm bewegte. Tiefer. Heißer. So kurz davor. »Wenn du jetzt aufhörst, bring ich dich um!« Ihr Herzschlag hämmerte in ihren Ohren, und der Atem rauschte aus ihren Lungen. Sie rief etwas … irgendwas …, als sie vom Scheitel bis zu den Zehenspitzen wie ein Blitz ein weißglühender Orgasmus durchzuckte.

Sie hörte ihren Namen, der sich seiner Kehle entrang, während er gemeinsam mit ihr zu einem Orgasmus kam, der ewig anhielt und dennoch viel zu kurz war.

Lange regte sich keiner von ihnen oder war auch nur imstande, etwas zu sagen. Nicht bevor ihre Atmung langsamer wurde und ihr Puls sich wieder normalisierte.

»Himmel, Vivien.« Er vergrub das Gesicht an ihrer Halsbeuge. »Der kam tief aus meiner Seele.«

Sie wusste, was er meinte. »Ich hab es bis in die Zehen gespürt. Ich habe einen Krampf im Fuß.«

Henry hob das Gesicht und lächelte zufrieden. Er küsste sie auf die Schulter und entzog sich ihr. Als er vom Bett zum Bad schlenderte, glitten die vielfältigen Schatten über seine Rückenmuskeln und seinen harten Po. »Geh nicht weg«, warf er ihr noch über die Schulter zu, bevor er im Badezimmer verschwand. Selbst wenn sie hätte gehen wollen – sie wussten beide, dass sie nirgends hingehen konnte.

Kühle Luft strich über Viviens erhitzte Haut. Sie kümmerte sich um ihren Körper, trainierte und straffte ihn, aber mit nichts als einem Lächeln in Henrys Bett fühlte sie sich nicht ganz wohl. Vivien schlüpfte unter die Decke und seufzte wohlig, als die weichen Laken über ihre Haut glitten. Henry hatte gute Laken, und sie wusste eine hohe Fadendichte zu schätzen.

Nebenan rauschte die Toilettenspülung, und sie blickte zur Badezimmertür. Nackt und wunderschön in dem Licht, das ins Schlafzimmer fiel, kam Henry auf sie zu. Als sie ihn so betrachtete, sein dunkles Haar und sein attraktives Gesicht, seinen schlanken Körper und seine großen Schritte, regte sich in ihrer Brust unerwartet eine kleine warme Glut. Dieses Gefühl verwirrte sie und erschreckte sie zu Tode.

»Was hast du heute noch vor?«, fragte Henry, als er wieder zu ihr ins Bett schlüpfte.

Sie setzte sich auf. »Soll ich gehen?« Das sollte sie wahrscheinlich.

»Nein, Vivien.« Er schlang den Arm um ihren Bauch und zog sie wieder nach unten. Schwache Lichtstrahlen glitten zwischen den Jalousien hindurch und leuchteten in seinen schwarzen Haaren und auf seiner sonnengebräunten Wange.

Nachglühen. An dem verrückten Gefühl musste das Nachglühen schuld sein. »Du willst, dass ich bleibe?«

Er legte sich neben sie und drehte sie problemlos so, dass sie mit dem Rücken an seiner Brust lag. »Ich will, dass du bleibst«, raunte er ihr ins Ohr. Die Wärme von seiner Brust und seinem Becken erhitzte ihren Rücken und ihren nackten Po. »Ist das ein Problem?« Er strich mit den Fingern über ihre Schultern und zog auf ihrer empfindlichen Haut eine unsichtbare Linie nach, was ihr Gänsehaut bereitete.

Ein Nachglühen, das sich wie ein Prickeln im Inneren anfühlte. »Nein.« Jetzt, wo sie den Grund für das verrückte Gefühl kannte, entspannte sie sich und schmiegte ihren Po an seinen Schritt. Sie ließ sich in eine warme, gemütliche Löffelchenstellung mit Henry fallen, und die Leichtigkeit all dessen erstaunte sie. Wie ihre Mutter hatte sie nicht unbedingt Glück mit Männern. Doch anders als ihre Mutter war sie immer schon lange weg, bevor sie ihr das Herz brechen konnten.

Sie hatte gerade Sex mit Grusel-Henry gehabt. Nie hätte sie auch nur im Traum daran gedacht, sich einmal nackt in seinem Bett wiederzufinden, und deswegen sollte sie eigentlich ausflippen. Sie sollte zusehen, mit möglichst wenig Peinlichkeit so schnell wie möglich hier wieder rauszukommen. Sie sollte sich längst angezogen haben und auf dem Weg zur Tür sein, um am Morgen nicht dabei gesehen zu werden, wie sie sich beschämt aus dem Haus schlich.

Als Henry ihr über den Arm streichelte, spürte sie es am ganzen Körper. Lust stieg an ihrem Rücken auf, und sie schmiegte sich eng an seinen Schritt, während eine ganz neue Phase von Verlangen das funkelnde Prickeln über ihre Haut jagte.

Während sich Henry eine Tasse Kaffee einschenkte, fiel sein Blick auf Viviens leeres Weinglas auf dem Couchtisch. Er stand mit einer Jeans, einem zerknitterten T-Shirt und den Flipflops, die Vivien am Abend zuvor getragen hatte, in seiner Küche. Die Uhr an der Kaffeemaschine zeigte Viertel vor acht an. Vivien war inzwischen weg, saß irgendwo zwischen South Carolina und Kalifornien in 10600 Meter Höhe in einem Flugzeug.

Aus seinem Toaster schoss ein angebrannter Bagel, den er dick mit Frischkäse beschmierte. Er hatte nur wenige Stunden Schlaf bekommen, bevor er Vivien heute Morgen hatte wecken müssen. Warm und behaglich hatte sie zusammengerollt neben ihm gelegen, als gehörte sie in seine Arme und in sein Bett. Sie war vor ihm eingeschlafen, und er hatte beobachtet, wie sich ihre kleinen Brüste hoben und senkten, und ihr blasses, von dichtem, dunklem Haar umrahmtes Gesicht betrachtet. Sie war dünn – vielleicht zu dünn –, aber ihre Muskeln waren definiert und ihre Haut weich. Die Stressfalten auf ihrer Stirn, die ihm die ganze Woche über aufgefallen waren, hatten sich geglättet, und sie sah aus, als hätte sie endlich ein wenig Frieden gefunden. Sie hatte tief geschlafen und gleichmäßig geatmet, als vertraute sie darauf, dass er sie warm hielt und beschützte. Dabei war Henry der letzte Mensch, dem sie vertrauen sollte.

Es war immer noch dunkel gewesen, als er sie zum Kutschenhaus gefahren hatte, um ihren Koffer zu holen. Sie hatte einen Apfel gegessen und ihn mit starkem Kaffee heruntergespült, während sie über das Wetter geplaudert hatten und darüber, welche Airline das beste Frühstück in der ersten Klasse servierte. Sie hatten über Macy Janes Beerdigung gesprochen, aber wie in stillschweigendem Einvernehmen nicht über die gestrige Nacht. Während sich Vivien rasch umgezogen hatte, hatte Henry das Herrenhaus im Auge behalten, weil er fast schon damit rechnete, dass das Schlafzimmerfenster seiner Mutter im hellen Lichterglanz erstrahlte, während sie auf Viviens Rückkehr wartete. Wenn sie wach gewesen wäre und gesehen hätte, dass sein Wagen zum Kutschenhaus fuhr, hätte sofort sein Handy geklingelt, und die ungehaltene Stimme seiner Mutter hätte Auskunft darüber verlangt, warum er Vivien erst so spät nach Hause brachte, oder vielmehr so früh am Morgen. Hätte sie etwas geahnt, hätte sie schon längst ihren Senf dazugegeben, doch sein Handy hatte bisher nicht einmal durch ein Piepsen den Eingang einer SMS angezeigt, und im Herrenhaus brannte kein Licht. Er hatte nicht mehr mit seiner Mutter gesprochen, seit er gestern ihr Haus verlassen hatte, und sie war auch der letzte Mensch, mit dem er zum gegenwärtigen Zeitpunkt reden wollte. Henry biss ein großes Stück Bagel ab und spülte es mit Kaffee herunter. Von dem Moment an, als Vivien gestern Abend sein Haus betreten hatte – nein, seit sie in seinen Wagen gestiegen war –, hatte er gegen den Impuls angekämpft, sie zu berühren und an seine Brust zu drücken. Er hatte dagegen angekämpft, als sie die Nadeln aus ihrer Frisur gelöst und ihre nach Wildblumen duftenden Haare ausgeschüttelt hatte. Selbst als sie auf seiner Couch gesessen hatte, die nackten Beine auf den beigefarbenen Kissen ausgestreckt, und ihn lachend provoziert hatte, war es ihm gelungen, dagegen anzukämpfen. Doch dann hatte sie um ihre Mama geweint, ihre grünen Augen hatten sich mit Schmerz und Tränen gefüllt, ihre Stimme war gebrochen, und er hatte den Kampf verloren. Er hatte dem Impuls nachgegeben, Vivien an sich zu ziehen, als er besser auf Abstand hätte gehen sollen.

Verdammt, er war ja auf Abstand gegangen. Er war von ihr weggetreten und hatte die Distanz zwischen Küche und Couch zwischen sie gelegt. Er hatte versucht, sie zu ignorieren, während sie ihn provozierte und piesackte, genau wie als Kind, als es für sie ein Spiel gewesen war. Jetzt war sie kein Kind mehr, aber ihre Provokationen und ihr Piesacken waren immer noch ein Spiel gewesen. Ein sexualisiertes Spiel, das er nicht hatte mitspielen wollen, dem er jedoch nicht hatte widerstehen können. Ein Spiel, das schwere Folgen für sie beide haben würde.

Nachdem sie ihn genötigt hatte zuzugeben, dass er sie auf den Ananas-Tisch ihrer Mutter hatte werfen und ihr den Slip herunterziehen wollen, hatte die sexuelle Spannung, die zwischen ihnen knisterte, einen Funken gefangen, der sich direkt in seinen Lenden entzündet hatte. Und als sie ihr Gesicht in seine Hand geschmiegt hatte, waren die letzten Fäden seiner Beherrschung zu Asche zerfallen. Als sie seine

Handfläche geküsst und zu ihm aufgeblickt hatte, in ihren Augen das Begehren einer erwachsenen Frau, war ihm kein einziger Grund mehr eingefallen, warum er nicht über sie herfallen sollte. Er hatte sie geküsst und sie berührt und auf dem Vulkan getanzt. Die Frage nach Richtig oder Falsch hatte keine Rolle mehr gespielt, zum Schweigen gebracht vom Geschmack ihrer Lippen und dem Verlangen, das zwischen seinen Beinen hämmerte.

Henry biss noch ein Stück von seinem Bagel ab und spülte es mit einem großen Schluck Kaffee herunter. Viviens Mund hatte nach Chateau Montelena geschmeckt, nach Birne und Honig. Henry hatte schon immer eine Schwäche für guten Wein auf weichen Lippen gehabt. Ihre glatte Zunge hatte mit seiner gespielt, und ihre hauchigen kleinen Stöhner hatten ihn angetrieben, in ihm den Wunsch geweckt, mehr zu hören, seinen Kopf mit den Lauten ihrer höchsten Lust zu füllen.

Henry schnappte sich seinen Kaffee und ging ins Schlafzimmer.

Ich bin nicht betrunken, hatte sie behauptet. Wenn sie nicht betrunken gewesen war, dann zumindest beschwipst. Und verletzlich. Henry stellte den Kaffee auf die Kommode und trat ins Bad. Verletzlich und in Trauer, doch das hatte ihn nicht davon abgehalten, sie auf seine Theke zu werfen und sie zu vernaschen wie ein Dessertbuffet.

Er zog sich das T-Shirt über den Kopf und trat aus seiner Jeans. Warmes Wasser regnete von der Decke, als er die sechs Duschköpfe aufdrehte und sich darunterstellte.

Er war nicht stolz auf sein Verhalten. Er war nicht dazu erzogen, betrunkene, trauernde Frauen zu übervorteilen. Henry legte den Kopf in den Nacken und ließ sich das Wasser übers Gesicht strömen. Er dachte an Viviens Gesicht, als er tief in ihr vergraben gewesen war. Intensiv und völlig blind für alles außer ihm und der heißen, sexuellen Lust, die er in sie hineinpumpte.

»Wenn du jetzt aufhörst, bringe ich dich um«, hatte sie unnötigerweise gerufen. Zu dem Zeitpunkt war auch er blind gewesen. Blind für alles, außer ihrem engen Körper, der auch noch den letzten Tropfen Lust aus ihm herausmolk.

Auch jetzt begriff er nicht ganz, was am Abend zuvor geschehen war. Er hatte Sex mit Vivien gehabt. Guten Sex. Wenn sie nicht so fest geschlafen hätte, hätte er noch einmal Sex mit ihr gehabt. Von der heißen, verschwitzten Sorte. Von der Sorte, wie es nie wieder geschehen durfte.

Er gab seiner Mutter die Schuld. Wenn Nonnie nicht darauf bestanden hätte, dass er etwas gegen Spence' Hand auf Viviens Schenkel unternahm, wäre Vivien gestern Abend nicht in seinem Haus gelandet.

Wieder einmal war die Paranoia seiner Mutter zutage getreten, und sie hatte von ihm erwartet, dass er die Sache in Ordnung brachte. Das war er. Henry, der Reparateur. Als ältester Sohn war er das Familienoberhaupt, die Person, die dafür sorgte, dass alle unbequemen Wahrheiten unentdeckt im Keller der Whitley-Shulers liegen blieben.

Er beugte den Kopf nach vorn, ließ sich das Wasser über den Rücken laufen und wartete darauf, dass die Spannung zwischen den Schulterblättern nachließ.

So viele Geheimnisse und Skandale, die vertuscht bleiben mussten. Das zwischen ihm und Tracy Lynn. Das zwischen Nonnie und Fredrick. Macy Janes und Viviens. Er hatte das alles satt. Hatte die miteinander verwobenen Lügen und Geheimnisse satt, die vor fünfunddreißig Jahren mit Nonnie und Fredrick Shuler und dem biologischen Vater, den Henry nie gekannt hatte, ihren Anfang genommen hatten.

Dass Fredrick nicht sein leiblicher Vater war, hatte Henry erst in der fünften Klasse herausgefunden, als sie in der Schule Vererbungslehre durchgenommen hatten. Sie hatten Blutgruppen verglichen und ererbte Charaktereigenschaften und Körpermerkmale aufgezeichnet. Damals hatte er erfahren, dass er die Ohrläppchen von seiner Mutter hatte und den Haaransatz von seinem Großvater Whitley. Er hatte erfahren, dass er Blutgruppe B hatte, während Fredrick und seine Mutter Blutgruppe null hatten.

Er wusste noch, wie er im Biologieunterricht gesessen und seine Tabellen und Diagramme studiert hatte. Er wusste noch, dass sein Lehrer, Mr. Roy, an seinem Tisch gestanden und auf die Blutgruppen von Fredrick und seiner Mutter gezeigt hatte. Und wie die Stimme des Mannes verstummt war, als sein Finger bei Henrys Blutgruppe Halt gemacht hatte.

»Das kann nicht stimmen. Du musst die Blutgruppen deiner Eltern verwechselt haben.«

»Ja«, hatte er geantwortet, obwohl er genau gewusst hatte, dass keine Verwechslung vorlag. Als er seine Mutter angerufen und nach den Blutgruppen gefragt hatte, hatte sie ihm gesagt, sie und Fredrick hätten Blutgruppe 0. Das wusste er noch genau, weil sie ihm gesagt hatte, dass sie bei der jährlichen St.-Cecilia-Blutspende-Aktion sehr beliebt gewesen waren, weil Menschen mit Blutgruppe 0 Universalspender waren.

Als er damals im Biologieunterricht saß, war er nur ein

kleiner Junge gewesen, aber er hatte nicht lange gebraucht, um dahinterzukommen. Eltern mit Blutgruppe 0 konnten unmöglich ein Kind mit Blutgruppe B bekommen. Er wusste noch, dass er sich gefühlt hatte, als hätte ihn jemand gegen die Brust geboxt, während sein zehn Jahre altes Gehirn sich noch weigerte, die Bedeutung all dessen zu verstehen.

Das warme Wasser richtete nicht viel gegen Henrys Anspannung aus, und er griff nach einem Stück Seife. Er seifte einen Waschlappen ein und wusch sich Gesicht und Körper. Seine Mutter hatte ihn angelogen. Fredrick hatte ebenfalls gelogen, aber der war schon vier Jahre tot gewesen, als Henry auf das Papier gestarrt hatte, das sein Leben verändert hatte.

Seine Mutter hatte ihn angelogen. Ironischerweise war sie beim Lügen ertappt worden, als sie die Wahrheit gesagt hatte. Es wäre Nonnie nie in den Sinn gekommen, wegen einer Blutgruppe zu lügen. Doch wenn sie es gewusst hätte, hätte sie auch deshalb gelogen.

Als er Nonnie zur Rede gestellt hatte, hatte sie nicht darüber sprechen wollen und ihn gebeten, es dabei bewenden zu lassen. An manchen Dingen rührte man besser nicht, aber natürlich hatte er die Sache nicht auf sich beruhen lassen. Er hatte keine Ruhe gegeben, bis seine Mutter ihm widerwillig erzählt hatte, dass sie bei ihrer Heirat mit Fredrick Shuler im dritten Monat schwanger gewesen war. Henrys leiblicher Vater war ein Mann namens Frank Olivier, ein Handwerker, der angeheuert worden war, um die Schränke auf der Familienplantage Whitley Hall zu restaurieren. Seine Mutter war damals fünfundzwanzig gewesen und dem dreißigjährigen Frank nach einem einzigen Blick in seine dunklen Augen und sein attraktives Gesicht verfallen. Seine Mutter, die bislang nie einen Fauxpas begangen oder gar gegen gesellschaftliche Regeln verstoßen hatte, hatte sich wahnsinnig zu Frank hingezogen gefühlt und war nach ihrer heimlichen Affäre süchtig gewesen. Sie hatte Frank geliebt, aber Liebe hatte nicht ausgereicht. Frauen mit Nonnies vornehmer Abstammung heirateten ganz sicher keinen Arbeiter.

Niemals.

Henry drehte das Wasser ab und griff nach einem Handtuch. Manches änderte sich in der Südstaaten-Gesellschaft nie. Junge Frauen mit alten Namen bekamen keine unehelichen Kinder und heirateten schon gar nicht unpassende Männer. Nonnies Urgroßvater, Großvater und Vater hatten allesamt dem Allerheiligsten, der St.-Cecilia-Society, angehört. Nonnie war auf dem exklusiven St.-Cecilia-Ball von ihrem Vater in die Gesellschaft eingeführt worden. Damals war sie siebzehn gewesen und hatte ein weißes Kleid mit weißen Handschuhen getragen. Eine Südstaaten-Debütantin zu sein war Nonnie sehr wichtig gewesen, und statt Frank zu sagen, dass sie von ihm schwanger war, hatte sie mit Fredrick Shuler, der zehn Jahre älter war als sie, ein »Arrangement« getroffen. Der Name Shuler war sogar noch älter als der Name Whitley und genauso angesehen.

Seine Mutter hatte insofern Glück gehabt, als den Shulers eines fehlte, was Nonnie im Übermaß besaß. Wie viele Mitglieder der alten Südstaaten-Oberschicht waren sie zwar reich an Land, aber arm an Bargeld. Fredrick hatte dringend Geld gebraucht und Nonnie dringend einen »respektablen« Mann wie Fredrick, der am Tag ihrer Hochzeit über den wachsenden Taillenumfang hinwegsah.

Das dicke Handtuch saugte die Tropfen auf, die an Henrys

Rücken hinabliefen, und er schlang es sich um die Taille. Seine Erinnerung an Fredrick war blass, aber er erinnerte sich daran, wie er in seinem Lincoln mitgefahren und in Harbor Town mit ihm in der Zweimannjolle gesegelt war. Frank hatte er nie kennengelernt, aber als er einundzwanzig geworden war, hatte er einen Privatdetektiv angeheuert. So hatte er erfahren, dass er nur wenige Jahre, nachdem er South Carolina verlassen hatte, bei einem Motorradunfall ums Leben gekommen war. Er hatte nie geheiratet oder Kinder bekommen – außer Henry.

Die Laken auf dem breiten Doppelbett waren noch immer zerwühlt. Henry ließ sein Handtuch auf den Boden fallen. Der Tag, an dem Nonnie ihm von seinem Vater erzählt hatte, war auch der Tag gewesen, an dem ihm die Aufgabe übertragen worden war, die Familiengeheimnisse zu hüten. Ob er diese Last hatte tragen wollen oder nicht, hatte niemand gefragt. Sie war auf seine zehn Jahre alten Schultern gelegt worden, und er hatte nie ein Wort darüber verloren.

Nicht einmal Spence gegenüber.

Henry zog die Kommodenschublade auf und nahm saubere Boxershorts heraus. Skandale und Dramen und das Hüten von Geheimnissen lenkten seine Gedanken wieder zurück zu Vivien, ihr hübsches Gesicht und ihren warmen Körper, während sie neben ihm geschlafen hatte. Sein schlechtes Gewissen plagte ihn, während er sich anzog. Er hatte mit einer wunderschönen Frau heißen Sex gehabt. Er mochte Sex mit wunderschönen Frauen. Sex mit wunderschönen Frauen nahm Platz eins, zwei und drei auf der Liste seiner liebsten Freizeitbeschäftigungen ein. Wäre Vivien irgendeine andere Frau der Welt gewesen, irgendeine andere Frau in allen Hemisphären, hätte er sich mächtig ins Zeug gelegt, sie wieder ins Bett zu kriegen und auch noch alle anderen Plätze auf der Liste seiner Lieblingsfreizeitbeschäftigungen mit ihr zu belegen.

Er stieg in die Boxershorts und zog sich eine Jeans an. Aber Vivien war nicht irgendeine Frau. Sie war die einzige Frau, die er niemals hätte anfassen dürfen. Aus mehreren guten Gründen war sie die einzige Frau, die er nie wieder anfassen durfte, wie sehr er sich auch danach sehnte, sie am ganzen Körper zu küssen. Jammerschade, dass er gestern Nacht nicht daran gedacht hatte.

Er hatte Vivien nur mit zu sich nach Hause genommen, um sie von Spence' wandernden Händen fernzuhalten. Wenn seine Mutter wüsste, dass er seine eigenen Hände über Vivien hatte wandern lassen, würde sie ausrasten. Nicht, dass die Ausbrüche seiner Mutter sein Leben bestimmten. Selbst wenn er gestern Nacht auch nur einen Gedanken an seine Mutter verschwendet hätte, hätte er Vivien trotzdem ausgezogen. Aber von einer selbstgerechten Scheinheiligen wollte er sich nichts sagen lassen.

Henry sah auf sein Handy und sah, dass der einzige verpasste Anruf von Hoyt stammte. Irgendwie war es ihm gelungen, ihrem selbstgerechten Zorn zu entgehen.

KAPITEL 12

»Ich bin nicht deine Bedienstete und auch nicht deine Geliebte.« Vivien las ihren Dialog laut vor, während sie im HBO-Produktionsbüro abseits des Santa Monica Boulevard an einem rechteckigen Tisch saß. Ihr gegenüber kritzelte der Chefautor von *Psychic Detectives* Notizen in sein Drehbuch. Vivien sollte in der Serie eine Gastrolle spielen, eine Frau namens Jenny Mumsford, die Ehefrau von Reverend Enoch Mumsford. Ursprünglich hatte diese Rolle Vivien gereizt, weil sie noch nie jemanden wie Jenny gespielt hatte. Eine Frau, die ein Talent für Telekinese hatte wie Stephen Kings Carrie. Enoch missbrauchte Jenny und hatte sie davon überzeugt, dass ihre übersinnlichen Kräfte von Satan kamen. In der letzten Szene übte Jenny mit einem spektakulären Blutbad Rache an ihm.

»Ich bin alles«, las der Schauspieler, der ihren Ehemann und Gegenspieler verkörperte. »Ich bin dein Gott.«

»Jenny zögert, als ob sie etwas entgegnen wollte«, las der Drehbuchautor. »Aber er ist das Einzige, was sie vor der ewigen Verdammnis bewahrt. Nahaufnahme von Jennys niedergeschlagenem Gesicht.«

Vivien notierte sich etwas in ihrem Drehbuch und legte den Stift auf dem Tisch ab. Der Drehbeginn für die erste Szene ihres Handlungsstrangs war für nächste Woche angesetzt. Das gab ihr fünf Tage, um zu überlegen, was sie mit dem Nachlass ihrer Mutter anstellen sollte.

Während der Regisseur und die Drehbuchautoren über die Einstellung für Jennys zweite Szene sprachen, schweiften Viviens Gedanken nach Charleston und zu allem, was sie dort erwartete. Sie hatte wahnsinnig viel zu erledigen, und es kam ihr heute noch genauso überwältigend vor wie vor fünf Tagen. Ihr Schmerz und ihre Trauer waren noch genauso frisch wie an dem Tag, als Henry sie im Blumenbeet ihrer Mutter vorgefunden hatte, wo sie nach dem Champagnerkorken gesucht hatte.

Henry. Henry Whitley-Shuler. Sie hatte letzte Nacht mit ihm geschlafen. Sie war in seinem Bett in seinen Armen aufgewacht, und das alles hatte sich so surreal angefühlt. Er hatte sie geküsst, und sie hatte den Kuss sofort erwidert. Ein surrealer Kuss hatte zu mehr Küssen geführt, zu Petting und dann zu Sex. Dabei war Vivien nie der Typ Frau gewesen, der alle Bedenken in den Wind schlägt und mit einem Mann ins Bett springt, mit dem sie keine feste Beziehung führt. Was sie und Henry eindeutig nicht taten. Am Begräbnistag ihrer Mutter mit Henry ins Bett zu fallen war unangemessen gewesen, skandalös und schlicht und ergreifend atemberaubend. Und impulsiv. Vivien mochte Impulsivität nicht. Impulsivität brachte sie in Schwierigkeiten. Sie plante gerne und hielt sich an ihre Pläne.

Vielleicht hatte es am Stress gelegen und dem anhaltenden Schmerz, der ihr ins Herz schnitt, aber sie hatte nicht einmal zum Schein Widerstand geleistet, als Henry ihre Arme berührt und sie auf den Hals geküsst hatte. Im Grunde hatte sie ihn sogar dazu angestachelt. Wie früher, als sie noch

Kinder gewesen waren und sie ihn provoziert hatte, nur um zu sehen, wie er reagierte. Nur dass er sie diesmal nicht böse angeguckt, als Balg beschimpft oder damit gedroht hatte, sie umzubringen. Diesmal hatte er sie nackt ausgezogen, und sie hatte *ihm* gedroht, ihn umzubringen, wenn er aufhörte.

Bei der Erinnerung daran wurde ihr Gesicht ganz heiß, und ihre Wangen brannten. Wer hätte gedacht, dass der verklemmte Henry eine Frau so küssen konnte, dass sie sich fühlte wie vom Blitz getroffen? Wer hätte gedacht, dass Klemmi-Henry sie dazu bringen konnte, jegliche Selbstkontrolle zu verlieren?

Nach der Leseprobe traf sich Vivien mit Randall Hoffman im Bouchon, einem Restaurant in Beverly Hills, und sprach mit ihm über die Hauptrolle in seinem historischen Film, der auf Dorothy Parkers Biographie basierte. Vivien wollte diese Rolle, genau wie alle anderen Schauspielerinnen in der Stadt. Nicht nur, weil sie damit ihre schauspielerische Bandbreite unter Beweis stellen würde, sondern auch weil ein oscargekrönter Regisseur den Schauspielern Oscarnominierungen einbringen konnte. Eine Hauptrolle in einem Randall-Hoffman-Film würde nicht nur ihrem Lebenslauf mehr Glanz verleihen, sondern sich auch als hilfreich erweisen, wenn sie später einmal ihre eigene Produktionsfirma gründete, was sie in der Zukunft unbedingt tun wollte.

Nach dem Lunch fuhr Vivien zu ihrem Haus in Beverly Hills. Sie verlangsamte ihren BMW, als sie durch die Tore fuhr, und hielt in der Garage ihres mediterran anmutenden Hauses. Ihre Besprechung mit Randall Hoffman war gut verlaufen. Sie war sich ziemlich sicher, dass sie ihn um den Finger gewickelt hatte, aber er wollte nichts entscheiden, ohne sich mit dem Casting-Director abgesprochen zu haben. Das hatte sie zwar vorher gewusst, aber die Warterei machte sie fertig. Sie wünschte, sie hätte irgendeinen Hinweis darauf, ob er sie besetzen würde oder nicht.

Die Erschöpfung lastete auf ihren Schultern, als sie den Wagen in der Garage abstellte und den Fahrstuhl in die erste Etage nahm. War sie wirklich erst heute Morgen nach L. A. geflogen? War es wirklich erst heute Morgen gewesen, dass Henry sie aus dem Tiefschlaf geweckt und dafür gesorgt hatte, dass sie ihren Sechs-Uhr-Flug erreichte? Und flog sie wirklich schon morgen um sechs Uhr zurück nach Charleston?

Vivien hatte schon oft unter Jetlag gelitten. Sie war innerhalb von fünfundzwanzig Tagen in dreizehn Städten gelandet, manchmal auch in mehr, um ihren neusten Film zu promoten. Dann beantwortete sie dreißig Mal am Tag die gleichen Fragen, und irgendwann schaltete ihr Gehirn einfach ab.

Doch diese Erschöpfung war anders, sie betraf Geist, Körper und Seele. Am liebsten wäre sie ins Bett gefallen und hätte einen langen Mittagsschlaf gehalten, aber das ging nicht. Sie hatte zu viel zu erledigen, und sie wusste, wenn sie sich jetzt hinlegte, würde sie erst am nächsten Morgen wieder aufstehen.

Kurz nachdem Vivien nach Hause gekommen war, schaute Sarah vorbei und half ihr beim Packen mehrerer Koffer. Diesmal achteten sie darauf, ausreichend Unterwäsche einzupacken.

»Wie war die Beerdigung?«, fragte ihre Assistentin.

»Schwierig.« Zum Glück hatte Nonnie sie unterstützt, sie

wusste nicht, ob sie das alles alleine geschafft hätte. Bis auf ihr schockierendes Verhalten mit Henry war die größte Überraschung der letzten Woche die Erkenntnis gewesen, dass Nonnie ein Mensch war und dass in ihrer Brust ein mitfühlendes Herz schlug. Als Kind hatte sie die Frau für fast alles verantwortlich gemacht, was in ihrem Leben schiefgelaufen war, und nun, als Erwachsene, hatte sie ihren Schmerz mit ihr geteilt. Ihre Mama hatte Nonnie stets als Familienmitglied bezeichnet, und auch wenn Vivien nicht so weit gehen wollte, konnten sie vielleicht Freunde werden.

»Wie geht's Patrick?« Der männlichen Schlampe.

»Gut.« Sarah wich ihrem Blick aus, doch erst nachdem Vivien die Anspannung in ihren blauen Augen gesehen hatte. »Ich glaube, Sie werden die neuen Balenciaga-Wedge-Sandalen brauchen«, flötete sie, während sie im begehbaren Wandschrank verschwand und so das Thema Patrick beendete.

Vivien faltete einen roten Cardigan zusammen und legte ihn in den Koffer. Was gab ihr das Recht, über Sarah zu urteilen? Sie war selbst mit genügend Männern wie Patrick ausgegangen. Mit Männern, die man nicht aus den Augen lassen durfte. Männer, die ihr schlaflose Nächte bereitet hatten. Sie dachte an den letzten Mann, dem sie vertraut hatte. Kyle Martin alias Surfer-Dude. Sie hatte ihn beim Vorsprechen für einen Horrorstreifen von Neil Marshall kennengelernt. Er hatte sonnengebleichte Haare und braun gebrannte, straffe Haut über harten Muskeln gehabt. Er war der Erste gewesen, der »Ich liebe dich« zu ihr gesagt hatte, und zu dem Zeitpunkt hatte sie sich auch in ihn verguckt. Die Beziehung war entspannt und unkompliziert verlaufen, und sie hatten beide dasselbe vom Leben erwartet. Sie hatten sich nie gestritten oder auch nur Meinungsverschiedenheiten gehabt, und wenn sie ihn über die Tage ausgefragt hatte, an denen er einfach verschwunden war, hatte er nur lächelnd das Thema gewechselt, und sie hatte es ihm durchgehen lassen, weil er ihr nie Grund zu Misstrauen gegeben hatte. Als sie abgereist war, um mit den Dreharbeiten zum ersten *Raffle*-Film zu beginnen, hatte sie sich in ihrer zehnmonatigen Beziehung sicher gefühlt. Er hatte ihr einen Abschiedskuss gegeben und ihr versichert, dass er sie liebte und sie sich wegen ihm nicht zu sorgen brauchte. Er hatte über die Lügner und Betrüger aus ihrer Vergangenheit Bescheid gewusst und ihr versprochen, ihr niemals wehzutun.

Als sie die Rolle der Zahara West bekommen hatte, war er ihr wirklich eine Stütze gewesen. Sie hatten beide gewusst, wie sehr sich ihr Leben verändern würde, hatten einander jedoch versprochen, dass es sie als Paar nicht beeinflussen würde. Sie liebte und vertraute Kyle – bis zu dem Tag, an dem sie, während sie im guatemaltekischen Regenwald kampierte, eine SMS von einer Freundin bekam, in der stand, dass sie Kyles Profil auf Match.com gesehen hatte. In einer prähistorischen Ruinenstadt hatte sich Vivien ins Internet eingeloggt und entdeckt, dass ihr »Freund« innerhalb eines Radius von 160 Kilometern um Los Angeles nach Frauen zwischen zwanzig und fünfundzwanzig suchte. Er mochte »Bergwandern« und »Hang Ten in Half Moon Bay«. Er bevorzugte »große, kurvige Blondinen«, und seine Vorstellung von einem »geilen Date« war, »eine ganz besondere Lady zur Sturgis Motorcycle Rallye mitzunehmen«.

Hätte Vivien sich nicht die fünfzehn Fotos angesehen, die

er hochgeladen hatte (eines davon auf der Hochzeit einer Freundin aufgenommen, aus dem er Vivien der Einfachheit halber herausgeschnitten hatte), hätte sie ihn anhand seiner Beschreibung nicht wiedererkannt. Kyle surfte zwar, aber ganz sicher nie auf den großen Wellen in Mavericks, und er besaß nicht einmal ein Fahrrad, geschweige denn eine Harley. Und sie war weder blond noch kurvig oder sonst etwas von dem, was er sich wünschte. Sie war fassungslos und wie betäubt gewesen, als ob jemand von ihrem Körper Besitz ergriffen hätte und sie in einem Paralleluniversum existierte. In einem, das das genaue Gegenteil ihres bisherigen Lebens war, so wie bei Alice in *Alice hinter den Spiegeln*.

Wer bist du?, hatte sie sich gefragt, während sie fassungslos seine Fotos auf dem Datingportal betrachtete. *Habe ich dich je gekannt? War alles eine Lüge? Als du mir das Surfen beigebracht und mir die Margerite gekauft hast, weil sie meine Lieblingsblume ist? Als wir uns über alberne Filme kaputtgelacht haben, war das eine Lüge? Wer bist du, Kyle Martin?*

Gott, sie erkannte den Mann auf Match.com nicht wieder. Sie kannte ihn nicht, aber sie fand heraus, was für ein Mensch er war, nachdem sie mit ihm Schluss gemacht und er eine Story an die Boulevardpresse verkauft hatte. Eine unwahre Geschichte von einer angeblichen Essstörung, die sie gaga, zickig und unmöglich machte. Die ganze Sache war verletzend und demütigend gewesen und der Beginn der Magersuchtsgerüchte, die sie immer noch verfolgten. Vivien wusste, dass sie dünn war. Sie musste darauf achten, was sie aß. Das gehörte zu ihrem Job. Es war eines der ungeschriebenen Gesetze in Hollywood. Wenn eine Kostümbildnerin

Kleider in Size Zero anfertigte, brauchte man einer Schauspielerin nicht zu sagen, dass sie abnehmen musste. Vivien hatte sich Pommes, Pizza und Eis abgewöhnt, aber magersüchtig war sie nicht. Sie war auch nicht gaga, zickig oder unmöglich, wie Kyle behauptet hatte. Er hatte sie für ein paar Dollar und seinen Namen in einer Schlagzeile verraten. Sie hatte geglaubt, dass er sie gern hatte. Er hatte ihr gesagt, dass er sie liebte, was offensichtlich gelogen gewesen war. Ihre ganze Beziehung war eine dicke, fette Lüge gewesen, und sie hatte keine Ahnung gehabt.

»Was ist mit den neusten Loubs?«, rief Sarah aus dem begehbaren Schrank. »Cheetah ist in dieser Saison total angesagt und so vielseitig.«

Sie glaubte wirklich nicht, dass sie sich in Charleston irgendwo wiederfinden würde, wo sie Louboutins mit 12 Zentimeter hohen Absätze gebrauchen könnte. Und wenn doch, hatte sie ja noch die Manolos, die sie bei Berlins erstanden hatte. »Ich denke nicht.« Einer der Vorteile, Vivien Rochet zu sein, waren die Designer-Schuhe, Kleider und Handtaschen sowie die Schönheitsprodukte, die ihr in der Hoffnung zur Verfügung gestellt wurden, dass sie darin fotografiert würde oder der Presse gegenüber erwähnen würde, dass sie sie trug. Sie dachte an die wildledernen T-Strap-Pumps, in denen sie aussah, als hätte sie Beine bis zum Hals. Vor ihrem geistigen Auge erschien das Bild, wie sie die Beine um Henrys Taille schlang, während sie ihre Fick-mich-Louboutins trug. »Aber vielleicht brauche ich die roten, zehenfreien Pumps.« Ihre Wangen wurden heiß, und sie überlegte es sich anders. »Nein.« Aber vielleicht ... »Doch.« Sie hatte viel an Henry gedacht und fragte sich, ob er auch an sie gedacht hatte.

Sarah streckte den Kopf aus dem begehbaren Schrank. »Was denn nun?«

»Ja«, bekräftigte sie, bevor sie es sich wieder anders überlegte. Sie schnappte sich ihr Handy und scrollte durch ihre SMS. Nichts von Henry, obwohl sie wusste, dass er ihre Nummer hatte. Nicht einmal ein »Hoffe, du bist gut angekommen« oder ein »Wie war dein Flug?«. Sie warf das Handy neben ihrem Koffer aufs Bett. Sie wusste nicht, wie sie darauf gekommen war, dass er sich heute vielleicht bei ihr meldete, außer dass sie in der Nacht zuvor Sex gehabt hatten.

Sie hatte sich nackt vor ihm ausgezogen, aber wie gut kannte sie Henry eigentlich? So richtig? Sie hatte ihn seit Jahren nicht gesehen. Nicht seit dem Tag, an dem er damit gedroht hatte, sie umzubringen, als sie die Briefe in der japanischen Trickbox und die Kondome in seiner Sockenschublade gefunden hatte. Damals war er gerade erst achtzehn geworden.

»Der Fahrservice sollte morgen früh um vier hier sein«, sagte Sarah, als sie bepackt mit Schuhen und Kleidern aus dem begehbaren Schrank trat.

Vivien stöhnte. Nach Charleston zurückzufliegen lohnte sich kaum, aber in drei Tagen konnte sie viel erledigen. Sie könnte mit dem Zusammenpacken der Sachen ihrer Mutter vorankommen und sich in Ruhe überlegen, was sie aufbewahren, was sie spenden und was sie wegwerfen wollte. Sie könnte sich das Reihenhaus noch einmal genauer ansehen und überlegen, was dort noch getan werden musste, bevor sie es auf den Markt bringen konnte. Es bestand jetzt kein Grund mehr, es zu behalten. Sie musste Henry fragen, wie lange es noch dauerte, bis er das Haus fertig renoviert hatte.

Sie dachte an Henry und an den Tag, an dem er ihr Tee gekocht und ihr seine muffige Jacke gegeben hatte, und die merkwürdige kleine Glut, die sie in Henrys Bett verspürt hatte, regte sich wieder in ihrer Brust. Es ängstigte und verwirrte sie genauso sehr wie letzte Nacht, doch es brachte sie auch zum Lächeln. Wie Kyle und all die anderen Männer in Viviens Vergangenheit war Henry wahrscheinlich eine fremdgehende, männliche Schlampe. Und wie ihren früheren Freunden konnte man ihm wahrscheinlich nicht vertrauen.

Sie runzelte die Stirn. Warum dachte sie im Zusammenhang mit Henry überhaupt an Vertrauen und ihre Exfreunde? Er würde nie ihr Freund werden. Er war Grusel-Henry Whitley-Shuler. Als Kind hatte sie ihm keine Sekunde über den Weg getraut.

Aber das gestern Abend mit ihm hatte sich anders angefühlt. Sie waren jetzt erwachsen. Sie waren keine Kinder mehr, die einander bekriegten. Sie war jetzt eine erwachsene Frau und er ein erwachsener Mann, dem sie zu vertrauen können glaubte, aber was wusste sie schon? Schließlich hatte sie sich auch in einen Surfer verliebt, der auf Match.com ein heimliches Doppelleben führte und dann eine erstunkene und erlogene Story an die Boulevardpresse verkauft hatte, die sich immer noch negativ auf ihr Leben auswirkte. Auf ihr Urteilsvermögen war eindeutig kein Verlass.

»Es ist heißer als ein Kater mit vier Eiern.«

Das stete Knarren des alten Schaukelstuhls rief in Henry angenehme Erinnerungen wach. Als Jungs hatten er und Spence stundenlang auf der Veranda gesessen und auf den Hafen von Charleston geblickt. Damals hatten sie keine anderen Sorgen gehabt, als die verschiedenen Boote zu identifizieren, die über die Wellen schipperten, während sie nach Moskitos schlugen. Heute, als erwachsene Männer, waren ihre Gedanken mit wichtigeren Problemen beschäftigt.

»Schon eher mit vierdreiviertel Eiern.« Henry drehte den Kopf nach links und sah seinen Bruder auf dem Stuhl neben ihm an. In der stehenden Luft der heißen Charlestoner Nacht glitt das schwache Verandalicht über Spence' Profil.

»Lass uns gefährlich leben. Es ist heißer als ein Kater mit vier Eiern und zwei nackte Frauen, die in einem Paprikafeld einen Ringkampf veranstalten.« Das Eis in Spence' Glas klimperte, als er es an seine Lippen führte.

Henry lachte und wandte den Blick wieder zum tiefschwarzen Hafen mit den schwachen Lichtern der vorbeifahrenden Boote. Als Kinder hatten er und Spence einen Großteil ihrer Sommer bei ihrem Großvater in Hilton Head verbracht und hatten seine nie versiegende Quelle aus Südstaatenausdrücken und -euphemismen bewundert. Sie hatten sie aufgesaugt wie Schwämme und sie wieder herausgedrückt, wenn sie einander zum Lachen bringen wollten.

»Dabei haben wir erst Juli. Nächsten Monat wird es noch heißer als ein Kater mit vier Eiern, der einem halben Dutzend nackter Frauen beim Ringkampf in einem Paprikafeld zusieht.«

»Das wäre ein Bild für die Götter.«

Großvater Shuler hatte versucht, ihnen die wichtigen Dinge im Leben nahezubringen. Dinge wie Jagen, Fischen und Frauen. Die vier Jahreszeiten bezeichnete er nicht als Sommer, Frühling, Winter und Herbst, sondern als Truthahn, Fisch, Rotwild und Ente. Frauen waren niemals dick – sie

»wogen schwer wie Sahne«, und ihre »besonderen Körperteile« waren »Gummibonbons« und »Zuckerplätzchen«. Deshalb hatten Henry und Spence immer kichern müssen, sobald man ihnen eins davon anbot.

Henry wischte sich mit dem Handrücken den Schweiß von der Stirn. Sie hatten gerade ein Abendessen aus Leichenschmaus-Resten vertilgt. Nonnie hatte darauf bestanden, dass sie vorbeikamen, um dabei zu helfen, sie mit ihr und den Damen von der Episkopalkirche »aufzuputzen«. Weder er noch Spence waren große Köche, und Beerdigungsschinken vom Tag zuvor war ihnen verlockender erschienen als Dosensuppe oder in irgendeinem Restaurant zu essen. Doch als es so weit war, einen Tag alten Tomatenaspik und Gouda-Käsegrütze »aufzuputzen«, hatten er und Spence sich auf die Rundumveranda in ihre geliebten alten Schaukelstühle geflüchtet. »Es wird merkwürdig sein, Macy Jane nicht mehr hier zu sehen.« Wieder das Klimpern der Eiswürfel. »Ich frage mich, ob Vivien vorhat, ins Kutschenhaus zu ziehen.«

»Ich könnte mir vorstellen, dass sie es verkaufen wird. Ihr Leben spielt sich in Hollywood ab.« Erst heute Morgen hatte er Vivien am Flughafen von Charleston abgesetzt und einer Flughafenbegleiterin übergeben. »Sie ist ziemlich pflegeintensiv.« Sie war zu berühmt, um am Ticketschalter anzustehen oder durch den Sicherheitscheck zu gehen wie Normalsterbliche. Das plötzliche Auftauchen ihrer Fans bei Macy Janes Beerdigung hatte bewiesen, dass sie Sicherheitspersonal, Betreuer und jemanden brauchte, der sich um unzählige wichtige Details kümmerte.

»Hat sich echt gemausert.«

»Hm-hm.« Gestern Nacht hatte er sich um ihre wichtigen Details gekümmert, um ihre harten kleinen Brustwarzen in seinem Mund und mit seiner Hand in ihrem Slip. Wäre sie irgendeine andere Frau gewesen, hätte er nichts dagegen gehabt, sie wieder zu berühren. Verdammt, wäre sie irgendeine andere Frau gewesen, hätte er nichts dagegen gehabt, sich ihr »Zuckerplätzchen« mal genauer anzuschauen.

»Wo hast du sie gestern mit hingenommen?«

»Was?« Er drehte sich um und sah Spence an.

»Wo hast du Vivien gestern mit hingenommen, nachdem du sie mir ausgespannt hast?«

»Ich hab sie dir nicht ausgespannt.«

»Es entwickelte sich gerade vielversprechend, als du angerückt bist.«

Er konnte nicht sagen, ob Spence Witze machte oder nicht. »Wir haben nur frische Luft geschnappt.« Er hob sein Glas und wechselte das Thema. »Was hast du jobmäßig vor?«, fragte er, bevor sein Lieblingsbourbon seinen Mund mit weicher, nach Eichenholz schmeckender Flüssigkeit füllte. Noch bis vor wenigen Monaten hatte Spence im Regionalbüro seines ehemaligen Schwiegervaters Senator Coleman gearbeitet. »Du wirst sicher kein Problem haben, eine Stelle in der Kommunalverwaltung zu finden.«

»Ich bin nicht geschaffen für den öffentlichen Dienst.«

Das war Henry neu. Er konzentrierte sich wieder auf seinen Bruder. »Seit wann?«

»Seit ich an der Columbia meinen Abschluss in Naturwissenschaften gemacht habe.« Spencer trank noch einen Schluck und leckte sich Scotch von der Unterlippe. »Ich hasse Politiker.«

Henry lachte. »Mutter hat ihr Herz daran gehängt, dich irgendwann mal mit Governor anzusprechen.«

»Ja. Ich weiß, aber genauso hatte sie ihr Herz daran gehängt, dich Wall-Street-Titan zu nennen.« Das Zirpen der Zikaden und Grillen und das Knarren von Spence' Schaukelstuhl füllten sein kurzes Schweigen. »Ich fürchte, sie ist dazu verdammt, enttäuscht zu werden.«

»Du hast es ihr noch nicht gesagt?«

»Noch nicht.«

»Tu mir einen Gefallen und sorge dafür, dass ich dann nicht in der Stadt bin.« Spence' Leben war von Geburt an vorgezeichnet gewesen, genau wie Henrys. Ihre Mutter würde einen Anfall bekommen. »Wenn du nicht Governor Whitley-Shuler werden willst, was hast du dann für Pläne?«

»Ich hab da so ein paar Ideen.« Er schaukelte ein paar Mal mit seinem Stuhl und sagte: »Ich glaube, ich würde gern einen Roman schreiben.«

»Einen Roman?« Henry hätte nicht verwunderter sein können, wenn er verkündet hätte, dass er ab jetzt Hundeschlittenrennen fahren wollte. »Wann hast du denn das beschlossen?«

»An Bord der *One and a Tuna*.«

»Der was?«

»Des majestätischen Fischereischiffs, auf dem ich in Key West gegen gewaltige Tarpune gekämpft habe.«

Henry lachte. »Jetzt weiß ich, dass du mich veralberst.«

»Ich mein's ernst. Um wie Hemingway zu schreiben, brauche ich nur eine Holzyacht und einen unendlichen Vorrat an Mojitos.« Spencer klang etwas wehmütig, als er sang: »Wasting away in Margaritaville.«

Er war total von der Rolle, wenn er Hemingway und Jimmy Buffett verwechselte. »Du willst deine Flipflops verlieren und Katzen mit sechs Zehen züchten?«

»Keine Katzen.« Er schaukelte mehrmals knarrend mit dem Stuhl. »Ich denke, ich werde für meine einfühlsame Darstellung des menschlichen Daseins einen Pulitzerpreis gewinnen und die Filmrechte an Hollywood verkaufen.«

»Klingt, als hättest du alles detailliert durchgeplant.« Kein Zweifel, sein Bruder hatte den Verstand verloren.

»Das mit dem menschlichen Dasein ist nur Verarsche. Ich bin ein zu großer Sünder, um Moral zu predigen, und zu oberflächlich, um den Sinn des Lebens zu ergründen.« Spencer lachte, als wäre er superlustig. »Vielleicht frage ich Vivien, ob ich für Hollywood schreiben kann.«

Vivien. Henry dachte schon zu viel über sie nach, ohne dass sein Bruder ihren Namen erwähnte.

»Wann kommt sie zurück?«

»Morgen.«

»Um wie viel Uhr?«

»Keine Ahnung«, antwortete Henry, und er hatte auch nicht die Absicht, es herauszufinden. Null. Nada. Zero.

Er starrte sie wieder finster an, als hätte sie seinen Basketball geklaut und ihn dann verloren. Das Erste, was Vivien auffiel, als sie am nächsten Tag aus dem Charlestoner Flughafen kam, waren Henrys heruntergezogene Mundwinkel. Er stand am Straßenrand bei seinem Truck und hielt seine Gefühle hinter einer Sonnenbrille und einer undurchdringlichen Miene verborgen. »Wie war der Flug?«, fragte er, als sei sie eine Fremde. Als hätte sie nicht mit ihm geschlafen. Als könnte sie den Geruch seiner Haut nicht vom Gestank des heißen Asphalts und der Auspuffgase unterscheiden.

»Gut.« Er warf ihre Louis-Vuitton-Koffer hinten in seinen Truck, als wären sie Sporttaschen. An ihren teuren Gepäckstücken war er anscheinend genauso wenig interessiert wie an ihr. Er hatte sich in den Henry zurückverwandelt, den sie als Kind gekannt hatte.

Egal, wie viel Mühe sie sich gab, ihn in ein Gespräch zu verwickeln, er sprach auf der Fahrt vom Flughafen kaum ein Wort. Er setzte sie am Kutschenhaus ab und stellte ihr Gepäck in die Tür. Dann raste er mit quietschenden Reifen davon, als könnte er gar nicht schnell genug von ihr wegkommen. Sie hätte glauben können, dass er ihre gemeinsame Nacht vollkommen vergessen hatte, hätte er nicht ein letztes Mal zu ihr zurückgeschaut, mit klarem, ungeschütztem Blick. Mehrere Herzschläge lang war er an der Fahrertür seines Trucks stehen geblieben. Seine dunklen Augen hatten ihre gefunden, und mehrere heiße, intensive Herzschläge lang war sein Blick alles andere als gleichgültig gewesen.

Henrys Launen waren zu verwirrend, um darüber nachzudenken und sie zu analysieren, und warum sollte sie auch ihre Zeit mit dem Versuch vergeuden, aus ihm schlau zu werden? Er wollte sie ignorieren wie damals in ihrer Kindheit? Bitte schön. Wahrscheinlich gab es außer ihr noch einen ganzen Rattenschwanz an Frauen, die er verwirrte. Wahrscheinlich glich sein Liebesleben einer Drehtür, und sie musste sich auf die wichtigen Gründe konzentrieren, warum sie nach Charleston zurückgekehrt war. Von denen keiner etwas mit Arschgesicht Henry zu tun hatte.

Ohne ihre Mama kam es ihr im Kutschenhaus schrecklich

leer vor. Zu trist und still. Vivien schleuderte ihre Pumps von sich und lief barfuß die Treppe zu ihrem alten Zimmer hinauf. Sie schaltete den Deckenventilator aus Palmettopalme an und trat einen Schritt hinein. Die leichte Brise vom Ventilator bewegte die hauchdünnen gelben Vorhänge, und die Fensterläden im Plantagenstil sperrten die grelle Nachmittagssonne aus.

Ihr altes Einzelbett stand mitten im Raum auf dem gelb getupften Teppich, den sie und ihre Mutter bei Rug Masters gefunden hatten, als Vivien fünfzehn war. Das war das Jahr gewesen, in dem sie auf alles Getupfte stand, und die Decke auf ihrem Bett passte zum Betthimmel und der gelb-weißen Tapete an der hinteren Wand.

Vivien trat in den Raum, in dem immer noch all ihre Schauspielpreise an einer Pinnwand befestigt waren. In diesem Zimmer hatte sie viel Zeit verbracht. Einsame Tage voller hochfliegender Träume, in denen sie in einen alten Drehspiegel gesehen, Texte einstudiert und ihr Lächeln für die Zeit geübt hatte, in der sie berühmt sein würde.

Der Hartholzboden knarrte unter ihren Füßen, als sie zum Wandschrank ging und die Tür öffnete. Darin hing noch ihr Abschlussballkleid aus Organza und nahm fast den ganzen Platz ein. Mit dem riesigen Rock hatte sie ausgesehen wie eine Barbie-Torte. Sie war mit Levi Morgan auf dem Abschlussball gewesen, der zu viele Juleps getrunken hatte und in seinem Auto ohnmächtig geworden war. Ihr hatte das nicht allzu viel ausgemacht, da ihr das Kleid und der Glamour wichtiger gewesen waren als Levi.

In dem Fach darüber standen Kartons und Tragetaschen, die mit Gegenständen aus ihrer Kindheit gefüllt waren. Alles in diesem Zimmer und im Rest des Hauses musste durchgesehen werden. Entscheidungen mussten getroffen werden, die Vivien niemand abnehmen konnte. Als sie sich umsah, stellte sie fest, dass sie die Zeit, die sie dazu brauchen würde, alles zu durchforsten, extrem unterschätzt hatte. Die Angelegenheiten ihrer Mutter in nur zwei Wochen zu ordnen war unmöglich.

Sie dachte an Nonnie und Henry, und zum ersten Mal seit Jahren löste die Vorstellung, Zeit im Kutschenhaus zu verbringen, nicht den Wunsch in ihr aus, aus vollem Halse schreiend wie Heather Langenkamp mit Freddie Krueger auf den Fersen die Auffahrt hinabzurennen. In Nonnies Garten zu wohnen erschien ihr nicht mehr wie aus einem Horrorfilm.

Es klingelte, und als hätten Viviens Gedanken sie heraufbeschworen, stand Nonnie vor der Tür, in einer Hand eine zugedeckte Schüssel und Louisa Deerings Twinkie Loaf in der anderen. »Wir verputzen immer noch die Reste von Macy Janes Leichenschmaus.« Sie drückte Vivien die Schüssel in die Hand. »Elsa Jean Packards ›Battle of Honeyhill‹-Bacon mit Butterbohnen.«

»Toll.« Vivien bemühte sich, die Schüssel entgegenzunehmen, ohne das Gesicht zu verziehen.

»Während du weg warst, habe ich an den Türen und allen Fenstern neue Schlösser anbringen lassen.«

»Oh!« Vivien musterte den großen glänzenden Schlossriegel an der Haustür. »Ist mir gar nicht aufgefallen.« Sie war zu sehr mit dem Blick beschäftigt gewesen, den Henry ihr zum Abschied zugeworfen hatte. »Danke.« Sie ließ Nonnie vorbei, die schnurstracks auf die Küche zusteuerte. Nonnie Whitley-Shuler, alias Gottesanbeterin, die Böse Hexe des Westens und Cruella de Vil, hatte sich um Vivien und ihre Sicherheit Gedanken gemacht. Diese freundliche Geste trieb ihr fast die Tränen in die Augen.

»Gern geschehen. Für den Fall, dass diese Leute, die du anlockst, aufkreuzen und zeigen, wie verrückt sie sind.«

KAPITEL 13

Liebes Tagebuch!
Juhu!!!! Ich darf endlich einen BH tragen. ☺ Ich wollte einen in Rosa mit Schaumpolstern drin. Aber Mama hat Nein gesagt. ☹ Sie hat gesagt, nur billige Flittchen tragen gepolsterte BHs. Ich glaube nicht, dass das stimmt.

Liebes Tagebuch!
Vivien liebt Bubba!!! Ich habe einen Freund. Hurra!!! Er heißt Gary, aber alle nennen ihn Bubba. Er wohnt in der Tradd Street in einem großen Backsteinhaus. Alle behaupten, er wäre dick, aber ich habe ihm gesagt, er sei groß und kräftig. Heute sind wir die Battery-Promenade entlanggeschlendert und haben Eis gegessen. Auf dem Heimweg hat er meine Hand gehalten. Zuerst war es eigenartig und schwitzig. Aber dann war es schön. Mein Arm und mein Bauch haben gekribbelt. Vielleicht hätte er mir auch einen Abschiedskuss gegeben, wenn Henry und Spence nicht wegen irgendwelcher Schulferien zu Hause wären. Sie haben in der Einfahrt Basketball gespielt, da haben ich und Bubba uns ganz schnell wieder losgelassen. Er ist auch ganz schnell gegangen. Typisch, dass Henry und Spence mir meine allererste Verabredung verderben. ☹ Henry hat gesagt, ich könnte was Besseres

kriegen als einen Jungen, der aussieht wie Cartman. Spence hat gelacht und irgendwelche Sprüche aus South Park zitiert, weil er ein Blödmann ist. Bubba sieht überhaupt nicht aus wie Cartman. Er trägt nicht jeden Tag eine rote Jacke und eine hellblaue Mütze. Spence und Henry sind mir schon seit Jahren ein Ärgernis. Wenn ich reich und berühmt bin, wird es ihnen noch leidtun. Vor allem Henry! ☺

Liebes Tagebuch!
Mama hat mich mit zu ihrem Arzt genommen und ich musste einen langen Test machen. In den Fragen ging es darum, wie ich mich fühle, wenn ich glücklich oder traurig bin. Es war der beängstigendste Test, den ich je gemacht habe, aber die gute Nachricht ist, dass ich nicht wie Mama bin. Der Arzt hat gesagt, dass die Wahrscheinlichkeit, Mamas Krankheit zu bekommen, bevor ich dreißig bin, bei 7-10 Prozent liegt. Mama war total glücklich und hat gesagt, das ist gut. Das hoffe ich. Ich will keine verrückten Sachen anstellen, wie die Waschmaschine zerlegen und alle Einzelteile reinigen. Und dann traurig werden, weil ich sie nicht wieder zusammenbekomme.

Liebes Tagebuch!
Ich habe Geld gespart und mir Einlagen für meinen BH gekauft. Sie sind gummiartig und sehen aus wie rohe »Knack und Back«-Brötchen. Wenn ich sie in meinen BH stecke, verwandele ich mich von Körbchengröße A zu Körbchengröße B. Alles, was größer ist, wäre zu auffällig, wie damals, als Hillary Asner mit ihrem Bombshell-BH in

die Schule kam. Mädchenbrüste wachsen nicht einfach so über Nacht von Körbchengröße A zu D.

Liebes Tagebuch!
Heute hat Bubba mich geküsst!!! Es war magisch. Er hat so getan, als wollte er nach einem Ast über meinem Kopf greifen, und hat mich geküsst. Daran werde ich mich bis an mein Lebensende erinnern. Er hat gesagt, für mein erstes Mal würde ich gut küssen. Er ist echt süß, und ich habe Glück, einen Freund wie Bubba zu haben.

Liebes Tagebuch!
Nieder mit Bubba!!! Er mag jetzt Katelyn Mathers und redet nicht mehr mit mir. Er hat allen in der Schule erzählt, dass Katelyn besser küssen könnte. Er hat ihr einen Plüschhund und eine Rolle Life Savers mit Kirschgeschmack geschenkt. Ich wollte nicht weinen, hab's aber doch getan.

<u>Leck-mich-Liste</u>
1) Gottesanbeterin
2) Henry
3) Spence
4) Bubba
5) Donny Ray
6) Onkel Richie und Kathy

Demnächst mehr.

KAPITEL 14

Henry entriegelte die Terrassentüren des rosa Reihenhauses und stieß sie auf. Er konnte nicht umhin, an das letzte Mal zu denken, als er Vivien bis zu den Ellbogen im Matsch hier im Hof vorgefunden hatte, die Beine mit Dreckschlieren und regennass. Sie hatte klein und verletzlich ausgesehen und wunderschön.

Das gehörte zu ihrer Wirkung, ihrem Charisma, und war der Grund, warum viele Männer auf der Welt Vivien Rochet begehrten.

Gott stehe ihm bei. Er war einer davon.

Das Geräusch seiner Absätze schien von den Wänden des ausgestorbenen Hauses widerzuhallen. Es war jetzt drei Tage her, seit er Vivien vom Flughafen abgeholt und am Kutschenhaus abgesetzt hatte. Drei Tage, seit er in ihre grünen Augen geblickt und ihre Verwirrung darin gesehen hatte. Drei Tage, seit er sich gezwungen hatte wegzugehen, obwohl es so leicht gewesen wäre, sie in die Arme zu nehmen. Es leichter gewesen wäre, den Kopf zu senken und sie zu küssen, bis sie keine Luft mehr bekam.

Drei Tage lang hatte er Vivien gemieden, weil er sich nicht sicher war, ob er es ein zweites Mal schaffen würde wegzugehen.

Das Stadthaus roch nach altem Holz und dem neuen

Gipsputz, mit dem er die Wand ausgebessert hatte. Er wusste nicht, was Vivien mit dem denkmalgeschützten Gebäude vorhatte, aber ob Vivien das Haus nun behielt oder verkaufte, die Sanierung musste fertiggestellt und abgenommen worden sein, bevor das SFN das Projekt absegnete.

Trotz der drückenden Hitze wehte ein leichtes Lüftchen, und er ließ die Terrassentüren offen, um die muffige Luft zu vertreiben. Nachdem er den neuen Putz geprüft hatte, schnappte er sich eine Taschenlampe, kniete sich hin und sah in den Schornstein hinauf. Dabei beschmutzte jahrealter Ruß die Schulter seines blauen T-Shirts und die Knie seiner Levi's.

Er leuchtete mit dem Lichtstrahl auf die alten Ziegel und suchte nach Hinweisen auf Wasserschäden. An dem Abend, als er und Spence mit Nonnie und den Kirchendamen zu Abend gegessen hatten, hatte Nonnie ihn dazu genötigt, Vivien vom Flughafen abzuholen, obwohl er keinerlei Absicht gehabt hatte, sich auch nur in die Nähe der Versuchung zu begeben. Trotzdem hatte seine Mutter, als er und sein Bruder aufgebrochen waren, genau das als eine Art Präventivschlag vorgeschlagen, aus Angst, dass Spence sich zuerst anerbieten würde.

Wäre seine Mutter nicht gewesen, hätte er Vivien jedenfalls nicht am Flughafen abgeholt, wo sie neben einem lächerlichen Stapel aus überteuertem Reisegepäck und einem bulligen Sicherheitsbeamten stand. Er hätte nicht auf ihre roten Lippen unter dem tief ins Gesicht gezogenen großen Strohhut gestarrt. Er hätte nicht ihr Parfüm gerochen, das ihn an die Nacht erinnerte, die sie in seinem Bett verbracht hatte. Okay, er brauchte nicht ihr Parfüm, um sich daran zu erinnern. Er dachte an Vivien, ob er es wollte oder nicht.

Er ließ den Lichtstrahl den Kaminschacht hinaufgleiten. Er war es leid, in seiner Familie der Mann für alle Fälle zu sein. Er hatte es satt, Geheimnisse zu bewahren und die Last, sie alle zu kennen, auf seinen Schultern zu tragen. Er hatte genug von den Schuldgefühlen.

Er leuchtete in den Schacht und inspizierte die Backsteine auf der linken Seite. Er war sich so gut wie sicher, dass Vivien das Haus verkaufen würde. Für sie bestand wirklich kein Grund mehr, es zu behalten. Sie lebte nicht in Charleston, und nach dem Tod ihrer Mutter hielt sie dort nichts mehr. Wenn sie das Kutschenhaus ausgeräumt hatte, gäbe es für sie hier nichts mehr zu tun. Alles andere konnte von Immobilienhändlern und Maklern erledigt werden. Noch zwei Wochen, vielleicht auch drei, und sie wäre weg.

Alles, was er zu tun brauchte, war, sie bis dahin zu meiden wie die Pest.

»Suchst du nach dem Weihnachtsmann?«

Er ließ die Taschenlampe fallen und stieß sich den Kopf an den Steinen. »*Verdammt!*«, fluchte er.

»Tut mir leid.«

Als er den Kopf aus dem Kamin zog, landete sein Blick auf Viviens leuchtend roten Schuhen und nackten Beinen. Sie trug einen schwarzen Rock und eine rote Bluse, und wenn er genau hinsah, konnte er die Konturen eines roten BHs erkennen. In ihren Haaren steckte ein tiefgrünes Blatt, als hätte sie sich unter einem Baum hindurchgebückt. Er lächelte. Er konnte nicht anders. Daran musste der Schlag gegen den Kopf schuld sein.

»Ich wollte dich nicht schocken.«

»Du hast mich erschreckt.« Er richtete sich auf und wischte sich den Ruß von der Jeans. »Um mich zu schocken, bräuchte es schon jemand Größeren als dich.«

»Ich habe mich gerade mit Mamas Nachlassverwalter getroffen.« Sie stellte ihre Handtasche auf das Sofa, über dem eine Abdeckplane lag. »Alles recht unkompliziert. Keine größeren Überraschungen.« Ein Stirnrunzeln. »Außer dass das Kutschenhaus jetzt mir gehört. Ich hätte gedacht, sie würde es deiner Mutter vermachen. Schließlich gehörte es ihr, bevor sie es Mama geschenkt hat.«

Er berichtigte sie nicht. »Was hast du mit dem Haus hier vor?«

Mit einem Seufzer sah sie sich um. Ein leiser, hauchiger Laut, wie als er sie auf den Hals und hinters Ohr geküsst hatte und es ihr gefallen hatte. »Es verkaufen.« Sie blickte zur Stuckdecke hinauf. »Es ist ein wunderschönes Haus. Es sollte jemand hier wohnen, der es liebt.«

Sein Blick glitt über ihr Kinn und ihren Hals zum obersten Blusenknopf zwischen ihren Brüsten.

»Jemand, der gern in einem Millionengrab wohnt.«

»Und das bist du nicht?« Knapp über diesem Knopf hatte er sie auch geküsst.

»Nein. Ich bevorzuge moderne Sanitäranlagen und moderne Grundrisse.« Sie sah ihm wieder in die Augen. »Was glaubst du, wann du mit den Renovierungen fertig bist?«

»Deine Mutter war sehr flexibel, was die Zeitplanung betraf, und hat sich ständig umentschieden, was sie gemacht haben wollte.« Er warf die Taschenlampe neben Viviens Handtasche. »Ich muss noch die Geländer und das Kranzprofil im großen Schlafzimmer fertigstellen. In einer Woche, vielleicht auch in zwei, sollte ich das fertig haben.« Er machte mehrere Schritte auf sie zu, bevor ihm wieder einfiel, dass er das nicht wollte. »Was willst du mit dem Esstisch und den Stühlen machen?« Er hob die Hand, und seine Finger streiften ihre Haare, als er das Blatt aus einer weichen Locke zog.

»Ich weiß nicht.« Ihre Wange berührte seine Handfläche, als sie den Kopf schüttelte.

»Das ist deins«, sagte er und überreichte ihr das Blatt.

»Henry?«

Er schob die Hände in die Taschen, bevor er noch der Versuchung erlag und ihr mit den Fingern durch die Haare fuhr. Vivien war wunderschön, und er fühlte sich absurd zu ihr hingezogen. Wie sie in der roten, fast durchsichtigen Seidenbluse dastand, mit den roten Schuhen, durch die sie so groß war, dass ihre Lippen direkt unter seinen waren, kämpfte er gegen die Versuchung an, sie zu küssen. Mit den Händen über ihren Rücken und ihren Po zu fahren und ihre kleinen Hände auf seinem Körper zu spüren. Mit dem Mund ihr leises Stöhnen aufzufangen und das Verlangen auf der Zunge zu schmecken. »Ja?«

Sie drehte den Stiel des Blattes zwischen ihren Fingern und warf ihm aus den Augenwinkeln einen Blick zu. »Ich finde, wir sollten über neulich Abend reden.«

»Wir sollten vergessen, dass das neulich Abend passiert ist.«

Sie zog die Augenbrauen zusammen. »Glaubst du, das geht?«

»Na klar.«

»Kannst du es denn vergessen?«

Niemals. »Was vergessen?«

Als sie den Kopf schief legte, hätte er den Ausdruck in ihren Augen erkennen müssen, aber er überlegte sich gerade seine nächste Lüge, als sie sagte: »Glaubst du wirklich, dass du vergessen kannst, wie du mich auf deine Kücheninsel gehoben hast?«

»Welche Kücheninsel?« Er wusste, was sie im Schilde führte. Er kannte ihre Tricks; er wusste um ihre Provokationen. Er wusste auch, dass er sich von ihr nicht zu einer Dummheit treiben lassen durfte. Zum Beispiel dem Verlangen nachzugeben, das in seiner Hose wütete.

»Die Granitarbeitsplatte, auf der du mir den Slip abgestreift und mich am ganzen Körper geküsst hast.«

»Ich hab dich nicht am ganzen Körper geküsst.« Es gab Körperteile, die er gerne noch küssen würde. Weiche, feuchte Körperteile, die ihn so hart machten, dass er die Vorstellung daran nicht loswurde, seinen Mund dorthin zu legen.

Sie kniff die Augen leicht zusammen. »Du hast mich am ganzen Körper geküsst und mich dann zu deinem Bett getragen wie ein Höhlenmensch.«

Im Moment fühlte er sich auch wie ein Höhlenmensch. Als hielte ihn nur noch ein hauchdünner Faden der Zivilisation davon ab, sie vornüber zu beugen und archaisch zu werden.

Sie stieß mit dem Finger an seine Brust. »Tu nicht so, als sei ich austauschbar. Als wäre ich in der Drehtür deines Liebeslebens nur eine Frau von vielen. Als könntest du mich leicht vergessen.«

Er senkte den Blick auf ihren Finger auf seiner Brust. Sie provozierte ihn, und er geriet ins Wanken.

»Henry.«

Er hob den Blick wieder. Er schwankte am Abgrund und

dehnte den Faden, bis er gefährlich kurz davor war zu reißen. »Was?«

Sie lächelte, ein erotisches Verziehen ihrer roten Lippen. »Du weißt es noch. Ich seh's in deinen Augen.«

»Was du dort siehst, ist Mitleid. Ich bemitleide dich, weil du dich als Klotz am Bein entpuppst.«

»Willst du dir das Bein abkauen?«

»Ich ziehe es in Erwägung, ja.«

»Ich hasse es, wenn du das machst.«

»Was?«

Ihre Augen wurden ernst. »Wenn du mich behandelst, als würde ich was Schlechtes tun. Dann habe ich Lust, dich zu ärgern.«

»Ich weiß.« Nur ein Kuss. Ein Kuss war noch kein Sex. »Ich durchschaue dich.« Er senkte den Mund auf ihren. »Ich hab dich schon immer durchschaut.« Ihr Atem stockte, und sie erwiderte den Kuss, so weich und leidenschaftlich wie neulich Abend. Und wie beim ersten Mal fing der Kuss Feuer und wurde sinnlich. Feucht und nährend und saugte ihm die Vernunft aus. Richtig oder falsch, Schuldgefühle und mögliche Konsequenzen wurden unter dem heißen Verlangen zu Asche, das über seine Haut raste und ihn so hart machte, dass er die Beine zusammenpressen musste, um nicht in die Knie zu gehen. Er hob das Gesicht. »Halt mich auf, bevor wir nicht mehr aufhören können.«

Ihre Hand glitt über seine Brust zum Reißverschluss seiner Jeans. »Zu spät.« Sie zog seinen Mund wieder zu ihrem, und der Faden, der ihn davon abhielt, zum Höhlenmenschen zu werden, riss. Sie streichelte seine Erektion durch den Jeansstoff, während seine großen Finger an den winzigen Knöpfen nestelten, die ihre Bluse geschlossen hielten. Etwa in der Mitte gab er auf und zog ihr kurzerhand die Bluse über den Kopf. Ihr Rock fiel ohne große Mühe zu Boden, und sie stand in ihrer roten Unterwäsche und mit den hohen roten Stöckelschuhen vor ihm.

»Gott, Vivien«, stieß er hervor, als sie an seinem geknöpften Hosenschlitz zog. »Mit dem roten BH und dem roten Slip bringst du mich noch um.«

»Gefällt's dir?«

Er hakte den Finger unter einen roten Satinträger. »Ich liebe es.«

Während sie an seinem Gürtel zog, senkte er das Gesicht zu ihrer Halsbeuge und öffnete den Mund an ihrer weichen Haut. Sie roch nach Blumen, und er küsste sich über ihre Schulter voran. Sie schob die Finger unter seine Boxershorts und nahm seine Erektion in die Hand.

»Du bist hart, Henry.« Sie fuhr mit der Hand nach unten und strich mit dem Daumen über seine Eichel. »Du stehst anscheinend auf Frauen, die sich als Klotz am Bein entpuppen.«

»Ich stehe auf dich.« Er packte ihre Handgelenke und hielt sie hinter ihrem Rücken fest. Als sie den Rücken wölbte, vergrub er das Gesicht in ihrem Dekolleté. Er rieb die Wange an ihren Brüsten und saugte durch den glatten Seidenbüstenhalter hindurch ihre harten Nippel. Er liebte ihre kleinen Brüste. In seinen Händen, in seinem Mund, an seiner Brust.

»Lass los.«

Er tat, was sie ihm sagte, und sie griff wieder nach seiner Hose, zog den Reißverschluss auf und schob die Hand hinein. Ihre weiche Hand schlang sich um seinen Schwanz, und er verlor fast die Kontrolle. Er liebte die Berührungen ihrer weichen Hände. Wie sie ihm zeigte, wie sehr sie ihn begehrte. Er hatte schon mit Frauen geschlafen, die wegen seines Nachnamens und der guten Beziehungen seiner Familie mit ihm zusammen sein wollten. Vivien wollte keins von beidem. Sie begehrte ihn *trotz* seines Namens, und er begehrte sie mit jedem barbarischen Schlag seines Herzens. Mit dem archaischen Instinkt, der in ihm den Wunsch weckte, sich auf die Brust zu trommeln und sich auf diese Frau zu stürzen.

Er drehte sie zu der Couch im Kolonialstil, beugte sie vornüber, und sie hielt sich an der Rückenlehne fest. Er schob ihren Slip an ihren Beinen herab und betastete ihren weichen Po. Während seine Levis' an seinen Beinen herunterrutschte, zog er ein Kondom aus seiner Geldbörse. Die Gürtelschnalle fiel mit einem dumpfen Schlag zu Boden, als er die Geldbörse auf die Couch warf. »Stell die Füße ein Stückchen auseinander«, bat er sie, während seine Unterhose sich zu seiner Hose gesellte und er das Kondom über seinen Schaft rollte.

Durch ihre hohen roten Schuhe hatte sie die ideale Höhe, und er strich mit der Hand über ihren Po und fuhr zwischen ihre Beine. Sie war feucht und bereit und stöhnte tief in der Kehle, als er ihr schlüpfriges Fleisch stimulierte. Sie wölbte den Rücken, als er sich in Stellung brachte, und seine Hände umfassten ihre Taille, als er in die heiße Lust ihres Körpers glitt. Sie war unglaublich eng, und er zog sich fast ganz heraus, bevor er sich so tief in ihr versenkte, dass ihr Po an seine Schenkel stieß. Er beugte sich vor und küsste sie seitlich auf den Hals. »Du fühlst dich gut an, Vivien.«

Zur Antwort schob sie ihm den Hintern entgegen, wie um zu sagen, dass sie mehr wollte. Er gab es ihr mit langen, kräftigen Stößen. Immer wieder stieß er hinein, in seinem Kopf hämmerte der Puls, doch er hielt sich zurück, bis er das erste pulsierende Zusammenziehen ihres Orgasmus spürte. Sein eigener Orgasmus wogte und zog und brannte tief in seinen Lenden. Er wollte mehr. Er wollte sie und stieß hart zu. Ein tief empfundenes Stöhnen stieg in seiner Kehle empor, während glühende, flüssige Hitze ihn umgab. Die intensivste Lust, die er je in seinem Leben verspürt hatte, fegte durch seinen Körper, und er schloss die Augen. Sie verteilte Feuer auf seiner Haut, bemächtigte sich seiner Seele und raubte ihm den Atem. Sein Herz hämmerte, und er bekam kaum Luft. Er sollte sich zurückziehen, aber er konnte nicht. Noch nicht. Das Kondom riss, und er war vom Paradies umfangen. Von einem heißen, feuchten Paradies, das ihn fast in die Knie gehen ließ. Das letzte Mal, als er das Paradies berührt hatte, war er durch die Hölle gegangen.

Hätte Panik eine Form gehabt, hätte sie Henrys Gestalt angenommen. Er zerrte sich das T-Shirt über den Kopf, und Vivien senkte den Blick auf die bezogenen Knöpfe ihrer roten Bluse. Als er vorhin aus dem Kamin gekrochen war, hatte er ihr ein Lächeln geschenkt, wie sie es noch nie zuvor gesehen hatte. Nicht wie sein Lächeln am Begräbnistag ihrer Mutter. Das voller Megawatt-Charme und Bockmist. Das Lächeln, das er ihr vorhin geschenkt hatte, hatte seine Augenwinkel erreicht und ihr das Gefühl vermittelt, die einzige Frau auf der Welt zu sein, als würde sie sein Leben erhellen, wenn sie den Raum betrat. Als lächelte er nur für sie. Doch jetzt lächelte er sie nicht an.

»Sag mir, dass du die Pille nimmst.«

Vivien blickte auf und verzichtete darauf, die Bluse in den Rock zu stecken. »Nein.« Von der Pille nahm sie zu und wurde so aufgedunsen, dass sie nicht mehr in ihre Metallbikinis passte. »Ich bestehe immer auf einem Kondom.«

»Scheiße.« Er nahm seinen Kopf zwischen die Hände, als wollte er seinen Schädel zerbrechen.

Noch vor wenigen Augenblicken war sie von Wärme und Verlangen umfangen gewesen. Doch jetzt war er kalt und distanziert und sah sie an wie früher. Als hätte sie etwas falsch gemacht. Sein Kondom mit Absicht zum Reißen gebracht zum Beispiel.

»Ich werde nicht schwanger.«

Er sah sie an und ließ die Hände wieder sinken. »Wie kannst du da sicher sein?«

»Ich habe einen unregelmäßigen Zyklus. Das liegt in der Familie.«

»Was heißt das?«

»Es heißt, dass ich mir, um schwanger zu werden, erst mal einen Fruchtbarkeitstest kaufen müsste, der mir sagt, wann mein Eisprung ist.« Und sie müsste zehn Kilo zunehmen. Man hatte ihr gesagt, dass ihr unregelmäßiger Zyklus in Kombination mit ihrem niedrigen Gewicht eine Schwangerschaft sehr unwahrscheinlich machte. Sie wollte Kinder. Nur jetzt noch nicht. Erst wollte sie ihre Karriere so weit festigen, dass sie sich zwischen zwei Filmen eine Auszeit nehmen konnte, und den richtigen Mann finden. Sie wollte heiraten und alles in der richtigen Reihenfolge tun.

»Müssen wir jetzt so ein Ding kaufen?«

»Nein.« Er wirkte so erleichtert, dass sie große Lust verspürte, ihn zu schlagen. »Du brauchst kein Gesicht zu machen, als wärst du der Todeszelle entkommen«, sagte sie, als sie auf dem Weg in die Küche an ihm vorbeiging. Auf der Theke stand ein umgedrehtes Glas, das sie mit Wasser füllte. Was tat sie da? Er war Henry Whitley-Shuler. Sie hob das Glas an die Lippen und trank. Natürlich versetzte ihn der Gedanke in Panik, mit ihr ein Baby zu bekommen. Er war eindeutig nicht der richtige Mann für Vivien Rochet.

Henry trat hinter sie und nahm ihr das Wasser aus der Hand. »Mir ist kein Kondom mehr geplatzt, seit ich siebzehn war.« Er trank das Glas aus. »Das will ich nicht noch mal durchmachen.«

Sie drehte sich zu ihm, und ihre Verärgerung schwand. Sie hatte nie darüber nachgedacht, wie er sich vor siebzehn Jahren gefühlt haben mochte. Sie war immer davon ausgegangen, dass er sich gefreut hatte.

»Du hast nie jemandem von Tracy Lynn erzählt.«

»Natürlich nicht.«

»Warum nicht?« Er füllte das Glas wieder und reichte es ihr. »Ich habe damit gerechnet.«

Sie schüttelte den Kopf. »Ich mag eine freche Göre gewesen sein, die in deinen Sachen geschnüffelt und dich beschimpft hat, aber gemein war ich nie.« Sie trank einen großen Schluck und leckte sich Wasser von der Unterlippe. »Ich habe nie jemandem absichtlich Kummer bereitet, und ich wusste, dass es für viele Menschen schmerzhaft würde.« Sie reichte ihm das Glas.

»Du hast recht. Es hätte vielen Leuten Kummer bereitet. Vor allem Tracy Lynn und ihrer Familie.«

»Siehst du sie manchmal noch?«

Er schüttelte den Kopf. »Nie. Ich habe gehört, dass sie einen Anwalt geheiratet hat. Sie haben drei Kinder und wohnen in Shreveport.« Er trank das Glas aus und stellte es auf die Theke. »Ich glaube, mich zu sehen, würde nur schmerzliche Erinnerungen wecken und sie unnötig belasten.«

»Und was ist mit dir?«

Seine Augenbrauen senkten sich über seinen ernsten braunen Augen. »Was soll mit mir sein?«

»Ist die Erinnerung daran für dich schmerzhaft?«

»Ich empfinde eher Schuldgefühle als Schmerz, aber doch. Durchaus.« Er legte die Stirn in Falten. »Ich denke nicht gern daran. Ich denke nicht gern daran, was hätte sein können und wie anders mein Leben hätte verlaufen können.« Er hob den Blick und sah an ihr vorbei. »Es wühlt nur die Vergangenheit auf, und man kann sowieso nichts ändern.«

Das Letzte, was sie wollte, war, ihm Kummer zu machen oder Schuldgefühle wegen der Vergangenheit heraufzubeschwören. Sie nahm seine Hand und wechselte ganz bewusst das Thema. »Mir ist aufgefallen, dass du jetzt keine ejakulationsverzögernden Kondome mehr benutzt.«

Als er sie fragend ansah, vertieften sich die Falten auf seiner Stirn. »Was?«

»Du hast doch früher ejakulationsverzögernde Kondome benutzt.«

»Du weißt noch, was für Kondome ich an der Highschool benutzt habe?«

Sie drückte lachend seine Hand. »Ich wusste überhaupt nichts über Kondome und hatte keinen Schimmer, was ejakulationsverzögernd bedeutet. Also habe ich nachgeforscht.«

Ein verständnisloses Lächeln huschte über seine Lippen und glättete seine Stirn wieder. »Du hast nachgeforscht?«

»Na klar.« Sie schlang den Arm um seinen Hals. »Und mir fällt auf, dass du jetzt keine ejakulationsverzögernden Kondome mehr benutzt.«

»Ich habe jetzt keine Kontrollprobleme mehr.« Er strich mit der Hand über ihren Arm und brachte ihre Haut zum Prickeln. »Ich hab so lange geübt, bis ich es konnte.«

Auf dem runden Küchentisch im Kutschenhaus brannte eine einzelne Kerze. Die Deckenbeleuchtung war so weit gedimmt, dass die Flamme ein flackerndes Licht über Henrys Gesicht, auf seine Haare und auf die Wand hinter ihm warf.

»Ich weiß nicht, was ich mit Mamas Schmuckkästchen-Sammlung aus Limosiner Email anfangen soll. Mir war nicht klar, dass sie so viele davon hatte.« Vivien aß einen Happen von der saftigen Wachtel, die Henry sich aus einem seiner Lieblingsrestaurants hatte liefern lassen.

»Verkauf sie auf eBay.«

»Ich verkaufe Mamas Limosiner Email nicht.« Sie schüttelte den Kopf und schluckte. »Ich wünschte, ich hätte Verwandte.«

»Was ist mit der Tante und dem Onkel, die auf der Beerdigung waren?« Er schnitt eine Spargelstange in Stücke.

»Onkel Richie und Kathy?« Sie griff nach ihrem Glas Wein. »Ich weiß nicht.« Kathy war immer hässlich zu ihrer Mutter gewesen, aber vielleicht hatte Vivien keine andere Wahl. Ihr Familienstammbaum war zu einem dürren Zweig verkümmert. »Vielleicht wäre es leichter, wenn ich die Familie meines Vaters jemals kennengelernt hätte.«

Henrys Messer hielt inne, und er hob den Blick zu ihr.

»Aber vielleicht auch nicht. Mama hat immer gesagt,

die Rochets hätten nicht viele Verwandte, und sie hätte sie niemals kennengelernt.« Sie hob ihr Glas und trank einen Schluck.

Er fixierte sie über den Tisch hinweg. »Dann hast du nie versucht, sie zu finden?«

»Im Laufe der Jahre habe ich mit dem Gedanken gespielt, einen Privatdetektiv anzuheuern, der die Familie meines Vaters ausfindig macht, aber Mama wollte nie, dass ich nach ihnen suche. Sie sagte, es wäre zu schmerzhaft für sie.«

Henry senkte den Blick wieder und schnitt seinen Spargel zu Ende. »Und jetzt?«

Vivien zuckte mit den Schultern. »Ich denke darüber nach, aber ich weiß nicht so recht.« Sie stellte ihr Glas neben ihren Teller und griff wieder nach ihrer Gabel. »Ich meine, die Rochets müssen doch von mir gewusst haben. Mein Vater und meine Mutter haben drei Monate, bevor er im Hurrikan Kate umkam, geheiratet.«

»Hurrikan Kate?« Henry steckte sich ein Stück Wachtelfleisch in den Mund und kaute nachdenklich. Dann lehnte er sich auf seinem Stuhl zurück. »Von deinem Vater und Hurrikan Kate habe ich noch nie was gehört.«

Dazu bestand wohl auch kein Grund. »Mein Vater hieß Jeremiah Rochet und kam noch vor meiner Geburt ums Leben. Er und seine Familie waren auf einem Dreimastschoner unterwegs, der während Hurrikan Kate in der Floridastraße sank. Mama war nicht an Bord, weil sie mit mir schwanger war und unter Morgenübelkeit litt. Mama sagt, wir waren an jenem Tag durch die Tränen des Jesuskinds gesegnet.«

»Wirklich?«

Sie hielt inne, um noch einen Happen zu essen, und fuhr

mit der herzzerreißenden Geschichte ihrer Familie fort. »Man hat Wrackteile der *Anna Leigh* gefunden, aber die Rochets blieben für immer verschollen.«

»Das ist eine echte Tragödie.« Er schwenkte den Wein in seinem Glas. »Hat deine Mama dir erzählt, wie viele Rochets auf See geblieben sind?«

»Fünf. Meine Großeltern, mein Vater und seine zwei Brüder. Sie gehörten zur Demokratiebewegung und haben regelmäßig kubanische Flüchtlinge gerettet.«

»Deine Familie war aus Kuba?«

»Nein. Nur humanitär eingestellt.«

Seine Augenbrauen bildeten jetzt ein V auf seiner Stirn. »Aha.«

»Ich habe mir immer vorgestellt, wie mein Leben verlaufen wäre, wenn Dad am Leben geblieben wäre.«

»Vollkommen anders, würde ich meinen.« Er hob sein Glas an die Lippen. »Ich kann mir dich nur nicht als humanitär eingestellte Kubaner-Retterin vorstellen.«

Vivien lachte. »Wenn mein Vater am Leben geblieben wäre, wäre ich heute nicht die, die ich bin. Ich wäre nicht mit dem Peace Corps weggeschickt worden, ich hätte nicht mit der Schauspielerei angefangen, und ich würde nicht das Leben führen, das ich heute habe.« Sie sah über den Tisch hinweg in seine dunklen Augen, die sie beobachteten, als erwartete er, dass sie etwas tat oder sagte. Deshalb fuhr sie fort: »Als ich klein war, hatte ich viele Träume, aber nie davon, Wasser in afrikanische Dörfer zu tragen. Das humanitäre Gen von der Seite meines Vaters habe ich wohl nicht geerbt.« Sie legte ihre Gabel auf ihren Teller. »Meine Träume waren recht vage. Abgesehen davon, dass ich zurück nach

Charleston kommen und mich an allen rächen würde, die mir unrecht getan haben.«

Seine Stirn glättete sich wieder. »Was für Rachepläne hattest du denn für diese armen Menschen?«

»Ich würde ihnen sagen, dass sie mich mal kreuzweise können. Ich weiß noch, dass ich sogar eine Liste erstellt habe. Ich nannte sie die ›Leck mich‹-Liste.«

»Dein großer Traum ist wahr geworden.« Er beugte sich vor und legte seine Hand auf ihre. »Du bist berühmt und kannst dich an allen rächen, die je gemein zu dir waren.«

»Nein. Ich habe erkannt, dass die beste Rache darin besteht, ein gutes Leben zu führen und zu gedeihen wie Unkraut.« Lächelnd drehte sie ihre Handfläche nach oben. »Außerdem warst du die Nummer eins auf meiner Liste.«

Lachend stand er auf. »Ich glaube, du hast mir schon ein oder zwei Mal gesagt, dass ich dich mal kreuzweise kann.«

»Wahrscheinlich.« Auch sie erhob sich, und er zog sie an sich, genau dorthin, wo sie sein wollte. »Ich reise morgen ab.«

»Ich weiß.« Er umarmte sie noch fester. »Ich bringe dich zum Flughafen.«

»Das würde mir gefallen.« Sie nahm ihn an der Hand und zog ihn in das Schlafzimmer ihrer Mama. In jener Nacht kamen ihr seine Berührungen weniger überhastet vor. Er nahm sich Zeit und sah ihr ins Gesicht, während sie Sex hatten, der sich ein bisschen anders anfühlte. Der sich nach Liebe anfühlte. Am nächsten Morgen, als er sie zum Flughafen fuhr, wollte sie nicht weg.

»Wann kommst du wieder?«, fragte Henry.

Sie sah ihn durch das Führerhaus seines Trucks an, während er einen Becher mit Kaffee an den Mund führte. »Samstag.« Sie hoffte, ihn zu sehen, wenn sie zurückkam. Sie nahm an, dass es so kommen würde, aber er hatte nie über etwas anderes als eine sexuelle Beziehung gesprochen.

Sie hatten ein paar sehr schöne gemeinsame Tage gehabt. Okay, ein paar tolle Tage. Fantastische Tage, aber das war auch alles. Er hatte nie irgendeine Zukunft für sie angedeutet. »Wir sind beide erwachsen«, fing sie an und beschloss, dass es am besten wäre, noch vor ihrer Abreise über Erwartungen zu sprechen oder vielmehr den Mangel daran. »Du weißt, du schuldest mir nichts, Henry.«

»Ja, ich weiß.«

»Ich werde hin und her fliegen, bis ich hier alles geregelt habe.« Sie war eine erwachsene Frau. Sie wollte erwachsen handeln. Realistisch sein. »Wir werden oft meilenweit voneinander getrennt sein, und du sollst wissen, dass es für mich völlig in Ordnung ist, wenn du dich mit anderen Frauen triffst.«

Er sah sie an und richtete den Blick wieder auf die Straße. »Ist das so?«

Natürlich nicht! »Ja. Solange ich weiß, dass du dich nur mit mir triffst, wenn ich da bin.«

Wieder sah er sie an. »Mal sehen, ob ich das richtig verstehe.« Er hielt den Truck vor einer roten Ampel an. »Es ist in Ordnung für dich, wenn ich mit anderen Frauen schlafe, wenn du nicht da bist?«

Scheiße, nein! Allein bei dem Gedanken, dass er eine andere anfasste, wurde ihr schlecht. »Ja.« Sie wollte, dass er protestierte. Dass er ihr sagte, dass er nur sie wollte.

Die Ampel sprang um, und er fuhr über die Kreuzung.

»Aber wenn du in der Stadt bist, bin ich dein exklusives Sexobjekt?«

Sie wollte ... Moment mal. Hatte er gerade »Sexobjekt« gesagt? Das konnte nicht sein Ernst sein. »Ja.«

»Ich bin nicht nur ein Objekt, Vivien.«

Er meinte es ernst. Sie kannte diesen ernsten, düsteren Blick und die gerunzelte Stirn. Sie hielt sich die Hand vor den Mund, um nicht loszuprusten.

Er warf ihr einen Blick zu und verzog verärgert die Mundwinkel. »Das ist nicht lustig.«

Und ob es das war. Henry Whitley-Shuler, Nachfahre der Südstaaten-Aristokratie, ehemaliger Wall-Street-Devisenhändler, derzeit Kunsttischler.

Sexobjekt.

KAPITEL 15

Straßensperren und das Sicherheitspersonal der Filmfirma riegelten zwei Häuserblocks im Stadtzentrum von Los Angeles hermetisch ab. Produktions-Wohnwagen blockierten einen Parkplatz, und die kalifornische Sonne wurde wie ein Feuerrad von einer Reihe aus Airstream-Wohnmobilen reflektiert. Vor den silbernen Wohnwagen scherzte die Besetzung von *Psychic Detectives*, während die Filmcrew sich für eine Totale vorbereitete.

»Ich habe den Chauffeur-Service für morgen um elf bestätigt.« Sarah saß auf dem Stylingstuhl neben Vivien und scrollte durch Informationen auf ihrem Tablet. »Sie werden erst um eins wieder am Set gebraucht.«

Während die Haarstylistin ihr den spitzen Haaransatz wieder auf halbe Stirnhöhe klebte, las Vivien den Text für ihre zweite Szene an dem Tag. Nicht, dass sie es nötig gehabt hätte. Texte zu lernen fiel ihr leicht; in der Rolle zu bleiben bereitete ihr manchmal Schwierigkeiten. Sie saß im Maskenmobil, wo ihre schlechte Perücke aufgefrisiert und die dunklen Augenringe nachgeschminkt wurden. Heute würde sie ihre zweite Szene drehen und morgen die dritte und letzte, in der sie schwarze Kontaktlinsen und eine pulsierende Herzprothese unter dem verschlissenen Kleid tragen würde. Sie würde ihren Ehemann anstarren, und ihr Herz würde dabei immer heftiger schlagen, während der böse Reverend Mumford in einem riesigen Blutschwall explodieren würde. Sie konnte es kaum erwarten.

Vivien schloss die Augen und atmete tief durch. Sie stellte sich Jenny vor und dachte über das einfache Ziel ihrer Figur nach und darüber, was ihr endlich den Anstoß gibt, ihre telekinetischen Fähigkeiten zu entfesseln und sie gegen ihren Mann zu richten. Vivien brachte alles in ihrem Kopf zum Schweigen und konzentrierte sich auf Missbrauch und alles, was sie über PTBS wusste. Sie stellte sich vor, wie man ein Trauma verdrängen und seine Gefühle negieren konnte, bis sie mit Macht an die Oberfläche kamen. Sie dachte an raue Hände ... und die sanfte Berührung von Fingerspitzen, die sie morgens weckten. Sie dachte an das weiche graue Morgenlicht, das die Nacht verscheuchte, und an gehauchte Küsse auf ihrer nackten Schulter. Sie öffnete die Augen und lächelte, obwohl sie ernst sein sollte. Wenn sie an Henry dachte, konnte sie sich auf nichts anderes konzentrieren. Sie war jetzt seit drei Tagen in L. A. und hatte viel zu oft an ihn gedacht. Dabei war sie sich klar darüber geworden, warum sie sich in Henrys Gesellschaft so wohlfühlte. Was den Umgang mit ihm so unkompliziert machte.

Sie vertraute Henry auf eine Art, die ihr natürlich und ungezwungen vorkam. Heutzutage gab es nicht mehr viele Menschen, denen sie vertraute. Im Grunde nur drei: ihre Assistentin, ihre Agentin und ihr Manager, und die hatten allesamt Verschwiegenheitserklärungen unterzeichnet. Ihrer Mama hatte sie vertraut. Ihre Mama hätte ihr niemals wehgetan. Ihre Mama hätte nie gelogen oder unwahre Geschichten über sie erzählt. Sie hätte auch keine wahren Geschichten verkauft. Genauso wenig wie Henry. Er war zu solide, um zu lügen, Storys durchsickern zu lassen oder Verrat zu begehen.

»Vivien.« Ein Produktionsassistent steckte den Kopf durch die Tür. »Wir sind bereit für Sie.«

Sie betrachtete sich im Spiegel. Die matte, schlaffe Perücke und die fahle Haut. *Ausgezehrt*, schoss es ihr durch den Kopf. Sie klemmte sich das Drehbuch unter den Arm und stand auf. Sarah folgte ihr ins kalifornische Sonnenlicht hinaus. Sie trat in die Kulisse und reichte das Drehbuch ihrer Assistentin.

»Ruhe bitte!«

Kamera und Ton liefen, und die Klappe wurde vor die Kamera gehalten. »Szene vierzehn, Take eins.«

»Action!«, rief der Regisseur, und Vivien ging auf den Parkplatz und blickte ausdruckslos auf den beigefarbenen Chevy vor ihr. Jennys Leben bestand aus einer öden Pflichterfüllung nach der anderen unter der Fuchtel eines Ehemannes, der behauptete, Gottes Sprachrohr zu sein. Der Mann, der seine Gemeinde davon überzeugt hatte, dass er die Inkarnation des Herrn sei, hatte sie derart kleingemacht, dass in ihr nur noch Leere herrschte. Sie – *Himmel, Vivien!*, schoss es ihr durch den Kopf. *Der kam tief aus meiner Seele.*

»Schnitt!« Die Aufnahme wurde abgebrochen, und der Regisseur sagte: »Vivien, Sie haben gerade herausbekommen, dass Ihr Ehemann Ihr Bankkonto leergeräumt hat, und mussten den Laden ohne Ihre Einkäufe verlassen. Er schläft mit einer Fünfzehnjährigen. Sie müssten am Boden zerstört sein und nicht unvermittelt lächeln, als wäre das Leben ein Ponyhof.«

»Oh.« Ihr war nicht einmal bewusst gewesen, dass sie gelächelt hatte. »Tut mir leid.« Sie ging zum Ausgangspunkt zurück.

»Ruhe!«

Kamera und Ton liefen wieder. Der Regieassistent rief »Klappe bitte!«, und der Mensch mit der Filmklappe hielt das Teil vor die Kamera. »Szene vierzehn, Take zwei.«

»Action!«

Vivien atmete tief durch. Sie konzentrierte sich voll auf Jenny und ihre furchtbare Situation. Sie wurde eins mit ihrer Figur. Duldsam. Unterwürfig. In großer Angst vor ihren Fähigkeiten und mit dem Glauben, dass Enoch der einzige Mann sei, der sie vor der Hölle bewahren konnte. *Ich bin nicht dein Sexobjekt, Vivien.*

»Schnitt!«

Vivien biss sich auf die Lippe und ging wieder zurück. Sie brauchte sechs weitere Takes, bis die Szene endlich damit enden konnte, dass sie über den Parkplatz blickte und ihren Ehemann mit einem jugendlich frischen Mädchen sah. Dem jungen Mädchen, das sie einst gewesen war.

Auf dem Heimweg checkte Vivien ihre SMS. Als Henrys Name auftauchte, biss sie sich auf die Unterlippe. *Wie läuft's?* Nur zwei Worte. Er hatte nur zwei Worte geschrieben, aber das war nicht wichtig. Er hatte sich bei ihr gemeldet.

Sie wartete, bis sie zu Hause war, bevor sie antwortete. Sie wollte nicht zu viel schreiben und ihm den Eindruck vermitteln, dass sie ihn vermisste oder nur dumm herumsaß und an ihn dachte. Sie tippte: *Gut. Wie läuft's bei dir?* Erst als sie in ihr Himmelbett kroch, schrieb er zurück. *Verdammt schwül hier in Charleston. War was trinken.*

Vivien fand die Fernbedienung und drückte einen Knopf. Am anderen Ende des Zimmers wurde ihr versteckter Flachbildfernseher aus dem TV-Schrank hochgefahren. Auf dem Bildschirm leuchtete die *Tonight Show* mit Jimmy Fallon auf, aber Jimmy interessierte sie heute Abend nicht. Henry war was trinken gewesen. Vielleicht mit einer Frau. Klar, sie hatte ihm gesagt, dass er andere Frauen treffen durfte, aber sie hatte es nicht ernst gemeint. Das musste er doch wissen.

Oder?

Sie führten keine Beziehung. Sie hatten tollen Sex gehabt, aber Sex war nicht Liebe. Nicht einmal, wenn er sich wie Liebe angefühlt hatte. Er hatte gesagt, er wollte nicht ihr Sexobjekt sein, aber was er für sie sein wollte, hatte er nicht gesagt. Er hatte nie ein Wort über eine gemeinsame Zukunft verloren. Kein »Wir könnten ja im Sommer nach Mexiko fliegen« oder »Lass eine Zahnbürste bei mir«. Er hatte ihr versprochen, sie vom Flughafen abzuholen. Das war alles. Nicht gerade etwas Verbindliches.

Vivien warf die Fernbedienung weg und rollte sich zusammen. Es gab vieles, was dagegensprach, dass sie je ein Paar würden. Erstens lebten sie Tausende von Meilen voneinander entfernt. Zweitens war er Henry Whitley-Shuler, Mitglied der Charlestoner Oberschicht, und allein sein Name gewährte ihm Zutritt zu den exklusivsten Clubs und Organisationen. Sie hingegen war Vivien Rochet, ein internationaler Filmstar. Ihr Name war auf der ganzen Welt bekannt, würde ihr jedoch nie Zutritt zu den gesellschaftlichen Kreisen gewähren, die Henry schon mit seiner Geburt willkommen geheißen hatten. Männer wie Henry führten Beziehungen mit jungen Damen, die aus alten Familien mit alten Familiennamen stammten. Und nicht mit einem Mädchen, das aus dem Kutschenhaus kam und früher die Teppiche gesaugt hatte. Wie reich und berühmt sie auch sein mochten, richtige Beziehungen führten Männer wie Henry mit Frauen wie Constance Abernathy. Ehemalige St.-Cecilia-Debütantinnen, Mitglieder der Junior League, die sich als Künstlerinnen versuchten.

Letzten Endes reichten Ruhm, Reichtum und harte Arbeit nicht aus. Im Film mochte sie Märchenfiguren verkörpern, aber im wahren Leben gab es keinen Zauberstab, der sie in eine Prinzessin verwandelte, die eines Südstaaten-Prinzen würdig war.

Letzten Endes war sie nicht gut genug, und das sollte sie im Hinterkopf behalten, bevor sie sich mit Haut und Haaren in Henry verliebte.

Viviens Gesicht strahlte, wenn sie über die Schauspielerei und über die Dorothy-Parker-Rolle sprach, die sie hoffentlich demnächst an Land ziehen konnte. Dann leuchtete in ihren Augen eine Lebensfreude, die den Schmerz über den Tod ihrer Mutter und die Belastungen der vergangenen Woche verscheuchte. Sie sah glücklich aus, und Glücklichsein stand ihr.

Diesmal war sie eine ganze Woche zu Hause gewesen, um das Haus auszuräumen und die Sachen ihrer Mutter zusammenzupacken. Wie beim letzten Mal hatte er sie vom Flughafen abgeholt, doch diesmal war er ihr ins Kutschenhaus gefolgt und hatte sie auf dem Wohnzimmerteppich geliebt. Die Hautabschürfungen zum Beweis hatte er immer noch.

»Ich will diese Rolle unbedingt«, bekräftigte sie, während

sie das Porzellan ihrer Mutter in Zeitungspapier wickelte und es in einen Karton tat. »Alle in Hollywood haben dafür vorgesprochen.« Sie nahm sich einen neuen Teller. »Es ist eine Meryl-Rolle.« Sie trug Jeansshorts, ein weißes T-Shirt und Sneakers. Eine Clemson-Baseballmütze warf einen Schatten über ihre Stirn, und ihre Haare wurden mit einem schlichten Gummiband zurückgehalten. Aber an ihrer Person war überhaupt nichts schlicht.

»Eine was?«

»Eine Rolle, für die man Preise gewinnt.« Sie blickte auf, genauso konzentriert und entschlossen wie als Kind. »Ich will einen Oscar gewinnen.«

Er lachte und stellte einen Mixer neben einen alten Toaster in den Spenden-Karton. »Ich dachte, es wäre schon toll, dafür nominiert zu werden. Behauptet ihr das nicht immer alle?«

»Das ist Quatsch.« Sie winkte ab. »Jeder will gewinnen.«

Henry dachte an sein altes Leben, als er noch um jeden Preis hatte gewinnen wollen. Als Verlieren keine Option gewesen war. Als er hoch hinaus gewollt hatte und sein Herz im Rhythmus des Aktienmarktes geschlagen hatte. Er verstand Viviens Ehrgeiz, aber in seinem Leben war dafür kein Platz mehr.

»Wenn ich die Rolle bekomme, habe ich eine größere Bandbreite an Filmen vorzuweisen und kann meine Marke bekannter machen.« Sie plauderte über künftige Rollen, die die Produktionsfirma, die sie gründen wollte, schaffen würde. »Keine Remakes«, sagte sie bestimmt. »Wie oft und in wie vielen Versionen will man *Der Unsichtbare* oder *Zorro* noch sehen? Ich hasse es, wie die großen Studios Jane Austen oder Hitchcock das Leben aussaugen, obwohl die Originale solche Klassiker sind und unangetastet bleiben sollten.« Sie verpackte einen letzten Teller. »Aber zuerst muss ich diese Dorothy-Parker-Rolle kriegen.«

»Wann erfährst du denn, ob du die Rolle bekommst?«

»Bald.« Vivien legte den letzten Teller in den Karton, stemmte die Hände in die Hüften und sah sich in der Küche um. »Hier sieht's aus wie in einer Folge von *Leben im Chaos*.«

Nicht ganz, aber da standen drei Behälter: Behalten, Spenden und Entsorgen. Sie war schon ein gutes Stück vorangekommen, aber es gab noch einiges zu tun.

»Mama war sentimental. Meist konnte sie es nicht ertragen, irgendwas wegzuschmeißen. Doch dann gab es Zeiten, in denen sie den ganzen Müll ausmistete und alles wegwarf, wovon sie sich noch am Tag zuvor nicht hatte trennen können.« Ihr Blick wurde traurig, und sie wandte sich zur Spüle. »Ihr Leben war eine Achterbahn.« Sie wusch sich die Hände mit einem Stück Seife, das nach Rosen duftete.

»Und deins auch.« Henry stellte sich neben sie und nahm ihr die Seife aus den Händen. »Du musstest all ihre Höhen und Tiefen miterleben.« Danach würde er zwar nach Rosen riechen, aber er hatte schon schlimmer gerochen.

»Ja, aber sie konnte nichts dafür.« Sie riss zwei Papiertücher von der Küchenrolle und reichte ihm eins davon. »Meistens war es okay.«

Ihre grünen Augen sahen in seine und verrieten ihm, dass es oft nicht »okay« gewesen war.

»Wenn sie stabil war, war sie eine sehr gute Mama. Sie hat für mich gesorgt und mich geliebt, und ich hatte sie auch lieb. Doch dann drehte sie hoch, blieb tagelang aufgedreht und fing hundert Projekte auf einmal an.« Sie blickte auf ihre Fußspitzen, und der Schild ihrer Mütze verbarg ihr Gesicht.

Henry griff nach ihrer Baseballmütze und zog sie ihr vom Kopf. »Ich erinnere mich noch, als Spence und ich eines Abends aus Hilton Head zurückkamen und sie in der einen Hand eine Taschenlampe und in der anderen einen Farbpinsel hielt. Sie sang zu einem Tom-Petty-Song im Radio und strich die Fensterläden.« Er warf die Mütze auf einen Karton. »Wir dachten nur, sie wollte vielleicht nicht bei der Hitze tagsüber streichen. Später sagte Mutter uns, sie wäre bipolar und erklärte uns, was das bedeutete.« Er legte den Finger unter Viviens Kinn und hob ihr Gesicht zu ihm. »Muss schlimm für ein Kind gewesen sein.«

Sie zuckte mit einer Schulter. »Eigentlich hat es mir nichts ausgemacht, wenn sie von ihren Träumen geschwärmt hat. Sie hat es immer fertiggebracht, sie realisierbar klingen zu lassen, und sie konnte mich stundenlang damit unterhalten, was wir unternehmen würden, wenn wir nach Sansibar oder Bali abhauten. Dann war sie für eine Weile wieder eine ganz normale Mutter. Wir waren eine ganz normale kleine Familie, doch irgendwann sah ich wieder, wie sie sich hübsch machte, und ich wusste, dass sie ausging, um sich irgendeinen erbärmlichen Freund zu angeln. Ich habe ihre Freunde gehasst, aber ihre traurigen Stimmungen noch viel mehr.« Sie schüttelte den Kopf, und ihre Brauen über ihren schönen Augen zogen sich zusammen. »Ich hatte das Muster ihrer Stimmungslagen schnell durchschaut. Es lief immer gleich ab: glücklich, normal, anlehnungsbedürftig und traurig. Ich wusste nie, wie lange eine Phase andauern würde, bevor sie in die nächste verfiel. Manchmal lag sie zwei Wochen lang nur im Bett.«

Er streichelte mit dem Daumen über ihren Kiefer. »Was hast du dann gemacht?«

»Manchmal hat Oma Roz bei uns gewohnt oder ich bei ihr. Als ich älter wurde, habe ich mich um sie gekümmert.«

»Sie konnte sich glücklich schätzen, dich zu haben.«

Nachdenklich legte Vivien den Kopf schief. »Ich hatte Glück, sie zu haben. Sie hat mich gelehrt, mir hohe Ziele zu setzen, und dass es nichts gibt, was ich nicht erreichen kann. Sie hat mir immer gesagt, dass ich alles werden könnte, was ich wollte. Sie hat meiner Fantasie niemals Grenzen gesetzt oder erdrückend hohe Erwartungen an mich gestellt. Ich weiß nicht, ob ich ohne sie dort wäre, wo ich heute bin.« Ein leises Lächeln umspielte ihre rosa Lippen. »Ich bin in eurem Garten aufgewachsen, aber unsere Lebensumstände waren völlig verschieden.«

»Drastisch. In Internaten aufzuwachsen war einsam. Als wir zur Schule weggeschickt wurden, war Mutters Aufgabe erledigt. Spence und ich hatten einander, aber wir wurden von Schulleitern, Aufsichtspersonen und von Großvater Shuler erzogen. Ich glaube nicht, dass Spence ihr das je verziehen hat. Wenn man die Tage zusammenzählt, die wir zu Hause verbracht haben, kommt man wahrscheinlich nicht mal auf ein Jahr.«

»Ich glaube, ich hätte lieber meine Mama gehabt als deine.«

»Du glaubst es nicht, du *weißt* es.« Er lachte. »Ich liebe meine Mutter. Gott weiß, dass es so ist, aber man hat es nicht leicht mit ihr.«

»Man hat es mit Nonnie nicht leicht, und mit meiner Mama war es manchmal auch nicht einfach. Vielleicht hatten sie das gemeinsam.«

»Macy Jane konnte nichts dafür.«

»Ich weiß.« Sie schmiegte ihre Wange in seine Hand wie beim ersten Mal, als sie Liebe gemacht hatten. »Sie wusste, dass ein paar Kinder in der Schule sich wegen ihr über mich lustig gemacht haben. Einmal ist sie deshalb tagelang aufgeblieben und hat für die ganze Schule Pekannuss-Plätzchen gebacken, in der Hoffnung, ich würde dadurch beliebter.«

»Das ist wirklich nett. Hat es funktioniert?«

»Nicht so richtig.« Sie lachte. »Statt Backpulver hatte sie einfach Backsoda genommen.«

»Ich nehme an, das ist nicht austauschbar.«

»Nicht mal annähernd. Ihre Plätzchen schmeckten nach Natron. Alle fünfhundert. Nicht mal der Nachbarshund wollte sie fressen.«

Jetzt lachte sie darüber, doch er konnte sich vorstellen, dass es damals nicht lustig gewesen war. Er konnte die Scham in ihren Augen praktisch sehen. Wahrscheinlich hatte er sie sogar gesehen. Vivien, bis ins Mark gedemütigt, die jedoch nach außen Gleichgültigkeit vortäuschte. Die vortäuschte, dass ihr nichts wehtun konnte. Die zuschlug, bevor sie geschlagen wurde. Er schlang die Arme um sie und küsste sie auf den Scheitel. Damals hatte er sie nicht verstanden. Doch jetzt verstand er sie, und er spürte ein Rucken, wie wenn an seiner Trommelschleifmaschine der Kettenantrieb einrastete und verheerenden Schaden im Inneren anrichtete. Wenn er nicht aufpasste, würde Vivien verheerenden Schaden in ihm anrichten.

An jenem Abend, als sie mit dem Rücken an ihn geschmiegt dalag, wie sie es liebte, dachte er an den Tag, an dem er sie ein letztes Mal zum Flughafen bringen würde. Der Tag, an dem sie abreisen und nicht mehr zurückkommen würde. Bei dem Gedanken fühlte er sich innerlich kalt und leer.

Sie waren übereingekommen, dass sie auf lange Sicht nicht zusammengehörten. Außerhalb des Schlafzimmers passten sie nicht zusammen. Außer wenn sie im Kutschenhaus waren und die Sachen ihrer Mutter zusammenpackten. Oder bei ihm zu Abend aßen oder mit offenem Verdeck im Mercedes fuhren. Er freute sich immer darauf, sie am Flughafen abzuholen, und er würde sie wahnsinnig vermissen.

In den kommenden drei Wochen kam sie im Kutschenhaus weiter voran. Er packte die Ladefläche seines Trucks mit Kartons für Goodwill voll und half ihr dabei, die »Behalten«-Kisten an einem Ende des Wohnzimmers zu stapeln. So sehr er auch dagegen ankämpfte, das leise Rucken in seinem Herzen wurde stärker, und jedes Mal, wenn er Vivien zum Flughafen brachte, spürte er, wie die Kette ein bisschen mehr einrastete. Jedes Mal, wenn sie abreiste, fiel es ihm ein wenig schwerer, sie gehen zu sehen, doch selbst wenn sie weg war, war sie noch präsent. Er brauchte nur den Fernseher einzuschalten und ihren Auftritt in der *Today Show* anzuschauen, wo sie ihre Rolle in *Psychic Detectives* promotete. Oder er sah sie im Supermarkt beim Anstehen an der Kasse auf dem Titelblatt irgendeiner Modezeitschrift. In dem rosa Federkleid, das sie trug, und mit dem Hut mit einem Vogel obendrauf hätte sie lächerlich aussehen sollen, aber das tat sie nicht. Er kaufte die Zeitschrift, um den Artikel zu lesen, nur um festzustellen, dass darin statt ihrer Person nur ihre Kleidung abgehandelt wurde. Dafür gab es darin eine schöne Fotoserie von ihr. Ihm gefiel vor allem die Schwarzweiß-Aufnahme von ihr mit Korsett und Motorradstiefeln. Ihm gefielen alle ihre Bilder, aber auf keinem davon war die echte Vivien. Er hatte Spaß daran, sie im Fernsehen zu sehen, aber sie so nahe bei sich zu haben, dass er sie berühren konnte, war viel besser. »Ich hab die Rolle!«, rief sie, als sie das nächste Mal in seinen Truck sprang. Ein breites Lächeln ließ ihr Gesicht erstrahlen. »Die Dorothy-Parker-Rolle.«

An dem Abend lud er sie zu einem schicken Essen in sein Lieblingsrestaurant ein, um mit ihr zu feiern. Er trug einen blauen Anzug, und sie hatte den Rock und die Bluse an, die sie an dem Tag getragen hatte, als sie im Kutschenhaus Sex gehabt hatten. Sie saßen in einer Nische im hinteren Teil des Restaurants, tranken Champagner und aßen Steaks mit Kartoffelpüree. Das Essen war vorzüglich und dekadent, aber nicht so vorzüglich und dekadent wie seine Erinnerung an sie, als er ihr den Rock von den Hüften hatte gleiten lassen.

»Woran denkst du gerade?«, fragte sie mit einem Lächeln, das ihre roten Lippen umspielte.

»An dich. Und mich. An diese roten Schuhe und das Reihenhaus deiner Mama.«

»Dachte ich's mir doch, dass ich diesen Blick kenne.«

»Ich wusste nicht, dass ich einen besonderen Blick habe.«

»Doch, das hast du, Henry. Er ist schläfrig und raubgierig zugleich.«

Schläfrig und raubgierig? »Klingt beängstigend.«

»Du machst mir keine Angst mehr, Henry.«

»Hattest du denn je richtig Angst vor mir, Darlin'?«

»Todesangst.«

»Vorhin, als ich dir in der Dusche den Rücken gewaschen habe, schienst du aber keine Todesangst zu haben.«

Sie lachte. »Ich bin eine ausgebildete Schauspielerin, und mein Rücken musste geschrubbt werden.« Ihr Lachen erstarb, und sie warf ihre Serviette auf den Tisch. »In ein paar Wochen beginnen die Dreharbeiten. Dann bin ich nicht mehr so oft in Charleston.«

»Wenn die Dreharbeiten beendet sind, sollten wir uns eine abgelegene Insel suchen, wo wir am Strand liegen und den ganzen Tag Rum aus Kokosnüssen trinken können.« Er nahm ihre Hand. »Bis dahin freue ich mich darauf, Zeit mit dir zu verbringen, wenn du wiederkommst.«

»Ich freue mich immer auf die Zeit, die ich mit dir verbringe, Henry.« Sie senkte den Kopf, und ihr Lächeln strahlte ihn über den Tisch hinweg an. »Wenn ich weg bin, denke ich an dich. Oft. Du bist mir wichtig. Ich vertraue dir und ...«

»Oh mein Gott! Zahara West!«, kreischte ein Mädchen aufgeregt, während es sich ihrem Tisch näherte. »Sie sind es wirklich!« Weitere Mädchen im Teenageralter und ein Junge mit einer hochkomplizierten Frisur gesellten sich zu ihr. Sie sprachen schnell, als müssten sie noch rasch alles loswerden, bevor ihnen die Köpfe abgehackt wurden, und Henry saß da und fragte sich, was Vivien ihm hatte sagen wollen, bevor sie von Science-Fiction-Fans unterbrochen worden waren, die die *Raffle*-Filme anscheinend für real hielten.

»Der letzte *Raffle*-Film war meeegageil«, schwärmte der Junge. »Sie waren ...«

»*Zaharas Rache* war ...«

Sie hatte gesagt, dass sie an ihn dachte und dass er ihr wichtig war.

»Und als Sie den intergalaktischen Calabrone-Funkstreifenwagen kurzgeschlossen haben ...«

Er wünschte, sie hätte nicht gesagt, dass sie ihm vertraute.

»Und der sotarischen Horde entkommen sind!«

Sie alle hielten eine Hand hoch und riefen: »Widerstand! Rebellion! Triumph!«

Henry blickte von den aufgeregten Teenagern zu Vivien. Sie wirkte nervös, belustigt und vielleicht auch ein bisschen verängstigt. Ihm an Viviens Stelle wäre das Ganze hochnotpeinlich, und er würde längst nach dem Hinterausgang Ausschau halten.

»Wir sind bei den Kings-Street-Cosplayers ...«

»Ich bin Commander Trent ...«

»Vixen Star Chaser ...«

»... können Sie nur einmal ›Offen und frei für alle Menschen!‹ sagen? Oder vielleicht ...«

»Dürfen wir ein Foto mit Ihnen machen?«

Ihre Mundwinkel senkten sich einen Tick. »Sehr gern.«

Henry gab dem Kellner ein Zeichen und griff nach seiner Geldbörse. »Wir sind in Eile«, sagte er, als er ihm seine Karte reichte.

»Können Sie das Foto machen?« Einer der *Raffle*-Fans drückte Henry ein Handy in die Hand, bevor Vivien überhaupt antworten konnte.

»Klar.«

Sie scharten sich um Vivien und riefen: »Tod der sotarischen Tyrannei!«, während Henry das Foto machte. Sobald er das Handy zurückgegeben hatte, unterschrieb er seine Kreditkartenquittung und legte fürsorglich die Hand unter Viviens Ellbogen. »Können wir gehen?«

»Ja.« In ihrem Blick lag Dankbarkeit, und als sie zu seinem Wagen liefen, fragte sie: »Freust du dich jetzt immer noch darauf, mich wiederzusehen?«

»Immer.« Sie wurde ihm auch wichtig. Vielleicht zu wichtig. So sehr, dass er beim nächsten Mal, als er sie zum Flughafen brachte, das Gefühl hatte, als würde sie ein Stück von ihm mitnehmen und einen Hohlraum in seiner Brust zurücklassen. »Ich muss dir was sagen, bevor ich gehe«, verkündete sie, als er wieder einmal ihre letzten Koffer von seinem Truck lud.

Das klang nicht gut. Er stand am Charlestoner Flughafen am Straßenrand, die Abgase der Busse verpesteten die drückende Luft und Autos hupten auf den Abfahrtsspuren. Sie hinterließ nicht nur ein sauber ausgehöhltes Loch in seiner Brust. Es fühlte sich eher an, als würde sie ihn zerreißen. Er senkte den Blick auf ihren Strohhut und fragte: »Wird mir das gefallen?«

»Ich hoffe es.« Der Flughafenbegleiter nahm ihre Gepäckstücke, und sie hob den Kopf, um Henry anzusehen. Ihre grünen Augen wurden ernst. »Weißt du noch, als ich zu dir gesagt habe, dass du dich mit anderen verabreden kannst?«

»Ja.«

»Das nehme ich zurück. Ich will nicht, dass du dich mit anderen Frauen triffst.«

»Heißt das, ich bin mehr als nur dein Sexobjekt?«

»Ja.«

Er lachte erleichtert auf. »Ich soll also die vielen Dates absagen, die ich mir für die Zeit organisiert habe, in der du weg bist?«

»Mach dich nicht über mich lustig.« Sie runzelte die Stirn,

und ihr Mundwinkel zuckte. »Ich bin dabei, mich in dich zu verlieben, Henry.« Damit machte sie auf dem Absatz ihrer roten Pumps kehrt, und bevor sie weglaufen konnte, zog er sie an seine Brust und tauchte unter die Krempe ihres Hutes. Sein Mund fand ihren, und er küsste sie lange und leidenschaftlich und legte alles in den Kuss, was er für sie empfand. Alles, was er mit Worten nicht ausdrücken konnte. Angst und Sehnsucht und dass er sich vielleicht auch in sie verliebte. »Guten Flug.«

Sie setzte ihre Sonnenbrille auf, die die tiefe Furche zwischen ihren Augenbrauen verbarg. Den Ausdruck kannte Henry. Er hatte ihn in den enttäuschten Gesichtern der Frauen aus seiner Vergangenheit gesehen. Sie hatte mehr von ihm hören wollen. »Okay.« Dann zwang sich die Schauspielerin Vivien Rochet zu einem strahlenden Lächeln. »Okay.« Als sie sich diesmal von ihm abwandte, hielt er sie nicht auf.

Ich bin dabei, mich in dich zu verlieben. Wenn Frauen das sagten, hieß das Henrys Erfahrung nach mehr als das. Es bedeutete, dass es schon passiert war, und sie austesteten, ob er ihre Gefühle erwiderte. Es bedeutete Liebe. Wahre Liebe. War Vivien in ihn verliebt? War es wahre Liebe? War er auch in sie verliebt, oder war es nur intensive Lust, die ihn ganz wild und wahnsinnig machte? Sie war wieder in sein Leben geschneit und hatte es auf den Kopf gestellt, das Innere nach außen gekehrt und seine Gefühle Achterbahn fahren lassen. Er hatte keine Ahnung, was er für sie empfand, außer tiefer Zuneigung, verzehrender Leidenschaft und einem hohen Maß an Schuldgefühlen. Er wusste nicht, was er davon halten sollte, außer es für eigentlich unmöglich zu halten.

Vivien Rochet führte ein gigantisches Leben. Er hatte seines gesundgeschrumpft. Er liebte seine neue Arbeit und die Ruhe, die er darin gefunden hatte. Sein Leben war in Charleston, ihres in Hollywood. Auch wenn sie im Bett gut zusammenpassten, so waren ihre Lebensweisen gegensätzlich. Sie passten nicht zusammen, und falls er das jemals vergessen sollte, würde seine Mutter ihn jederzeit daran erinnern.

»Wann kommt Vivien zurück?«, fragte sie, ausgestreckt wie eine Katze auf der Chaiselongue im roten Salon.

»Ich weiß nicht genau«, log er. Er wusste den Tag und die genaue Stunde ihrer Rückkehr. Zurzeit war sie in Tokio, wo sie für unverschämt viel Geld einen Werbespot für Honda drehte, und würde in zwei Tagen nach Charleston zurückkehren. Er schlug das Bein über, legte den Knöchel aufs Knie und zupfte an der Bügelfalte seiner Khakihose. Vor drei Tagen hatte er Vivien am Flughafen abgesetzt. Vor drei Tagen hatte sie ihm gesagt, dass sie dabei wäre, sich in ihn zu verlieben. Drei Tage, in denen er zu ergründen versucht hatte, was genau er für sie empfand. Nicht, dass es viel zu ergründen gegeben hätte. Er hatte sich auch in sie verliebt. Schlicht und einfach, nur dass es nicht so schlicht und einfach war. Sie hatte ihm vertraut, obwohl sie es nicht hätte tun dürfen, und er fühlte sich schuldig deswegen. Jetzt musste er nur noch herausfinden, wie er mit diesen Schuldgefühlen umgehen sollte.

»Mich hältst du nicht zum Narren.« Nonnie griff nach einem Teegedeck auf dem Tisch neben ihr. »Ich weiß, dass du und Vivien eine Affäre habt. Habt ihr wirklich geglaubt, ihr könntet es geheim halten?«

Seit dem Abend am Begräbnistag ihrer Mutter hatte sie jede Nacht mit ihm verbracht, wenn sie in der Stadt war. Er hatte gar nicht versucht, es geheim zu halten. »Wie geht's Spence?«

»Dein Bruder schlägt über die Stränge.« Sie hob die Teetasse an ihre Lippen. »Er ist hochkant aus seinem Country Club rausgeflogen, weil er mit einer aufgedonnerten Dirne zu einem Galadinner aufgekreuzt ist.«

Er hatte seinen Bruder seit dem Abend nicht mehr gesehen, an dem er davon gesprochen hatte, dass er nach Key West abhauen und sich in eine Mischung aus Hemingway und Jimmy Buffet verwandeln wollte. »Spence ist ein großer Junge. Er wird schon noch zur Vernunft kommen.«

»Er bringt Schimpf und Schande über die Familie.«

»Wir werden's überleben.«

»Ich weiß nicht, ob unser Ruf sich je davon erholen wird. Und deshalb musst du diskret mit der Sache mit Vivien umgehen und dich von deiner besten Seite zeigen.«

»Wir stecken aufgrund *deines* Verhaltens in diesem Schlamassel«, erinnerte er sie.

Ihr Blick verengte sich, als sie ihre Teetasse wieder auf die Untertasse auf dem Tisch stellte. »Denk an deine Umgangsformen, Henry.«

Vorhin war er bei einer Besprechung in der Handelskammer gewesen und hatte gedacht, er könnte auf dem Heimweg noch kurz bei seiner Mutter vorbeischauen. Sozusagen zwei Fliegen mit einer Klappe schlagen. Schlechte Idee. »Ich bin vorbeigekommen, um zu sehen, wie es dir geht.« Er lehnte sich an die Lehne der karmesinroten Couch zurück und streckte die Arme auf der Rückenlehne aus. »Und nicht, um mir eine Standpauke wegen Vivien anzuhören. Sie geht dich nichts an.«

»Und ob sie mich etwas angeht. Seit dem Tag, als sie und Macy Jane ins Kutschenhaus gezogen sind, ist sie mich was angegangen.«

»Ich dachte, ihr hättet das Kriegsbeil begraben, du und Vivien.«

Nonnie runzelte die Stirn. »Es gab nie ein Kriegsbeil, Henry. Sie war noch ein Kind, und es war nicht ihre Schuld, dass Macy Jane nicht in der Lage war, für sie beide zu sorgen. Ich habe nichts gegen Vivien. Sie hat sich zu einer verantwortungsvollen Frau gemausert. Bewundernswert, wenn man bedenkt, welch ein Albtraum sie früher war. Ihre Mutter war sehr stolz auf sie, und sie hatte allen Grund dazu.«

Henry tippte mit dem Finger auf die Armlehne aus Holz mit reicher Schnitzornamentik, sagte aber nichts. Wozu sich die Mühe machen? Er und Spence hatten schon in jungen Jahren gelernt, dass es zwecklos war, mit ihr reden zu wollen, um sie umzustimmen. Es war so unmöglich, dass sie es nicht einmal versuchten. Wenn sie sie nicht niederrangen und knebelten, würde sie ungefragt zu allem ihren Senf dazugeben. Sie war seine Mutter, und er erwies ihr den Respekt, wenigstens so zu tun, als würde er ihr zuhören, nur um dann zu tun, was ihm gefiel. Und es gefiel ihm, mit Vivien zusammen zu sein. Und es würde ihm sogar noch mehr gefallen, wenn sie nach Charleston zurückkehrte.

»Der Großteil von Macy Janes Nachlass ist geregelt. Ich werde mit Vivien darüber sprechen, ob sie mir das Kutschenhaus verkauft. Dann wird es für sie keinen Grund mehr geben, nach Charleston zurückzukommen.« Sie griff wieder nach ihrer Teetasse. »Es sei denn, um dich zu sehen.« Sie blickte zu ihm herüber. »Wenn du verstehst, was ich meine.«

»Ich habe schon verstanden.«

»Du musst Vivien in Ruhe lassen. Du hast sie jetzt lange genug von deinem Bruder abgelenkt. Je schneller sie weg ist, umso besser.«

Nicht für ihn, und er hatte nicht die geringste Absicht, Vivien in Ruhe zu lassen. »Für wen, Mutter?«

»Für uns alle. Ich hatte dich gebeten, sie abzulenken. Nicht mit ihr zu schlafen.«

Er kam sich vor, als wäre er wieder sechzehn, und seine Mutter schalt ihn, weil er mit »Dirnen« ausging, die er im Piggly Wiggly oder in Jean's Sunshine Café kennengelernt hatte. Ganz nette Mädchen, die keine Dirnen gewesen waren, deren Nachnamen jedoch nicht in Charlestons Geschichtsbüchern vorkamen. Und genau wie damals schoss er zurück. »Wir schlafen nicht viel, Mutter.«

»Ich lege keinen Wert auf Details.« Sie schürzte die Lippen. »Du bist ein guter Sohn, Henry. Du tust immer, was für die Familie das Beste ist.«

»Ja«, sagte er, und die schwere Last der Familienverantwortung drückte ihn noch stärker nieder als sonst. »Du kennst mich. Mir ist keine Aufgabe zu degoutant.«

»Es besteht keine Veranlassung mehr, Vivien weiter hinzuhalten«, fuhr sie fort, als hätte sie die Bitterkeit in seiner Stimme nicht registriert. »Lass sie jetzt in Ruhe, damit sie nach Hollywood zurückkehrt, wo sie hingehört.«

In der Eingangshalle blitzte etwas Blaues auf und zog seine Aufmerksamkeit auf sich. Dort stand Vivien und starrte ihn fassungslos an. Ihre Wangen waren so rot, als hätte jemand sie geohrfeigt. »Du bist nicht in Japan?«, kam aus seinem Mund, während sein Gehirn noch versuchte, ihr plötzliches Erscheinen zu verarbeiten.

Ihr Blick wanderte zu seiner Mutter und kehrte zu ihm zurück. Einer ihrer Schuhe fiel ihr aus den Händen, und sie machte abrupt kehrt und verschwand, fast als wäre sie nie da gewesen. Außer dass er die Fersen ihrer nackten Füße in dem Schweigen widerhallen hörte. Er fragte sich, was sie mitgehört hatte, und ihrem Gesicht und ihrem schnellen Rückzug nach zu urteilen befürchtete er zu viel.

»Tja, jammerschade.« Nonnie bestätigte seine Angst. »Aber ich glaube, so ist es am besten. Jetzt kann sie nach Hause zurückkehren, ohne das Gefühl zu haben, es würde sie noch irgendetwas hier halten.«

Henry stand auf und fühlte sich, als wäre er gegen die Brust getreten worden. Vivien würde nirgendwohin gehen. Nicht, wenn er noch ein Wörtchen mitzureden hatte. »Ich weiß, dir gefällt nichts besser, als andere herumzukommandieren und dir selbst zu gratulieren, wenn du glaubst, dass du Erfolg damit hast, aber ich war nicht mit Vivien zusammen, weil du es befohlen hast.« Er wandte sich zur Tür und sagte über seine Schulter: »Ich habe so viel Zeit wie möglich mit ihr verbracht, weil ich es wollte, und das hatte überhaupt nichts mit dir zu tun.« Er bückte sich und hob Viviens Stöckelschuh auf. »Sie geht nirgendwohin.« Nicht, wenn er es verhindern konnte. »Ich will sie hier bei mir haben.«

»Henry.« Nonnie schwang ihre Beine über die Kante der Chaiselongue. »Vivien ist nicht die passende Frau für dich. Ich mag sie, aber ihr Platz in der Gesellschaft ist unter dir.«

»Ich lasse mir von dir nicht vorschreiben, wer passend ist

und wer nicht.« Er zeigte mit dem Finger auf sie und dann auf seine zornerfüllte Brust. »Das ist meine Entscheidung, und ich entscheide mich für Vivien.« Er ließ die Hand sinken. »Und du hältst dich da raus.«

»Wir können die Umstände ihrer Geburt nicht außer Acht lassen. Du weißt, da lässt sich nichts beschönigen.«

Gott, sie klang, als hätten sie 1850 und stünden im Salon von Whitley Hall. Er warf seiner Mutter einen Blick über die Schulter zu. »So wie bei mir?«

»Das ist nicht dasselbe, Henry. Du hast Whitley-Blut.«

»Gemischt mit Olivier. Nicht mal dein blaues Blut konnte einen einfachen Möbeltischler aus Sangaree salonfähig machen. Stimmt's?«

KAPITEL 16

DAS TAGEBUCH DER VIVIEN ROCHET
Finger weg! Lesen bei Todesstrafe verboten!!

Liebes Tagebuch!
Nach Papas Tod hat Mama keine Kinder mehr bekommen, aber ich wünschte, ich hätte einen Bruder. Eine Zeit lang habe ich mir eine Schwester gewünscht, damit sie mir die Hälfte meiner Haushaltspflichten abnehmen könnte und wir Klamotten tauschen könnten. Aber jetzt will ich lieber einen Bruder, glaube ich. Wenn ich einen Bruder hätte, könnte er Bubba für mich vermöbeln. Und Henry und Spence auch. Ich würde meinem Bruder meine Leck-mich-Liste geben, und er könnte sie für mich abarbeiten.

Liebes Tagebuch!
Mama zwingt mich wieder, nach Texas zu fahren. Ich will da nicht hin. Kathy mag mich und Mama nicht. Sie sagt, Mama benutzt ihre Traurigkeit, damit die Leute sie bemitleiden. Das stimmt nicht und es ist gemein. Bevor wir letzten Sommer aus Texas weggefahren sind, habe ich Onkel Richies Fliegenrute kaputtgemacht, weil Geschwister füreinander einstehen sollten. Ich hab zu Mama gesagt, dass ich nie wieder nach Texas fahren will. Sie hat

geantwortet, wir müssten sein wie Jesus und einander lieben und verzeihen. Ich habe ihr gesagt, dass ich nicht wie Jesus sein will. Immerhin wurde er ans Kreuz genagelt. Danach musste ich den ganzen Sommer lang in die Kirche gehen. Sogar als Mama wieder die Traurigkeit bekam und selbst nicht ging, hat die Gottesanbeterin mich mitgenommen. Echt fies. ☹ ☹ ☹

Liebes Tagebuch!
Jetzt wo ich einen BH habe, kriege ich bestimmt auch bald meine Periode. Letzte Woche hatte ich Magenkrämpfe und dachte schon, es hätte angefangen, aber es kam bloß vom Laufen im Sportunterricht. Die Lehrerin in der Schule hat gesagt, man soll es Menstruation nennen. Meine Mama nennt es ihren monatlichen Besucher. Lottie sagt, ihre Schwester nennt es Haiwoche. Autsch!! Wenn ich meine Periode bekomme, weiß ich nicht, wie ich sie nennen werde. Die Lehrerin hat gesagt, die Menstruation dauert vier bis sechs Tage. Mama sagt, in unserer Familie kommt der monatliche Besucher nur zwei Tage. Sie sagt, dass ich froh darüber sein werde.

Liebes Tagebuch!
Ich habe in letzter Zeit viel über Jungs nachgedacht. Was, wenn ich keinen Jungen finde, der mich heiratet? Mama sagt, ich habe noch viel Zeit, bevor ich mir darum Sorgen machen muss, aber ich finde, ich sollte schon mal eine Liste von all den Dingen aufstellen, die ich mir von einem Ehemann wünsche, damit ich nicht jemanden kriege wie Mamas neuen Freund Keith. Ich nenne ihn Mief, weil er zu sehr nach Herrenparfüm riecht.

Dinge, die ich mir von einem Ehemann wünsche
1) Großes Haus mit Pool
2) Kann Sachen reparieren, damit unsere Tür nicht drei Monate kaputt ist
3) Gutaussehend wie Jonathan Taylor Thomas
4) Ich muss darauf vertrauen können, dass er nicht anderen Mädchen Stoffhunde und Life Savers schenkt
5) Stinkt nicht

Demnächst mehr.

KAPITEL 17

Vivien saß am Küchentisch ihrer Mutter. Kartons mit Porzellan und Silber waren gepackt und warteten nur darauf, dass sie einen Lagerraum dafür anmietete. Sie hätte schon mehr geschafft haben müssen. Das ganze Haus hätte längst ausgeräumt und für den Putztrupp bereit sein sollen, aber sie hatte ihre Zeit mit Henry verbracht, statt sich um den Nachlass ihrer Mutter zu kümmern.

Ihr blauer wildlederner Pumps plumpste von ihrem Schoß. Sie war zwei Tage früher aus Japan zurückgekommen, weil sie Henry hatte überraschen wollen. Sie wischte die Träne, die ihr über die Wange lief, mit dem Handrücken weg.

Als sie ihn das letzte Mal gesehen hatte, hatte sie ihm gesagt, dass sie dabei wäre, sich in ihn zu verlieben. Er hatte zwar nicht gesagt, dass er sich auch in sie verliebte, aber sie war sich so sicher gewesen, dass auch er etwas für sie empfand. Sie war sich seiner so sicher gewesen, dass sie einen früheren Flug genommen hatte und mit dem Taxi zum Kutschenhaus gefahren war. Sie war sich so sicher gewesen, dass er dasselbe empfand, dass sie eine Überraschung für ihn geplant hatte. Sie hatte sich die blaue Unterwäsche anziehen wollen, die sie passend zu ihren dreizehn Zentimeter hohen Pumps gekauft hatte. Da sie wusste, wie sehr Henry ihre Pumps gefielen, hatte sie alles bis ins Detail geplant. Sie hatte ihn anrufen wollen, um ihm zu sagen, dass sie wieder da war, und wenn er an ihre Tür geklopft hätte, hätte sie ihm in Unterwäsche und Highheels aufgemacht.

»Überraschung!« Nur, dass sie diejenige gewesen war, die überrascht worden war. Zuerst von Henrys Truck in der Einfahrt und dann von dem, was sie im Salon gehört hatte.

Ein dumpfer Schmerz legte sich um ihre Stirn. Der Jetlag machte ihr zu schaffen. Sie war müde. Vielleicht hatte sie Nonnie missverstanden. Vielleicht hatte sie Henry gar nicht sagen hören, dass sie eine unangenehme Pflicht wäre, oder dass Nonnie ihm für seine Hinhaltetaktik gedankt hatte. Sie wollte es nicht glauben. Henry war nicht der Typ, der Spielchen mit Frauen trieb. Er war nicht so gemein. Er würde ihr niemals wehtun.

Oder doch? Kannte sie Henry überhaupt? Vivien wünschte, sie könnte die Zeit zurückdrehen. Eine halbe Stunde zurückgehen und sich stattdessen vom Taxi zum Haus in der Rainbow Road bringen lassen. Zurück zu dem Moment, in dem sie glücklich und aufgeregt darüber war, wieder in Charleston zu sein, und es kaum hatte erwarten können, Henry zu sehen. Zurück zu dem Moment, in dem ihr vor Vorfreude leicht ums Herz gewesen war, bevor ihre Illusion geplatzt war.

»Vivien«, rief Henry, Sekunden bevor er in der Küchentür erschien, mit ihrem zehenkneifenden Mörder-Pumps in der Hand, den sie ausgezogen hatte, bevor sie das Herrenhaus betreten hatte. Er sah sie an und machte den Mund auf, als wollte er etwas sagen, schloss ihn jedoch wieder, als sei es sinnlos.

»Sag mir, dass es nicht wahr ist.«

»Es ist nicht so, wie es aussieht.«

Sie wünschte, er hätte es abgestritten. Vivien schloss die Augen und schlug die Hände vors Gesicht. Es stimmte also. Sie hatte sie beide richtig verstanden, und sie war ein Dummkopf gewesen, jemals daran geglaubt zu haben, dass sie einem von beiden auch nur annähernd etwas bedeutete. Sie spürte, wie er sie an den Handgelenken packte und ihr die Hände vom Gesicht wegzog.

»Vivien, du verstehst nicht, worum es ging.« Er ließ sich vor ihr auf einem Knie nieder.

»Was daran verstehe ich deiner Meinung nach nicht?« Sein attraktives Gesicht war auf derselben Höhe wie ihres, und sein dunkler Blick bohrte sich in ihren, als wären sie wieder Kinder, und er wollte wissen, was in ihrem Kopf vorging. »Dass Nonnie stolz auf dich war, dass du mich von Spence ferngehalten hast?«

»Vivien.«

»Oder dass ich eine unangenehme Pflicht bin?«

»Es ist nicht so, wie du denkst.«

»Dann sag mir, dass ich nicht gehört habe, wie Nonnie gesagt hat, dass du mich hingehalten hast.« Jetzt war es an ihr, in seinem Blick nach etwas zu suchen, das den Schmerz verscheuchen würde.

»Du musst verstehen ...«

»Dann mach es mir verständlich«, unterbrach sie ihn mit einer Stimme, die ihn anflehte, es wiedergutzumachen. Es ungeschehen zu machen, damit sie an den warmen, angenehmen Ort zurückkehren konnte, an dem sie sich beschützt und geborgen gefühlt hatte. Wo seine starken Arme ihr das Gefühl gegeben hatten, zum ersten Mal im Leben festen Boden unter den Füßen zu haben. »Erklär mir, warum du mir das angetan hast.«

Er schloss die Augen und öffnete sie wieder. »Das hat nichts mit dir zu tun.« Er strich sich mit beiden Händen die Haare aus dem Gesicht und wirkte dabei, als wollte er seinen Schädel zerdrücken. »Es ist wegen Spence.«

»Was hat Spence mit mir zu tun?«

»Er benimmt sich seit seiner Scheidung daneben.«

»Was? Das ergibt keinen Sinn.« Aber heute ergab nichts einen Sinn. »Ich versteh's nicht. Ich habe Spence seit der Beerdigung meiner Mutter überhaupt nicht mehr gesehen.« Sie atmete tief durch, an den gezackten Scherben ihres gebrochenen Herzens vorbei. »Was habe ich dir je getan, dass du mich so verletzen willst?«

»Ich wollte dich nicht verletzen, Vivien. Du bist der letzte Mensch, dem ich wehtun wollte, aber Spence hätte dich weiter angebaggert, nur um sich zu amüsieren.«

Sie stand auf und ging weg, um Distanz zwischen sich und Henry zu bringen. Tränen tropften aus ihren Augen, und sie versuchte nicht einmal, sie aufzuhalten. »Also hast du dich stattdessen mit mir amüsiert.«

»Ich hab mich nicht amüsiert. Ich habe die ganze Idee für eine Zumutung gehalten.«

»Aber für keine so große Zumutung, dass du es nicht getan hättest. Glaubt ihr, dass ich mich grundsätzlich bei Männern nicht beherrschen kann oder nur bei Whitley-Shulers?«

»Überhaupt nicht.« Er stand auf und trat auf sie zu.

»Du hast deine Zeit verschwendet, Henry. Ich fühle mich nicht im Geringsten zu deinem Bruder hingezogen. Er hätte mich so oft anbaggern können, wie er wollte, und es hätte nichts daran geändert.« Sie schüttelte den Kopf und lachte bitter. »Hat Nonnie dir befohlen, mit mir zu schlafen? Gehörte das zu ihrem Plan?«

»Es gab keinen Plan, Vivien. Ich sollte Spence von dir fernhalten. Das war alles. Ich wollte mit dir schlafen, weil *ich* es wollte. Und du wolltest mich auch.«

»Ich hab es euch so leicht gemacht. Du brauchtest nicht einmal zu *versuchen,* mich ins Bett zu kriegen.« Ihre Augen brannten. »Ich bin ganz von allein reingehüpft.«

»Nichts an dir ist leicht zu haben.« Er wollte nach ihr greifen, doch sie wich ihm aus.

»Ich habe dir vertraut, und du hast mich angelogen.« Er hatte ihr Vertrauen *und* ihr Herz gebrochen.

»Ich hab dich nicht angelogen.«

»Und ob du das hast. Jedes Mal, wenn du mir das Gefühl gegeben hast, du wolltest mit mir zusammen sein, und jedes Mal, wenn du mir weisgemacht hast, dass ich dir wichtig bin, hast du gelogen.« Sie wischte sich eine Träne von der Wange. »Alles war gelogen. Gott, selbst während ich es ausspreche, fällt es mir schwer, es zu glauben.«

»Du bist mir aber wichtig, Vivien.«

»Und ich bin drauf reingefallen.« Wieder griff er nach ihr, und wieder wich sie zurück. »Und alles nur, weil du nicht wolltest, dass ich bei Spence lande.«

Er sah sie nur an. Sein Schweigen sagte mehr als Worte.

Sie schüttelte den Kopf. »Da ist irgendwas, das ich nicht verstehe. Warum solltest du dich für deinen Bruder opfern?«

»Es war kein Opfer.«

»Das ist so beleidigend.« Wieder wischte sie eine Träne fort. Sie wünschte, ihre Augen würden mit dem Tränen aufhören. Sie war schließlich Schauspielerin. Sie sollte mehr Selbstbeherrschung haben, aber Henry gegenüber hatte sie sich noch nie beherrschen können. »Was ist an Spence so besonders, dass du ihn vor mir retten musstest?« Sie legte die Hand auf ihre Brust.

»Spence ist nicht besonders. Es gibt nur Dinge über Spence, die du nicht weißt.«

»Ist er verrückt?« Spence war ihr immer vollkommen normal vorgekommen. »Ist er ein verrückter Perversling oder ein Serienkiller?« Sie ließ die Hand wieder sinken.

»Natürlich nicht. Er ist manchmal leichtsinnig, aber er ist ein guter Kerl.«

»Das erklärt nicht, warum du dich vor einen Bus geworfen hast, um ihn zu retten.« Sie wischte sich mit der Hand über die Nase. »Ich habe die Wahrheit verdient.«

Er atmete tief durch und sah ihr in die Augen. »Das stimmt, aber ich weiß nicht so recht, ob ich derjenige bin, der es dir erzählen sollte. Macy Jane hätte es dir sagen müssen.«

»Was hat meine Mama mit all dem zu tun? Was hat meine Mama mit Spence zu tun?«

Er stieß den Atem aus, den er angehalten hatte, und lief zur Theke. Er zupfte ein Taschentuch aus der Schachtel und reichte es ihr.

Sie schnappte es sich und hätte sich fast bedankt. »Was ist so Besonderes an deinem Bruder, dass ihr mich alle vor ihm beschützen musstet?«

Er sah sie lange an. Dann sagte er: »Du und Spence, ihr habt denselben Vater.«

»Was?« Ihr war, als hätte er gerade gesagt, dass ihr Vater auch Spence' Vater gewesen sei.

»Du und Spence habt denselben biologischen Vater.«

»Jeremiah Rochet?« Erst hatte er ihr seelische Schmerzen zugefügt, und jetzt brachte er sie durcheinander.

»Nein, Vivien. Fredrick Shuler.«

»Mein Vater ist Jeremiah Rochet.« Sie wischte mit dem Kleenex unter den Augen und legte die Hand auf die Brust. »Ich hab dir doch erzählt, dass er vor meiner Geburt umgekommen ist. Auf einem Dreimastschoner, der in der Floridastraße gesunken ist.«

»Während er Kubaner rettete, ich erinnere mich.«

»Ich hab den alten Zeitungsartikel noch.« Gott, noch während sie es sagte, klang es wie eine Lüge. »An dem Tag sind alle Rochets ums Leben gekommen.«

»Dein leiblicher Vater ist Fredrick Shuler.«

Sie ging zu einem Stuhl und setzte sich, bevor ihre Knie nachgaben. »Nein. Das hätte Mama mir doch gesagt.«

»Denk mal darüber nach, Vivien.« Er setzte sich auf einen Stuhl neben ihr und griff nach ihrer Hand. »Findest du es nicht ein bisschen zu praktisch, dass alle Rochets auf See geblieben sind, sodass du nie einen von ihnen treffen konntest?«

»Es hätte sein können.« Sie hatte die Zeitung mit eigenen Augen gesehen. Und auf ihrer Geburtsurkunde war Jeremiah Rochet als ihr Vater angegeben.

»Du und Macy Jane habt im Kutschenhaus gewohnt.«

»Weil wir Angestellte waren und deine Mutter es uns geschenkt hat.«

»Meine Mutter hatte nichts damit zu tun. Als ihr eingezogen seid, war sie sogar stinkwütend.« Er hielt inne und drückte ihr die Hand. »Macy Jane war Fredricks Geliebte, und er hat ihr das Kutschenhaus geschenkt. Wahrscheinlich hätte er ihr noch mehr vermacht, aber er ist gestorben, ohne euch finanziell abzusichern.«

»Das ist doch lächerlich.« Sie entzog ihm ihre Hand und verschränkte die Arme. Wenn das alles stimmte, hatte ihre Mutter sie ihr ganzes Leben belogen. Wenn das stimmte, hatten die Frauen, die sich immer gesorgt hatten, dass selbst die harmloseste Lüge das arme Jesuskind zum Weinen brachte, über etwas so Wichtiges wie Viviens Vater gelogen. Es war verrückt, und sie konnte es nicht begreifen. »Du willst mir weismachen, dass Fredrick Shuler mein Vater ist und Spence mein Bruder?«

»Ja. Ich weiß, das klingt jetzt alles verrückt, aber Jeremiah Rochet war nur irgendein Mann, der praktischerweise um den Tag deiner Geburt herum gestorben ist.«

Sie dachte an Spence' Gesicht, als er sie wegen der Goldenen Himbeere aufzog, während er die Hand an ihrem Knie hinaufgleiten ließ. Sie schnappte nach Luft und spürte, wie ihr Herz sich verkrampfte. »Spence hat mich angebaggert!«

»Weil er es nicht weiß.« Henry schüttelte den Kopf. »Ihm hat es auch nie jemand gesagt.«

Spence wusste es nicht. Sie wusste es nicht. Wer wusste es noch, außer ihrer Mama, Nonnie und ... *Henry*? »Das ist doch krank!« Sie sprang auf, während das Blut aus ihrem Kopf wich. »Ihr seid doch alle krank.« Sie wich vor ihm zurück. »Wenn Spence mein Bruder ist, dann bist du ...« Ihr Finger zitterte, als sie auf ihn deutete. »Dann bist du auch mein Bruder, und wir ...« Ihr Gehirn weigerte sich zu begreifen, dass Henry ihr Bruder war und sie mit ihm geschlafen hatte. Ihr war schlecht, und sie bekam keine Luft. »Es ist kein Geheimnis, dass ein paar von euch Whitleys Cousinen ersten Grades geheiratet habt. Aber Geschwister ... einander ...« Sie verbarg ihre brennenden Wangen mit ihren Händen. »Oh mein Gott, eure Familie ist so krank.«

»Vivien.« Er stand auf und sah sie finster an. »Ich bin nicht dein Bruder.«

»Aber wenn ... wenn ... Spence es ist, dann ...«

»Mein leiblicher Vater ist nicht Fredrick Shuler.«

Sie ließ die Hände wieder sinken. »Was?« Was zum Teufel war hier los? Ihr Vater war nicht ihr Vater. Henrys Vater war nicht sein Vater. Ihre Mutter war eine Lügnerin. Spence war ihr Bruder. Es war alles zu viel, und ihr Gehirn wurde wohltuend empfindungslos.

»Mein Vater ist, war«, korrigierte er sich, »ein Mann, der auf Whitley Hall gearbeitet hat. Fredrick hat meine Mutter geheiratet, als sie mit mir im dritten Monat war.«

Wenn das stimmte, hatte sie keinen Inzest begangen, gelobt sei das Jesuskind. Aber wenn der Rest stimmte, war der verrückte Spence ihr Bruder und Fredrick Shuler ihr Vater, Nonnie war eine selbstgerechte Heuchlerin und ihre Mama eine dicke, fette Lügnerin. Und Henry hatte so getan, als würde er etwas für sie empfinden, um das alles geheim zu halten. Sie hatte ihm vertraut. Sie hatte sich in ihn verliebt, und es war alles eine Lüge.

Er legte die Hände auf ihre Arme und senkte den Kopf, um ihr in die Augen zu sehen. »Tut mir leid, dass du es auf diese Art herausfinden musstest.«

Ihr Gehirn mochte vom Schock und von der Informationsüberflutung wie benommen sein, aber nicht so sehr, dass sie vergaß, dass sie sich verliebt hatte, während Henry sie zum Narren gehalten hatte.

»Jetzt verstehst du, warum ich dich von Spence fernhalten musste.«

»Klar, ich verstehe. Ich verstehe, dass du mich benutzt und manipuliert hast, damit ihr eure Geheimnisse bewahren konntet. Ich verstehe, dass ich heute zurückgeeilt bin, damit ich bei dir sein konnte. Du hast mich dazu gebracht, dir zu vertrauen und mich in dich zu verlieben, dabei war alles nur eine Lüge.« Sie schluckte heftig. »Ich komme mir so dumm vor.«

»Du bist nicht dumm, und was ich für dich empfinde, ist keine Lüge.« Er sah ihr in die Augen. »Vivien, ich habe mich auch in dich verliebt.«

»Hör auf, Henry.« Sie ballte die Hände zu Fäusten und verschränkte die Arme, um ihm keine Ohrfeige zu geben. Sie glaubte ihm keine Sekunde. »Hör auf zu lügen.«

»Ich lüge nicht.«

»Warum versuchst du mich noch mehr zu verletzen, als du es schon getan hast? Was habe ich dir jemals getan?« Sie zermarterte sich das benebelte Hirn nach einer Antwort. »Ist es, weil ich als Kind in deinen Sachen geschnüffelt und den Rasenjockey zerbrochen habe?«

»Ich versuche nicht, dich zu verletzen. Ich versuche dir zu sagen, dass ich dich liebe, und du hörst mir nicht zu.«

»Ich glaube nicht, dass ich je etwas so Schlimmes getan habe, dass ich das verdiene.« Sie bekam Ohrensausen wie immer, kurz bevor sie sich übergeben musste. »Bitte geh.«

»Hast du gehört, was ich gesagt habe?«

»Dieses Haus steht zwar auf dem Grundstück deiner

Mama, aber jetzt gehört es mir.« Sie hielt inne und reckte das Kinn in die Höhe, als wäre ihr nicht gerade der Boden unter den Füßen weggezogen worden. Als hätte sie kein Ohrensausen und keine Bauchschmerzen. »Anscheinend wollte mein Vater, dass ich es bekomme, und ich will, dass du jetzt gehst.« Obwohl sie die Worte aussprach, kamen sie ihr immer noch nicht real vor.

Seine Augen wurden dunkel, während seine Wangen erblassten. »Ich liebe dich, und du hast gesagt, dass du mich auch liebst, Vivien.«

Gott, er war ein besserer Schauspieler als die meisten Typen, die sie in Hollywood kannte, aber nicht besser als sie. »Ich habe gelogen.« Mit gebrochenem Herzen und zerbrochenem Leben fragte sie: »Na, wie fühlt sich das an, Henry?«

Es fühlte sich beschissen an und wurde noch um einiges beschissener. Jetzt, wo die Familiengeheimnisse aus dem Sack waren, gab es noch einen Menschen, der die Wahrheit erfahren musste. Der es aus erster Hand erfahren musste. Direkt von Nonnie.

»Es ist dein Geheimnis.« Henry sah seine Mutter durch das Zimmer hinweg an, wo sie wie ohnmächtig auf dem pfirsichfarbenen Ruhebett ihrer Urgroßmutter lag. Aber sie täuschte niemanden. Die Frau war in ihrem ganzen Leben noch nie ohnmächtig gewesen. »Sag du es ihm.«

Spence sah von einem zum anderen. »Was für ein Geheimnis?«

Henry hatte fast den ganzen Tag und die halbe Nacht gebraucht, doch schließlich hatte er seinen Bruder im Griffon Park in der Nähe von Waterford Park gefunden, wo er River

Dog trank und Nachos aß. Jetzt, wo Vivien die Wahrheit wusste, war es höchste Zeit, dass es auch Spencer erfuhr.

Nachdem sie das Erdgeschoss abgesucht hatten, hatten sie ihre Mutter in ihrem Abendkaftan im Salon am Hauptschlafzimmer gefunden, wo sie stetig dem Wein zusprach. Sie setzten sich auf eines ihrer Sofas, ein Familienerbstück aus einer protzigen Ära und total unbequem. Statt zu antworten, hob Nonnie ein Glas mit französischem Bordeaux an ihre Lippen.

»Erzähl mir nicht, dass du stirbst.« Mit echter Sorge im Blick wandte Spence sich wieder an Henry. »Sie kann gar nicht sterben! Dazu ist sie viel zu zäh.«

Henry runzelte die Stirn. »Sie stirbt nicht.«

»Wenn du unbedingt willst, dass er es erfährt«, sagte Nonnie schließlich, »sag du es ihm.« Dass seine Mutter sich vor irgendetwas drückte, hatte er noch nie erlebt. Bis heute Abend. Ihre Augen waren klein, und sie hatte mehr getrunken als normal, aber es war ihr nicht gelungen, sich Mut anzutrinken.

»Ich wollte deine Geheimnisse niemals hüten.«

»Sagt mir, was los ist!«, verlangte Spence.

»Geheimnisse kommen immer irgendwann ans Licht.« Henry hielt den Blick auf seine Mutter gerichtet, deutete aber auf seinen Bruder neben ihm auf der Couch. »Und sieh, was passiert.«

Nonnie ließ ihr Glas sinken. »Wenn Vivien nicht wäre, wäre nichts davon passiert.«

»Vivien? Was hat Vivien mit deinen Geheimnissen zu tun?«

Keiner machte sich die Mühe, Spence zu antworten. »Das ist nicht Viviens Schuld.« Als er mit Spence in die Einfahrt gefahren war, war er nicht umhingekommen, zur Kenntnis zu nehmen, dass es im Kutschenhaus dunkel war und das Verandalicht nicht brannte. »Sie ist genauso ein Opfer wie Spence. Eigentlich noch mehr.«

»Was zum Henker geht hier vor?«

Resigniert drehte sich Henry um und sah seinen Bruder an. »Hast du dich je gefragt, warum Macy Jane und Vivien im Kutschenhaus in unserem Garten gewohnt haben?«

»Nein.« Er schüttelte den Kopf. »Irgendwer musste ja dort wohnen.«

Was nur bestätigte, was Henry immer geargwöhnt hatte. Spence' Gedankengänge waren so tiefgründig wie eine Pfütze.

»Sie haben dort gewohnt, weil …« Er hielt kurz inne und überlegte, wie er es ihm beibringen könnte. »Vivien ist deine Schwester.«

Spence sah ihn sekundenlang an. »Du hast mich aus der Bar gezerrt, nur um mich zu veralbern?«

»Ich veralbere dich nicht. Der Grund, warum Macy Jane und Vivien im Kutschenhaus gewohnt haben, ist, dass Vivien Fredrick Shulers Tochter ist.«

»Quatsch.« Er sah seine Mutter an. »Hast du das gewusst?«

»Ja.«

»Wie lange?«

»Seit neunzehnhundertfünfundachtzig.«

»Verdammt.« Spence sank gegen die Couchlehne. »Wann hast du herausgefunden, dass wir eine Schwester haben?«

»Sie ist nicht meine Schwester. Sondern deine.«

»Wenn sie meine Schwester ist, ist sie auch …«

»Fredrick Shuler war nicht mein leiblicher Vater.«

In Spence' Augen trat derselbe Ausdruck wie in Viviens vorhin: Verwirrung, die an einen Nervenzusammenbruch grenzte. Es war verständlich. »Und wer ist dein Vater?«

»Ein Möbeltischler, mit dem Mutter sich eingelassen hat …«

»… Henry …«

»Er war nicht gut genug, um eine St.-Cecilia-Debütantin zu ehelichen, deshalb hat sie Fredrick bezahlt, damit er sie heiratete.«

»Ich habe Fred nicht bezahlt.« Seine Mutter hatte den Nerv, entrüstet zu klingen. »Über Geld zu sprechen ist vulgär.«

»Wie lange weißt du schon Bescheid?« Spence klang ernüchtert. »Über meinen Vater und deinen Vater und … alles.«

»Ich bin dahintergekommen, als ich zehn war, als wir in der Schule die Blutgruppen unserer Familien graphisch dargestellt haben.«

»Und du hast es mir nie erzählt?«

Henry richtete den Blick auf seine Mutter, die an ihrem Wein nippte. »Nein.«

»Wann hast du das mit Vivien rausgefunden?«

»Zur selben Zeit wie das mit Fredrick.«

»Was?« Spence sprang auf, plötzlich erregt, als hätte Henry die größere Sünde begangen. »Das wusstest du auch und hast mir nichts davon gesagt?«

»Nein.«

»Nein, was?«

»Nein, ich hab dir nichts gesagt.«

»Weiß Vivien davon?«

»Sie weiß es jetzt.« Und sie war nicht zu Hause und reagierte nicht auf seine SMS.

»Himmel Herrgott! Ich wäre fast mit meiner Schwester ins Bett gegangen.«

Jetzt übertrieb er aber. »Wärst du nicht.«

»Aber ich hab's versucht!«

»Versuchen und Erfolg haben sind zwei Paar Schuhe.«

»Warte.« Spencer hob eine Hand wie ein Verkehrspolizist. »Deshalb hast du sie am Tag von Macy Janes Beerdigung entführt! Ich dachte, du hättest den Schwanzblocker gespielt, weil du dich selbst für sie interessiert hast, aber das war es nicht.«

Und ob. »Mutter hat sich Sorgen gemacht, du würdest die Hand an Viviens Oberschenkel bis zu ihrer Unterwäsche hochschieben.«

Spence' Kinnlade klappte herunter. »Und du bist nicht auf die Idee gekommen, dass es besser gewesen wäre, einfach zu mir zu sagen: ›Hey, Spence, tatsch deine Schwester nicht an?‹ Du warst der Meinung, Lügen und Betrügen wäre besser, als mir die Wahrheit zu sagen?«

»Weder der richtige Zeitpunkt noch der richtige Ort.«

»Und davor?«

»Wovor?«

»Ich weiß nicht, Henry. Vielleicht hättest du irgendwann vor heute Abend die Zeit finden können, mich über das schmutzige Familiengeheimnis aufzuklären.«

»Das war nicht meine Aufgabe.« Nur es zu bewahren. »Das war Mutters und Macy Janes Entscheidung.«

»Das ist doch Schwachsinn.« Spence sah von Henry zu Nonnie und wieder zurück. Dann sagte er etwas, das Henrys

Pfützentheorie völlig zunichtemachte. »Dass sie Geheimnisse vor mir hat, wundert mich nicht. Sie ist, wie sie ist. Sie kann nicht aus ihrer Haut. Das hält sie nicht für nötig, weil sie sich für was Besseres hält.« Er deutete auf Henry. »Aber du. Du bist mein Bruder, und wir haben immer aufeinander aufgepasst. Ich habe immer zu dir aufgesehen, Henry. Du wusstest immer eine Antwort und was das Richtige war. Du warst immer der gute Sohn. Der Starke. Der Eagle Scout. Der Junge, der Princeton mit summa cum laude abgeschlossen hat, aber nie so getan hat, als wäre er besser als alle anderen.« Er schüttelte den Kopf. »Und jetzt sehe ich dich an, und du bist nicht der Mensch, den ich zu kennen geglaubt habe.« Er schluckte heftig. »Wer bist du?«

Vivien hatte ihn dasselbe gefragt. »Ich bin der Junge, der schon in jungen Jahren einen Haufen Scheiße auf sich nehmen und sein ganzes Leben mit sich herumtragen musste.« Jetzt sprang auch Henry auf. »Ich bin der Junge, der mit dir gelacht hat und dir bei den Hausaufgaben geholfen hat und auf dich aufgepasst hat, damit du an der Schule nicht schikaniert wurdest. Ich bin der Bruder, der mit dir gejagt und geangelt hat und dafür gesorgt hat, dass du nicht im Meer ertrinkst.« Er legte die Hand auf seine Brust. »Ich bin derjenige, der verantwortungsbewusst sein musste, damit du leichtsinnig sein konntest. Der Junge, der sich um alles und jeden kümmern musste. Nicht du, Spence. Ich.«

Spence schüttelte den Kopf. »Mir ist egal, wie du dich vor dir selbst rechtfertigst, es war total falsch, mir die Wahrheit vorzuenthalten. Ich verstehe, warum du es mir nicht sagen konntest, als wir Kinder waren. Ich verstehe, warum du tun musstest, was sie gesagt hat, aber jetzt …« Er sah zuerst Nonnie an, dann wieder zu Henry. »All die Jahre, Henry. In all den Jahren hättest du es mir sagen können, aber du hast es nicht getan, weil du so daran gewöhnt bist, Geheimnisse zu bewahren. Du bist so daran gewöhnt, dich der Familie unterzuordnen, egal wer dabei verletzt wird. Du folgst Mutters Befehlen kritiklos.«

»Nicht kritiklos, Spence.« Angesichts der Wahrheit, die in den Worten seines Bruders lag, spannte sich sein Kiefer an. »Ich habe oft in meinem Leben gezweifelt und mich gefragt, was richtig oder falsch ist. Wovon du keinen Schimmer hast, weil du es letzten Endes gar nicht wissen willst.«

Er schüttelte den Kopf. »Wenn du das glaubst, bist du noch verkorkster als ich.«

KAPITEL 18

Henrys Leben war ins Chaos geraten und wurde von Tag zu Tag schwieriger. Er konnte Vivien nicht ausfindig machen, und sie reagierte auch nicht auf seine Textnachrichten oder Anrufe. Seit dem Tag, an dem er ihr gesagt hatte, dass er sie liebte, und sie ihm ins Gesicht gesprungen war, war sie nicht mehr ins Kutschenhaus zurückgekehrt. Er hatte weder ihre E-Mail-Adresse noch die Kontaktdaten ihrer Assistentin. Sie hatte einmal erwähnt, dass sie in den Hollywood Hills lebte; dass ihr Viertel durch bewachte Tore gesichert sei. Er war sich ziemlich sicher, dass er die Tore überwinden könnte. Wobei das keine Rolle spielte, denn Vivien war in New York und drehte ihren Dorothy-Parker-Film. Die Sicherheitsmaßnahmen würden sehr streng sein, und an den Muskelprotzen um sie herum würde er ganz sicher nicht vorbeikommen.

Sägemehl wirbelte um ihn herum, während er ein 1,20 Meter langes Stück Zedernholz durch die Längsschnittsäge schob. Das kettenbetriebene Sägeblatt fraß genau in der Mitte eine Linie hindurch. Orangefarbene Ohrstöpsel dämpften den Lärm um ihn herum, und die schlichte papierne Atemmaske schützte seine Lungen vor dem Staub. Ein paar Meter weiter schob Hoyt ein Stück wiedergewonnenes Eichenholz durch die Abrichtmaschine.

In letzter Zeit hatte Henry etliche Angebote für Aufträge

abgegeben, bei denen wiedergewonnenes Holz aus baufälligen Scheunen und unbewohnbaren Gebäuden verwendet wurde. Vor wenigen Monaten hatte er in Richland County ein altes Grange-Hall-Gebäude gekauft. Er hatte die Tanzfläche aus Kiefernholz und die alten Schränke herausgerissen. Sobald das Holz aufgearbeitet war, hatte er es in ein Instandsetzungsprojekt in Smalls Alley gesteckt.

Henry stellte die Stromzufuhr der Säge ab und griff nach dem Zedernholz, das jetzt in gleich breite Stücke geschnitten war. Irgendwann musste Vivien zurück nach Charleston kommen. Macy Janes Habseligkeiten waren im ganzen Haus und in Kartons verteilt. Es war noch keine Woche her, seit Vivien in der Küche ihrer Mama gestanden und ihn der Lüge bezichtigt hatte. Noch keine Woche, seit er sie über Spence aufgeklärt hatte und sie ihn für alles verantwortlich gemacht hatte. Noch keine Woche, seit er ihr gesagt hatte, dass er sie liebte, was sie nicht hatte hören wollen. Noch keine Woche, und doch fühlte es sich viel länger an.

Während der Dreharbeiten würde Vivien zwischen Kalifornien und New York hin und her fliegen. Er war sich sicher, dass sie einen Abstecher nach Charleston machen würde. Und wenn sie es tat, würde er auf sie warten. Er würde sie zwingen, ihm zuzuhören, und es wiedergutmachen, doch eine Woche später war sie immer noch nicht aufgetaucht, und er machte sich langsam Sorgen, dass sie überhaupt nicht mehr zurückkam. Der Gedanke, sie niemals wiederzusehen, sie für immer zu verlieren, lastete schwer auf seinem Herzen und seiner Seele und verursachte Verspannungen zwischen seinen Schultern.

Nach der dritten Woche war Vivien immer noch nicht

aufgetaucht, und auch Spence blieb verschollen. Henry war mehrmals zur Eigentumswohnung seines Bruders in der Bay Street gefahren und hatte feststellen müssen, dass seine Post schon seit einem Monat nicht mehr abgeholt worden war. Genau wie Vivien reagierte Spence weder auf SMS noch auf Anrufe. Er beantwortete auch keine E-Mails, doch wenn Henry hätte wetten müssen, wo sein Bruder sich versteckte, hätte er sein Geld auf Key West gesetzt. Er hätte darauf gewettet, dass Spence in einem Strandbungalow saß, immer noch vor Wut schäumend, während er den nächsten großen amerikanischen Roman schrieb, ganze Kannen Mojitos auf ex trank und auf Dosenverschlüsse trat.

Das einzige Familienmitglied, das noch mit ihm sprach, war seine Mutter, aber er sprach nicht mehr mit ihr. Er bestrafte sie nicht bewusst; er hatte nur der Frau nichts zu sagen, deren streng gehütete Geheimnisse ihrer aller Leben torpediert hatten und die sich dann zurückgelehnt und sich geweigert hatte, irgendeine Schuld auf sich zu nehmen.

Er hätte seiner Mutter schon lange sagen sollen, dass sie mit ihrem Ballast selbst fertigwerden und ihn da raushalten sollte. Er hätte sich von dem Druck befreien sollen, stets dafür zu sorgen, dass ihre Namen frei von dem von Nonnie vertuschten Skandal blieben, vor dessen Enthüllung sie am meisten Angst gehabt hatte. Ihm war die Verantwortung auferlegt worden, die Familiengeheimnisse zu bewahren, und jetzt fragte er sich, warum er je geglaubt hatte, dass das wichtig war. Die Familienskandale und Geheimnisse waren den Schmerz und den Verrat, den sowohl Vivien als auch Spence am eigenen Leib gespürt hatten, nicht wert gewesen.

Er hatte seinen alten Job für die Ruhe und den Frieden

von John's Island aufgegeben. Er hatte den Druck und die Belastung seines alten Lebens hinter sich gelassen. Doch in Wahrheit hatte er nur eine Stressquelle gegen die andere eingetauscht. Dem Schmerz, den er durch seine Liebe zu Vivien in der Brust spürte, hätte er einen Herzinfarkt jederzeit vorgezogen. Damit wüsste er umzugehen. Er wüsste, wie er den Schmerz zum Verstummen brächte, bevor er begann. Er kannte die Warnsignale, aber hierbei hatte es keine Vorwarnung gegeben, und der unablässige Schmerz ließ nie nach.

Zum ersten Mal in seinem Leben konnte Henry nicht alles wieder in Ordnung bringen.

Es gab nur eine Methode, ein gebrochenes Herz wieder zu kitten. Martinis. Jede Menge Martinis. Jammerschade, dass Vivien nicht für den Rest ihres Lebens besinnungslos bleiben konnte. Irgendwann hatte sie wieder nüchtern werden müssen, und als es so weit war, hatte sie sich immer noch wie eine Närrin gefühlt, weil sie Henry liebte, und hundeelend war ihr noch obendrein.

Sie war dumm gewesen. Sie war auf eine Lüge hereingefallen, auf eine Fassade, und sie wusste nicht mehr, was echt war oder was sie überhaupt noch glauben sollte. Wie konnte etwas, das sich so real angefühlt hatte, überhaupt nicht existieren? Wie konnte sie sich immer noch einem Mann so stark verbunden fühlen, der nichts für sie empfand? Wie war das möglich?

Er hatte ihr gesagt, dass er sie liebte. Sie glaubte ihm kein Wort. Viele Männer in Viviens Vergangenheit hatten behauptet, sie zu lieben, und irgendwann hatte sie immer entdeckt, dass es entweder gelogen war oder sie in Vivien, die Schauspielerin, verliebt gewesen waren. Nicht in Vivien, die Frau. Sie waren verliebt in das Bild, das sie auf einer 9-Meter-Leinwand im örtlichen Multiplexkino sahen. Wie ihre Mutter hatte sie nie Glück in der Liebe gehabt, doch anders als ihre Mutter hatte sie sich nie Illusionen über Menschen mit dem Nachnamen Whitley-Shuler hingegeben – zumindest nicht bis vor wenigen Monaten. Bis vor ein paar Monaten hätte sie nie geglaubt, dass sie jemals von ihnen in ihrem Leben willkommen geheißen würde. Und jetzt kam sie sich so dumm vor, weil sie ihren Lügen geglaubt hatte.

Nach Macy Janes Tod war Nonnie nett und hilfsbereit gewesen, und Vivien war darauf hereingefallen. Genau wie auf Henry, und das tat am meisten weh. Dass sie sich in ihn verliebt hatte, hatte sie gewusst, aber wie tief ihre Gefühle für ihn waren, hatte sie erst gemerkt, als er ihr das Herz gebrochen hatte. Als er ihr alles wieder weggenommen hatte, als hätte ihm alles, was sie gesagt und getan und füreinander gewesen waren, nichts bedeutet. Als hätte *sie* ihm nichts bedeutet.

Sie konnte nicht anders, als jeden Augenblick zwischen ihnen noch einmal zu durchleben, jedes Gespräch, jede SMS. Es hatte sich alles so real, so wunderbar und erfrischend angefühlt. Sie hatte sich in seiner Gegenwart geborgen gefühlt, und er hatte sie glücklich gemacht. Sie hatte sich noch nie mit einem Mann so wohlgefühlt und noch nie so schlecht wie jetzt.

Henry hatte mit mehreren SMS versucht, Kontakt zu ihr aufzunehmen, und sie war sehr versucht gewesen, ihm zu antworten. Ihr Herz drängte sie, mit ihm zu reden. Ihm zuzuhören und seinen Lügen zu glauben, aber ihr Verstand wusste es besser. Nur eine Nachricht. Nur ein Anruf. Nur noch einmal seine Stimme hören, doch danach würde sie sich nur noch schlechter fühlen. Ihr Herz und ihr Verstand bekriegten sich. Hin und her, her und hin, bis ihr Verstand gewann und sie Henry ganz aus ihrem Leben strich. Bevor sie es sich anders überlegen konnte, löschte sie ihn aus allen elektronischen Geräten, die sie besaß, und änderte ihre Telefonnummer. Sie löschte ihn so ganz und gar, dass es in einem schwachen Moment, wenn ihre Gefühle ihre bessere Einsicht überwältigten, keine Möglichkeit geben würde, ihn anzurufen, ihm eine SMS oder eine Mail zu schreiben. Es war nur jammerschade, dass sie ihn nicht ganz so leicht aus ihrem Herzen streichen konnte.

In der Woche darauf funktionierte sie nur wie ein Roboter. Sie studierte ihr Drehbuch und ging den Text mit dem Drehbuchautor durch. Sie wurde mit Garderobe ausstaffiert, beginnend mit der ersten Szene, in der sie mit Zobelmantel, Glockenhut und einer elfenbeinernen Zigarettenspitze zwischen den Fingern zu Dorothy Parker werden sollte.

Tagsüber gelang es ihr, in ihrer Rolle aufzugehen, aber nachts … die Nächte waren schlimm. Dann kreisten ihre Gedanken nicht mehr um die Arbeit, und dann vergaß sie. Dann lächelte sie und dachte: »Ich kann es kaum erwarten, Henry davon zu erzählen«, oder sie schmunzelte über etwas, das er gesagt oder getan hatte. Am schlimmsten waren die Momente, wenn ihr Herz bei der Vorstellung zu hämmern begann, einen Raum zu betreten und sein Lächeln zu sehen. Das Lächeln, von dem sie geglaubt hatte, er habe es nur für sie reserviert. Doch dann fiel ihr ein, dass das Lächeln genauso falsch gewesen war wie der Rest von ihm, und Tränen rannen unkontrollierbar aus ihren Augen. Nicht in Strömen, sondern in Tropfen so stet und unablässig wie der Schmerz.

Sie versuchte sich einzureden, dass sie nicht mit einem Mann zusammen sein wollte, der nicht mit ihr zusammen sein wollte. Sie war mehr wert. Sie verdiente etwas Besseres, als von Henry und seiner Mutter zum Narren gehalten zu werden. Sie war schon vorher zum Narren gehalten worden. Aufgrund von Geld oder Ruhm, aber nie wegen des Blutes, das durch ihre Adern floss.

Sie hasste Nonnie, doch im Nachhinein war sie nicht allzu überrascht. Aber Henry – Henry hatte Nonnies Plan noch einen Schritt weiter getrieben. Er hatte Vivien in sich verliebt gemacht, und dafür hasste sie ihn. Sie hasste ihn dafür, dass sie die Zärtlichkeit seiner Hände vermisste und das funkelnde Kribbeln, das er über ihre Haut jagte. Sie hasste ihn für die Wärme seiner Brust, an die sie sich im Schlaf gedrückt hatte. Sie hasste es, jeden Morgen immer noch mit gebrochenem Herzen aufzuwachen.

Aber am meisten hasste sie es, ihn zu vermissen.

Die nächsten zwei Monate verbrachte sie mit Dreharbeiten in New York und lenkte sich ab. Um sechs Uhr morgens musste sie am Set sein, dann brauchte es zwei Stunden für Make-up, Frisur und Garderobe, um sie in eine Theaterkritikerin für *Vanity Fair* von 1918 zu verwandeln. Tagsüber hatte sie keine Zeit, sich wegen der ausgeklügelten Lügen ihrer Mutter zu verzehren. Sie flüchtete sich in die Rolle, versenkte sich in einen Verstand, der so scharf war wie ein Skalpell. Doch nachts spielte es keine Rolle, wie müde sie war, wenn sie in ihr Hotelzimmer kam. In dem Moment, in dem ihr Kopf auf das Kissen sank, rasten ihr Fragen durch den Kopf, die ihre Mutter ihr nie mehr beantworten können würde. Wozu diese Lüge? Die Wahrheit war so viel einfacher. Hatte Oma Roz es gewusst? Und Onkel Richie? Wer hatte gewusst, dass ihre Mutter die Geliebte von Fredrick Shuler gewesen war und nicht die Witwe des armen Jeremiah Rochet?

Zum einen Henry, und der hatte sie wie einen Wasserfall über die heiligen Rochets reden lassen, die auf See geblieben waren, während sie Kubaner retteten. Er hatte danebengesessen, während sie sich darüber ausgelassen hatte, wie gern sie ihren Vater kennengelernt hätte, und nichts dazu gesagt.

Zum anderen Macy Jane. Ihre Mutter hatte ihren Mädchennamen offenbar legal ändern lassen. War das so einfach und willkürlich gewesen wie ein Artikel im *Post and Courier*? Wann hatte sie sich diese Geschichte ausgedacht? Vor oder nach Fredricks Tod?

Und am allerwichtigsten, wie hatte ihre Mutter das Geheimnis dreißig Jahre lang bewahren können? Manchmal war sie nicht einmal in der Lage gewesen, die Wochentage auseinanderzuhalten, ganz zu schweigen von den Details einer komplizierten Lüge.

Doch wenn Vivien genauer darüber nachdachte, war sie sich ziemlich sicher, dass Nonnie sich die Geschichte zurechtgelegt und ihre Mutter dazu gebracht hatte, sich damit einverstanden zu erklären. Irgendwie war es ihr gelungen, die Frau, die selbst die harmloseste Lüge gehasst hatte, dazu zu bringen, bei ihrer Intrige mitzuspielen. Vivien wusste nicht, wie Nonnie das erreicht oder welches Druckmittel sie verwendet hatte. Irgendwann wollte sie ihre Erzfeindin damit konfrontieren und von ihr Antworten bekommen, aber dafür war es noch zu früh. Und es würde auch morgen oder nächste Woche noch zu früh sein.

Auch nicht zwei Monate später, als sie die Dreharbeiten in New York beendete. Ihr verwundetes Herz musste noch heilen, und sie hätte vielleicht sogar einen Abstecher nach Charleston gemacht, um die Gottesanbeterin zur Rede zu stellen, wenn sie dabei nicht Gefahr gelaufen wäre, Henry wiederzusehen. In gewisser Weise war das schlimmer als der Tod ihrer Mutter. Sie vermisste ihre Mutter, aber sie wusste auch, dass es kein zufälliges Wiedersehen mehr geben würde. Sie konnte die Hand nicht nach ihr ausstrecken. Konnte ihr nicht auf Google oder LinkedIn nachstellen oder nach öffentlich verfügbaren Daten bei Behörden suchen. Der Tod war endgültig, doch die anhaltende Liebe zu Henry schnitt tief in ihre Seele.

In den zwei Wochen, in denen sie in Paris drehte, hielt ihre Liebe immer noch an, und auch auf den Partys, auf denen sie lächelte und plauderte, aber sich innerlich leer fühlte. Sie hielt vor allem nachts an, wenn sie allein zu Bett ging und sich an Henrys Zärtlichkeiten erinnerte, und wenn sie daran dachte, dass er seine magischen Hände nicht hatte von ihr lassen können. Sie erinnerte sich, wie sie mit dem Rücken an seiner Brust eingeschlafen war, ihren Po an sein Becken gedrückt, und sich dabei zum ersten Mal im Leben sicher und geborgen gefühlt hatte.

In dem Bemühen, das Durcheinander ihrer Gefühle zu verstehen, las sie Bücher über Trennungen und Artikel über Treuebruch im Internet. Sie nahm sich die Ratschläge zu Herzen und praktizierte die Kunst, sich selbst zu lieben, mehr als einen Mann, der nur in ihrer Vorstellung existierte. Als sie Mitte August nach Hause zurückkehrte, schmerzte ihr Herz nicht mehr ganz so sehr, und sie dachte nicht mehr den ganzen Tag an Henry. Ihre Tränen waren getrocknet, und mit jedem Tag spürte sie, wie sie Henry etwas weniger liebte. Sie rechnete jetzt jeden Tag damit, absolut nichts mehr zu spüren.

Die zweite Hälfte des Filmes sollte in den Paramount Studios gedreht werden, und Vivien beabsichtigte, die dringend benötigte Drehpause zum Schlafen zu nutzen. Sie war erschöpft und litt unter Jetlag und hatte sich einen grippalen Infekt eingefangen, der ihr abends leichte Übelkeit bereitete.

»Ich hab Ihnen Orangen und Airborne besorgt«, verkündete Sarah, als sie Viviens Zimmer betrat und die Tüte an ihrer rechten Hüfte aufs Bett plumpsen ließ.

»Orangen sind gegen Erkältungen, und Airborne muss man nehmen, *bevor* man krank wird.« Sie drehte sich auf den Rücken und blickte in das missbilligende Gesicht ihrer Assistentin auf. »Aber trotzdem danke.«

»Ich habe einen Termin beim Arzt vereinbart. Ziehen Sie sich an.«

»Jetzt?« Sie war zu müde, um irgendwo hinzugehen. »So krank bin ich auch wieder nicht.« Sie fragte sich insgeheim, ob sie nicht eher deprimiert war als krank. Das ließ sie an ihre Mutter denken und brachte sie dazu, sich um ihre eigene geistige Gesundheit zu sorgen. Von den Sorgen bekam sie ein beklommenes Gefühl, was wiederum ihren Bauch zum Rumoren brachte.

»Zack, zack, reißen Sie sich zusammen.«

Zack, zack? Sarah hatte sich in einen Feldwebel verwandelt, und sich zusammenreißen bedeutete, dass Vivien sich eine schlabberige Jogginghose und einen Kapuzenpulli anzog.

»Sie werden umkommen in der Hitze«, warnte Sarah sie, als sie in Viviens BMW aus der Einfahrt fuhren.

Sarah hatte recht, aber Vivien hatte nicht die Absicht, das zuzugeben. Sie hatte ihrer Assistentin nichts von Henry erzählt, nicht nachdem Vivien ihr Vorträge über männliche Schlampen und Liebeskummer gehalten hatte. Sie würde Sarah gegenüber niemals zugeben, dass sie ihren eigenen Rat nicht befolgt hatte. Sie wusste zwar nicht, ob Henry ein Gigolo war, aber er war ein herzensbrecherisches Arschloch, und sie sagte sich, dass sie froh sein konnte, ihn los zu sein. *Du bist wunderbar*, sagten all ihre Trennungsbücher ihr. *Du verdienst jemanden, der genauso wunderbar ist.*

Als Vivien und Sarah in der Klinik ankamen, betraten sie den Gebäudekomplex durch eine Seitentür. Ein Lastenaufzug brachte sie zwei Etagen höher, wo Vivien Blut abgenommen bekam und in einen Becher pinkelte.

»Ist Ihnen mal aufgefallen, dass es in Behandlungszimmern nach Arznei riecht und die Tapeten immer scheußlich sind?«

»Nein.« Sie sah sich um und ließ die Weinreben-Tapete mit violetten und grünen Weinbeeren auf sich wirken. »Hier drin sieht's aus wie in Romano's Maccaroni-Grill.«

»So was von out.« Sarah reichte Vivien das *US*-Magazin. »Jemand hat am Set in New York eine Aufnahme von Ihnen gemacht.«

Vivien war das egal. Sie legte sich auf die mit Papier bedeckte Liege zurück. Entweder war sie depressiv oder hatte irgendeinen Krebs. Von dem man viel schlief. Schlafkrebs.

Der Arzt kam herein und setzte sich auf einen der allgegenwärtigen Rollhocker. Er schlug ihre Krankenakte auf und sah zu ihr auf. »Sie haben keine Grippe.«

»Das ist gut«, mutmaßte sie, als sie sich auf die Ellbogen stützte.

Er stand auf und nahm sich eine dieser speziellen Ärzte-Diagnostiklampen von der Wand. Er schob ein schwarzes kegelförmiges Plastikteil auf das Ende und schnappte sich einen Holzspatel. »Wann hatten Sie Ihre letzte Periode?«

»Periode?« Sie rechnete zurück und setzte sich ganz auf. »Vielleicht im Juli.«

»Sagen Sie ahhh.«

»Ahhh.«

Er nahm den Zungenspatel aus ihrem Mund und warf ihn in einen Abfalleimer mit Klappdeckel. »Könnte es Ende Mai gewesen sein?«

Sie hielt still, während er in ihre Nase sah. »Nein. Ich bin mir ziemlich sicher, dass es im Juli war, weil ich zu der Zeit in Paris war.«

Er untersuchte ihre Ohren und warf den kleinen schwarzen Kegel in den Abfalleimer. »Sie sind schwanger.«

Der Deckel klappte zu, und Vivien hatte den Eindruck, gehört zu haben, wie er sagte, sie sei schwanger. »Was?«

»In der elften Woche.«

Sarah schnappte nach Luft. »Ach du heilige Scheiße!«

»Das ist nicht möglich. Ich ...« Sie konnte nicht schwanger sein. In der elften Woche? Das waren fast drei Monate. Sie würde doch wissen, wenn sie schwanger war. Oder? Sie dachte an ihre Perioden, und ja, sie hatte zwei nicht bekommen, und die im Juli war nur sehr schwach ausgefallen. Sie hatte nicht viel darüber nachgedacht, weil ihr Zyklus immer verrücktspielte, vor allem wenn sie viel Stress hatte. Sie hatte nur mit einem Mann Sex gehabt, und der hatte ein Kondom benutzt ... außer das eine Mal, als es gerissen war, aber wie groß war die Wahrscheinlichkeit? Es konnte nicht stimmen. Der Arzt musste ihr ein falsches Testergebnis gegeben haben. Einer dieser falschen positiven Befunde. »Das glaube ich nicht.« Klar, denn der Gedanke, dass sie ein Baby von Henry bekommen könnte, war schlichtweg unbegreiflich.

»Sie sind schwanger.« Er zeigte ihr die Untersuchungsergebnisse, doch ihr Gehirn weigerte sich noch immer zu glauben, was sie mit eigenen Augen sah.

»Nein. Das ist unmöglich«, schimpfte sie, aber um sicherzugehen schickte sie Sarah auf der Heimfahrt noch schnell zu Walgreens, um einen Schwangerschaftstest zu holen. Sarah, stets auf alles vorbereitet, kaufte gleich drei. Alles verschiedene Marken, nur zur Sicherheit.

»Ärzte machen Fehler«, erklärte sie, während sie gemeinsam die drei weiß-blauen Stäbe betrachteten. »Ich habe von einem Mann gehört, der sich an der Prostata operieren lassen wollte und stattdessen das Bein abgenommen bekam.«

»Ich glaube, das ist eine Großstadtlegende wie Bloody Mary.«

»Oder der Slenderman.«

Sarah lachte. »Die ist so armselig.«

Vivien hob den Blick von den Stäben und lachte ebenfalls. »Als Kind dachte ich immer, man explodiert, wenn man gleichzeitig Pop Rocks isst und Cola trinkt.«

»Ach, das stimmt sogar. Ich kannte einen Jungen, dessen Katze explodiert ist.« Vielleicht hätte Vivien auf mehr Informationen über die Möglichkeit von Katzenexplosionen gedrängt, aber Sarahs lautes Luftschnappen hielt sie davon ab. »Ich sehe eine rosa Linie auf dem hier. Oh mein Gott, Chefin, da kommt noch eine rosa Linie.«

»Lassen Sie mal sehen.« Die zweite Linie war so schwach, dass es nicht zählte.

»Dieser hier hat ein blaues Plus.«

Vivien betrachtete zur Sicherheit auch den zweiten Test. Sie riss ihn Sarah aus der Hand, während ihr Gesicht ganz taub wurde. »Er könnte kaputt sein«, sagte sie, aber der dritte Test war digital, und auf dem Display leuchteten die Worte: schwanger, 5+ Wochen auf.

»Sie sind schwanger«, verkündete Sarah, während sie mit dem weiß-blauen Stab wedelte, als müsste er trocknen.

»Das darf doch nicht wahr sein.« Vivien setzte sich auf einen Küchenstuhl. »Ich glaube es nicht.«

»Ich mache einen Termin bei Ihrer Gyn, Sie sind in der Phase der Verleugnung.«

Vivien gefiel diese Phase. Sie machte ihr das Leben leichter, und sie beschloss, darin ein Zelt aufzuschlagen und unbeirrt weiter in der Phase Verleugnung zu kampieren. Sie lebte recht glücklich im Land der Verleugnung, bis zu dem Tag, an dem ihre Frauenärztin ihr durchsichtigen Glibber auf den Bauch spritzte und auf dem Bildschirm des Ultraschallgeräts der Umriss eines Babys erschien. Sie sah Arme und Beine und ein schlagendes Herz.

»Es ist ein Junge«, stöhnte Sarah. »Und mein Gott, sehen Sie sich nur das Ding an.«

»Das ist die Nabelschnur«, informierte die Ärztin sie trocken. »Das Geschlecht können wir erst in ein paar Monaten bestimmen.«

»Oh.«

Schwanger. Sie war schwanger mit Henrys Baby. Was zum Teufel sollte sie tun? Sie hatte keine Ahnung, aber als sie später ganz allein war, erinnerte sie sich an ihr Gespräch mit Henry über die Entscheidung, die er und Tracy Lynn vor langer Zeit getroffen hatten. Er hatte gesagt, er hätte mehr Schuldgefühle gehabt als alles andere. Damals wie heute gab es nur zwei Optionen, und sie musste sich für eine entscheiden.

Sie setzte sich mit einem Notizblock hin und erstellte eine Liste mit dem Pro und Contra:

Henrys Lügen und Verrat
1) Herz schmerzt immer noch beim Gedanken an Wiedersehen mit Henry – contra
2) Eine lebenslange Erinnerung daran, dass die Whitley-Shulers mich zum Narren gehalten haben – contra
3) Keine Familie, die mich unterstützt – contra
4) Nonnie wäre für immer in meinem Leben – contra contra contra
5) Karriere – contra. Schauspielerinnen mit Kindern werden weniger oft engagiert als Schauspielerinnen ohne.
6) Werde fett – contra
7) Mögliche Dehnungsstreifen – contra
8) Der Schmerz, ein Baby aus meiner Vagina zu drücken – Autsch! – contra.
9) Henry Whitley-Shuler ist ein A-loch – contra.
10) Henry Whitley-Shuler ist ein Riesena-loch – contra.

Als sie fertig war, hatte Vivien eine ganze Liste auf der Contra-Seite und nichts auf der Pro-Seite. Kein einziges Argument. Sie dachte an den winzigen weißen Umriss auf dem Ultraschall. Sie dachte, wie unmöglich es war, zu diesem Zeitpunkt in ihrem Leben ein Baby zu bekommen.

Sie griff nach dem Telefon.

Henry griff nach dem Schlüssel oben auf dem Türrahmen und schloss die Tür von Viviens rosa Reihenhaus auf. Alles war zur Zufriedenheit der Historical Society in Charleston instand gesetzt. Das Haus war bereit, auf den Markt gebracht zu werden. Er lief noch ein letztes Mal hindurch und wurde von Erinnerungen übermannt. Der Garten erinnerte ihn an den Nachmittag, an dem er Vivien im Dreck wühlend vorgefunden hatte, wie sie in der Küche Tee getrunken hatte, und an ihre grünen Augen, die ihn über den Tisch hinweg ansahen. Sie hatte sich über den strengen Geruch seiner Glücksjacke beschwert, nachdem er in den strömenden Regen hinausgerannt war, um sie für sie zu holen.

Im Wohnzimmer erinnerte er sich an ihren misstrauischen Blick, als sie sich die Renovierungsarbeiten angesehen hatte, und wie sie ihn einen hinterhältigen Mistkerl genannt hatte, weil er Macy Jane angeblich übervorteilt hatte. Er erinnerte sich an den Tag, an dem sie mit den roten Schuhen und der roten Bluse ins Wohnzimmer gekommen war. Er erinnerte sich an den Sex und an das gerissene Kondom. Er erinnerte sich an jedes Wort und jede Berührung, doch drei Monate, nachdem sie aus seinem Leben verschwunden war, schnitt die Erinnerung nicht mehr wie ein Messer durch sein Herz. Sie war nur ein dumpfer, kontrollierbarer Schmerz.

Henry trat durch die Terrassentüren nach draußen und steckte den Schlüssel in die Tasche seiner Jeans. Er musste ihn auf dem Heimweg im Maklerbüro abgeben, doch zunächst hielt er kurz am Kangaroo Express, um vollzutanken und sich ein Sechserpack Dosenbier zu besorgen. Er schnappte sich ein Twix King Size und stellte sich an die Kasse. Er war der Dritte in der Schlange und rief noch schnell Hoyt an, um mit ihm über eine baufällige Tabakscheune zu sprechen, die er in Marion County aufgetan hatte. Sie war in schlechtem Zustand, aber immer noch rettenswert. »Ich hab sie für zwei Riesen bekommen«, erklärte er, während die Frauen vorn in der Schlange für einen Energydrink und eine Packung Camel zahlten. »Aber wir müssen sie selbst abreißen und den ganzen Schutt wegschaffen.«

»Kein Problem. Ich mache gern Abrissarbeiten.«

Was einer der Gründe war, warum Hoyt einen so nützlichen Mitarbeiter abgab. Er war gebaut wie ein Schrank und liebte anspruchslose Routinearbeiten. »Ich fahr ein paar Mal hin und hol alles weg.«

Der Junge, der als Nächster in der Reihe stand, zahlte mit einer Handvoll Kleingeld für ein Slurpee. Als er einen Vierteldollar fallen ließ, folgte Henrys Blick ihm, als er sich danach bückte. »Ich kann ihn als ...« Seine Stimme erstarb, als seine Aufmerksamkeit auf den *National Enquirer* im Gestell an der Kasse fiel und dort kleben blieb. Der Junge richtete sich wieder auf und versperrte Henry die Sicht.

»Entschuldigung«, murmelte er und griff vor den Jungen. Er zog das Boulevardblatt aus dem Gestell und starrte auf das Bild von Vivien, die irgendwo eine Straße entlangging und Eis schleckte. Die Paparazzi hatten sie beim Essen erwischt, aber es war nicht das Eis, das seine Aufmerksamkeit erregte. Es war der vergrößerte rote Kreis um ihren Bauch und der rote Pfeil, der darauf deutete. »Babybauch?« stand dort in fetten schwarzen Lettern geschrieben. Henry starrte auf den roten Kreis und auf Viviens Bauch und spürte, wie das Blut aus seinem Kopf wich. Er befürchtete schon, ohnmächtig zu werden. Direkt hier im Kangaroo Express.

»Boss? Bist du noch da?«

»Ja. Ich ruf dich wieder an.« Er legte auf und trat aus der Warteschlange. Sein Sechserpack Bier balancierend, blätterte er zur Mitte der Zeitschrift. Dort war dasselbe Bild noch einmal vergrößert abgedruckt, und er konnte eine leichte Wölbung erkennen, als hätte sie eine Grapefruit verschluckt. Er betrachtete das Foto genau. Für ihn sah es aus, als feierte sie eine Eiscreme-Orgie wie früher als Kind.

»Aus Viviens engstem Vertrautenkreis wird eine Schwangerschaft der Schauspielerin weder bestätigt noch dementiert«, las er. Die Boulevardpresse erfand ständig irgendwelche Geschichten. Wie zum Beispiel, dass er in einer Sportbar in der King Street ihren BH betatscht hatte.

Er ließ den Blick zu ihrem wunderschönen Gesicht und ihrer großen dunklen Sonnenbrille gleiten. An der BH-Geschichte war ein Körnchen Wahrheit gewesen. Er hatte ihn tatsächlich vom Finger baumeln lassen und ... Henrys Brauen zogen sich zusammen, und er hielt sich die Zeitung näher vors Gesicht. Direkt neben Vivien, als hätte er keine Sorge auf der Welt, schlenderte Henrys verschollener Bruder.

Während Henry in Charleston durch die Hölle gegangen war, hatte Spence in Hollywood die Puppen tanzen lassen.

KAPITEL 19

TAGEBUCH VON VIVIEN LEIGH ROCHET
Finger weg! Lesen bei Todesstrafe verboten!!

Liebes Tagebuch!
Ich soll für Geschichte einen Aufsatz über die Ursprünge meiner Familie schreiben. Ich weiß, dass ein paar von den Kindern Angehörige haben, die mit der Mayflower angekommen sind, und andere Vorfahren aus der Zeit, als South Carolina noch eine Kolonie war. Nach ihren Angehörigen sind Städte und Straßen benannt worden. Ich habe die Wurzeln meiner Mama bis 1870 zurückverfolgt und herausgefunden, dass meine Familie aus Tennessee stammt und dass sie Farmpächter waren. Mama hat mir ein Bild gezeigt, auf dem sie auf einem Stück Land stehen. Ein paar hatten keine Schuhe, aber alle Männer trugen Anzüge und Krawatten und sogar Hüte. Keiner von ihnen lächelte. ☹
Ich hätte auch nicht gelächelt. Oma Roz hat gesagt, ich soll über Großonkel Cletus schreiben, der in einem Hühnerstall gewohnt hat. Igitt!!! Ich wollte nicht über die Familie meiner Mama schreiben, die im Dreck stand und in Hühnerkacke geschlafen hat.

Liebes Tagebuch!
Das ist der Beweis, dass Spence Whitley-Shuler nicht ganz dicht ist. Heute erst waren Mama und ich mit den Damen von der Episkopalkirche im Herrenhaus. Sie haben gebetet und über die Bibel gesprochen, und ich dachte schon, ich sterbe vor Langeweile. Das einzig Gute an den Damen von der Episkopalkirche ist, dass sie Gebäck und Tee mitbringen. Der Eklige Spence und Arschgesicht Henry sind aus den Frühjahrsferien zurück, und Nonnie hat sie gezwungen, aus ihren Zimmern nach unten zu kommen und die Damen zu begrüßen. Sie waren »sehr erfreut, Sie zu sehen« und fragten: »Wie geht's Ihrer Familie?« Ganz höflich und korrekt, bis Louisa Deering fragte, ob sie von den besonderen Zuckerplätzchen der Damen probieren wollten. Da fing Spence so doll an zu lachen, dass ich schon dachte, er bekäme innere Verletzungen. Henrys Lippen haben gezuckt, und er hat seinen Bruder aus dem Zimmer gezerrt, wahrscheinlich um irgendwo eine Zwangsjacke für ihn zu suchen. Was ist so lustig an Zuckerplätzchen? Ich liebe Zuckerplätzchen. Ich würde jeden Tag Zuckerplätzchen essen, wenn Mama es mir erlauben würde. Lecker!! ☺

Liebes Tagebuch!
Echt fies!!! Ich habe meinen Geschichtsaufsatz über die Rochets geschrieben, aber ich musste ein paar Sachen dazuerfinden. Zum Beispiel, dass ich die Wurzeln meines Papas bis zur Boston Tea Party zurückverfolgt hätte. Es ist nicht gelogen, weil es stimmen könnte. Ich hätte eine Eins gekriegt, wenn ich heute nicht gepatzt und vergessen hätte, was ich geschrieben habe. ☹ Der Lehrer hat mich

gefragt, ob mein Ur-Ur-Großvater Mitglied bei den Sons of Liberty gewesen sei. Ich hatte den Aufsatz ganz vergessen und habe gesagt, dass mein Papa bei der Rettung von Kubanern gestorben sei und ich nie einen seiner Angehörigen kennengelernt hätte. Jetzt muss ich den Aufsatz noch mal schreiben. ☹ ☹ Mama war sauer und hat gesagt, groß oder klein, Lügen sind Lügen, und Jesus hasst Lügen.

Liebes Tagebuch!
Heute Morgen habe ich Bauchkrämpfe, und ich bin nirgends hingerannt. Ich glaube, ich kriege jetzt jeden Tag meine Periode.

Liebes Tagebuch!
Ich habe wieder über Jungs nachgedacht. Wenn ich heiraten will, muss ich mir überlegen, wen ich nehmen kann. Mama sagt, ich habe noch mein ganzes Leben vor mir und genug Zeit, darüber nachzudenken, aber ich finde, ich sollte jetzt damit anfangen.

Ehemann-Liste
1) Justin Timberlake
2) James Van Der Beek
3) Rider Strong
4) Zac Hanson
5) Der Junge, der bei Ben and Jerry's Eis verkauft

Demnächst mehr.

KAPITEL 20

»So lässt sich's leben.« Spence hob die leere Hand, als hielte er ein Glas darin. »Auf Hollywood, meine Liebe.«

Durch ihre Katzenaugen-Sonnenbrille sah Vivien in das Drehbuch vor ihr. Unter der weißen Überdachung ihrer Sonnen-Cabaña direkt am Pool lag sie zusammengerollt auf der Seite und las die Regieanweisungen: *Dorothys Gefühle hinsichtlich ihres Umzugs nach Hollywood und ihrer Ehe mit Alan sind zwiespältig.* Gerade, als sie ihren Text aufsagen wollte, piepste Spence' Handy, und er fiel aus der Rolle.

»Allmächtiger! Die fünfte SMS von Henry in einer Stunde.« Er warf sein Drehbuch auf seine Liege. »Er hat das Titelblatt vom *Enquirer* gesehen, und es liest sich, als wäre er stinksauer.«

Vivien hob den Blick. »Na und? Soll er doch stinksauer sein. Ich habe nicht *ihn* geschwängert.« Sie warf das Drehbuch beiseite und streckte sich auf den Leinenkissen aus. Vor der schattigen Cabaña tauchte die kalifornische Sonne zwölf griechische Statuen in helles Licht, die aus Urnen Wasser in einen kunstvoll gekachelten Pool gossen. Das Haus hatte vorher einem fünfundzwanzig Jahre alten Computerspiel-Entwickler mit mehr Geld als Verstand gehört. Aber Vivien musste zugeben, dass das Geräusch des plätschernden Wassers aus den Urnen nachts entspannend war.

»Wann willst du mit Henry reden?«, fragte Spence, während er unter der Cabaña heraustrat und zu einer Sonnenliege ein paar Meter entfernt ging.

»Keine Ahnung.« Sie hatte das Thema gemieden. Sie wollte ihren aktuellen Film abdrehen, bevor sie über Henry nachdachte, aber irgendwann würde sie es ihm sagen müssen, oder Henry würde ihr von sich aus auf die Pelle rücken. »Die Dreharbeiten sind am Freitag abgeschlossen, und dann schlafe ich erst mal eine Woche. Danach denke ich drüber nach.«

»Ich weiß nicht, ob er sich noch so lange hinhalten lässt.« Spence riss sich das T-Shirt vom Leib und streckte sich aus, um sich zu sonnen. Seine Brust war vom Sonnenbad am Tag zuvor noch rot.

»Willst du wirklich keine Sonnencreme?« Wann und ob sie beschloss, mit Henry zu sprechen, war nicht seine Sache. Sondern ihre.

»Ich bin jeden Sommer am Coligny Beach. Ich werde ruck, zuck braun.«

Er sah eher aus, als würde seine Haut ruck, zuck Brandblasen werfen. Vivien kuschelte sich tiefer in die Kissen und legte die Hand auf ihren leicht gerundeten Bauch. Sie schloss die Augen und lauschte dem Wasser, das aus den Steinurnen in den Pool plätscherte. Sie war in letzter Zeit oft todmüde gewesen. Alles, was sie getan hatte, war arbeiten und schlafen. In allen Schwangerschaftsratgebern, die sie gelesen hatte, stand, dass Erschöpfung normal war. Die Liste der Verhaltensregeln für Schwangere war schwindelerregend lang. Die Gebote wie regelmäßige Arztbesuche und viel Ruhe basierten auf gesundem Menschenverstand. Die Verbotsliste war beängstigend. Sie hatte gelesen, dass sie keine Hotdogs, keinen Fisch und keine weichen Käsesorten essen durfte. Sie sollte Mikrowellengeräte, Katzenstreu und Herpes meiden. Herpes zu meiden war selbstverständlich, schwanger oder nicht, aber die anderen Sachen ... Was, wenn sie es verschwitzte und ein Hotdog aus der Mikrowelle aß? Oder wenn in einer Tostada ein Stück Brie versteckt war? Müsste sie sich den Magen auspumpen lassen?

Die Wärme der Sonne durch die Cabaña-Vorhänge lullte sie in den angenehmen Schwebezustand kurz vor dem Einschlafen. Aber in allen Babybüchern stand etwas anderes darüber, wann die erste Bewegung des Babys zu spüren sein sollte. In einem der Bücher stand nach sechzehn Wochen, in einem anderen nach zweiundzwanzig.

Sie wünschte, sie hätte jemanden außer Sarah und Spence, mit dem sie reden konnte. Sie wünschte, sie hätte ihre Mutter. Aus vielerlei Gründen – der wichtigste darunter, sie zu fragen, warum sie Vivien ihr ganzes Leben lang belogen hatte –, und weil eine Frau ihre Mutter brauchte, wenn sie ein Baby erwartete. Spence war ihr engster lebender Verwandter, und sein einziger Rat hatte gelautet, Hochprozentiges zu meiden. Worauf sie mit *Ach nee* geantwortet hatte.

Der Gedanke, dass sie einen Bruder hatte, war immer noch seltsam. Vor allem, dass es Spence sein sollte, aber sie hatte ihn noch am selben Tag kontaktiert, an dem sie ihre Contra-Liste geschrieben hatte. Ohne zu zögern hatte er alles stehen und liegen lassen und war in den erstmöglichen Flieger nach L. A. gestiegen. Er war mit einer gelben Hose, einem weißgelb karierten Hemd und einer grauen Jacke zu ihr nach Hause gekommen. Der Aufzug war überaus gewagt gewesen für einen Mann, der nicht in South Carolina lebte. Dort hatten selbst die heterosexuellsten Männer keine Angst vor Pastellfarben. Mit Ausnahme von Henry vielleicht. Ihn konnte sie sich schlichtweg nicht in einer gelben Hose vorstellen.

»Ich wusste nicht, wen ich sonst hätte anrufen sollen«, hatte sie gesagt, als er durch die Haustür trat.

»Klar.« Er hatte die Sonnenbrille hochgeschoben und den Koffer auf den Boden fallen lassen. »Ich bin dein großer Bruder.«

Das hatte so merkwürdig geklungen. Das tat es immer noch. »Ich habe mir immer einen Bruder gewünscht.«

»Jetzt hast du ja mich.« Er grinste.

»Ja. Ich hab dich und das Baby deines Bruders.« Sie hatte es als Witz gemeint, aber ihre Stimme stockte, und Tränen der Scham trübten ihren Blick. Sie gab vor, etwas im Auge zu haben, und wandte das Gesicht ab, doch er hatte nach ihr gegriffen, und sie hatte festgestellt, dass Spence' Umarmungen die besten waren. Er schlang die Arme um sie und drückte genau richtig fest zu, um überzeugend zu wirken, aber nicht so fest, dass sie keine Luft mehr bekam. Er roch nach Eau de Cologne und gestärkter Baumwolle und ganz anders als sein Bruder.

»Alles wird wieder gut«, murmelte er in ihren Scheitel. »Ich bin hier, solange du mich brauchst.«

Das war vor drei Wochen gewesen, und er schien in Charleston keinen Job zu haben, der auf ihn wartete. Soweit sie es beurteilen konnte, machte er nicht besonders viel. Tagsüber übte er Putten auf dem Übungsgrün, das die Vorbesitzer hatten anlegen lassen. Er schwamm im Pool und ließ sich bräunen. Abends flirtete er bei einem Krug Mojitos mit Sarah oder fuhr mit dem Taxi zu den wichtigsten Attraktionen der Stadt. Im Rainbow Room hatte er Tom Petty gesehen, schwor er. Im Whisky A Go-Go hatte er angeblich einem Playmate des Jahres einen Snakebite ausgegeben. Selbst wenn Vivien nicht schwanger gewesen wäre, hätte sie kein Interesse daran gehabt, ihn zu begleiten. Das kannte sie alles schon, und sie versäumte nichts.

Er trank zu viel und schlief zu lange, und jeden Tag gab er ihr die besten Umarmungen auf der Welt. Abends, wenn sie vom Dreh nach Hause kam, unterhielten sie sich stundenlang. Sie sprachen über alles Mögliche, und das Thema Henry kam immer zur Sprache.

»Ich wusste, dass zwischen euch was lief, aber ich dachte nicht, dass ihr ...« Spence hielt inne und sah sie mit gesenkten Augenbrauen an. »Wie mein Großvater es immer nannte, ›Honig gemacht habt‹.« Als sie die Nase rümpfte, lachte er. »Er war ein guter Kerl.«

Das hätte Vivien wissen sollen. Sie hätte viel mehr über ihren Großvater wissen sollen, statt zu glauben, dass Hurrikan Kate seinen Schoner vor der Küste Floridas versenkt hatte. Wenn sie an die Lüge dachte, die sie ihr ganzes Leben lang geglaubt hatte, war es ihr jetzt noch peinlich zuzugeben, dass sie nie auch nur daran gedacht hatte, ihre Mutter in Zweifel zu ziehen. Zum einen war ihre Mutter strikt gegen Lügen gewesen. Zum anderen hätte Vivien ihrer Mutter niemals das geistige Durchhaltevermögen zugetraut, um eine so fantasievolle Lüge aufrechtzuerhalten. »Glaubst du, euer Großvater wusste von mir?«, fragte sie.

»Nein. Familie war ihm wichtig. Aber auf andere Art, als sie Mutter wichtig ist. Mutters größte Sorge ist, den Stammbaum reinzuhalten und den äußeren Schein zu wahren. Den

Whitleys ist die Fassade einer liebenden Familie wichtiger als alles andere. Die Shulers lieben ihre Leute wirklich, mit allen Fehlern. Wenn du so weit bist, stelle ich dich den Cousins vor.«

In diesen drei Wochen war Vivien dankbar dafür, Spence um sich zu haben. Er half ihr dabei, ihre Rolle durchzugehen, und brachte ihr Wasser, Milch oder Saft, wenn er glaubte, dass sie es brauchte. Er war nett und lustig, und sie stellte fest, dass er keine psychischen Probleme hatte, wie sie es immer gedacht hatte. Er riss Witze und lachte viel und schien sich nicht groß um irgendetwas zu sorgen, aber ein oder zwei Mal hatte sie einen kalten Ausdruck in seinen eisblauen Augen erhascht. Doch dann hatte er noch einen Witz gerissen und den plötzlichen Frost mit Gelächter zum Schmelzen gebracht.

Ihre Gedanken schweiften zu ein paar vielversprechenden Drehbüchern, die sie gelesen hatte. Die Dreharbeiten dafür würden erst in einem Jahr beginnen, in manchen Fällen noch später. Bis dahin wäre das Baby auf der Welt, und sie könnte eine Nanny engagieren, die ihr helfen … Unter Viviens Hand war ein sanftes kleines Flattern zu spüren. Sie riss die Augen auf und hielt ganz still. Sie hielt den Atem an … wartete … und dann passierte es wieder. Ein Flattern wie von hauchzarten Flügeln. Wahrscheinlich waren es nur Blähungen. In allen Büchern stand, dass Frauen oft Bewegungen mit Blähungen verwechselten. Da war es wieder, und in dem Moment wurde das Baby für sie real, realer als nur ein Umriss auf einem Monitor. Sie fühlte sich stärker mit ihm verbunden als vorher, und ihr Beschützerinstinkt wurde ausgeprägter. Ihr ganzes Leben schien sich neu auszurichten, und plötzlich war ihr nichts mehr so wichtig wie das winzige Leben, das sich ihr gerade kundgetan hatte.

»Viv?«

Sie blickte herüber zu Spence, der sich auf der Liege lümmelte, und überlegte, ob sie ihm sagen sollte, dass sie das Baby gespürt hatte. Sie entschied sich dagegen, weil es vielleicht nur Blähungen waren.

»Ja?«

»Du weißt doch, dass ich mir immer eine Schwester gewünscht habe. Richtig?« Spence schob die Sonnenbrille auf den Kopf hoch und sah zu ihr herüber.

»Du hast es mal erwähnt.« An die hundert Mal.

»Eine echt gute Schwester, die ihre heißen Freundinnen zu einer Pyjamaparty einlädt.«

Vivien lachte. »Ich dachte immer, ein echt guter Bruder sollte Leute für mich verprügeln. Das Problem war nur, dass du und Henry ganz oben auf meiner Liste derer standet, die verprügelt werden sollten.«

»Ich sag dir was.« Er setzte die Sonnenbrille wieder auf und hielt das Gesicht in die Sonne. »Ich verprügele Henry für dich, wenn du eine Pyjamaparty veranstaltest und deine heißen Freundinnen einlädst.« Er dachte kurz nach. »Kennst du eine von den Kardashians?«

Erst Lottie, jetzt er. »Nein. Tut mir leid.« Sie spürte kein Flattern mehr und nahm die Hand vom Bauch.

»Katy Perry? Die ist heiß. Genau wie Elisha Cuthbert. Die zwei könnten sich eine Kissenschlacht liefern.«

Sie hatte Katy zwar mal getroffen, bezweifelte jedoch ernsthaft, dass die Sängerin Lust hätte, sich auf einer Pyjamaparty eine Kissenschlacht zu liefern. »Sorry.«

Er zählte noch ein paar Promis auf, und Vivien wusste nicht, ob er es ernst meinte oder sie veralberte. »Wie wär's mit dieser Kendra Wilkinson?«, fuhr er fort. »Ich glaube, ihre Reality-Show ist inzwischen abgesetzt.« Er versuchte, ernst zu bleiben, schaffte es aber nicht ganz. »Nach der Trennung von Hef und nachdem Hank sie betrogen hat, wünscht sie sich vielleicht sehnlichst einen Südstaaten-Gentleman, der mit ehemaligen Playmates umzugehen weiß.«

Sie lachte. »Ich kenne Kendra nicht.«

Wieder piepste sein Handy, und er kramte es aus der Tasche seiner Shorts. »Verdammt, er lässt nicht locker.«

»Henry?«

»Ja. Er weiß, dass ich ihm verzeihen werde.« Spence seufzte und legte das Handy auf die Pool-Terrasse. »Aber er muss mehr leiden als ...« Er hielt inne und legte den Kopf schief. »Was ist das?«

»Was ist was?« In der Ferne kam ein schnelles *Wop Wop* aus der Richtung von Charlie Sheens Haus. Es wurde lauter und deutlicher, als käme es den Mulholland Drive hoch. »Ach. Das gehört zur Helikopter-Tour durch Beverly Hills. Die kommen nie hierher.«

»Bist du dir sicher?«

Es klang näher als sonst. »Ja«, antwortete sie, während wirbelnde Propellerflügel sich hinter einer Baumreihe am hinteren Ende des Anwesens erhoben, einen blauen Hubschrauber hochhoben und über die Baumspitzen fegten. In der offenen Tür saß ein Mann und hielt das lange Objektiv seiner Kamera direkt auf sie gerichtet.

»Verdammt!« Das war ihr Moment. Ihr Moment, sich an der ersten flatternden Bewegung ihres Babys oder zumindest an den Blähungen, die sie mit einem Flattern verwechselte, zu freuen, und jetzt wurde er ruiniert. Sie rannte ins Haus, aber Spence blieb, wo er war, als machte ihm die Aufmerksamkeit überhaupt nichts aus. Vielleicht hatte er sogar gewinkt.

Seit dem Babybauch-Bild waren die Paparazzi erbarmungslos und machten ihr das Leben noch mehr zur Hölle als vorher. Sie gaben sich als Touristen aus, um in die Nähe des Filmsets zu gelangen, und warteten, bis sie im Wagen wegfuhr.

Nach der Helikopter-Nummer engagierte Vivien einen Autoservice, der sie ins Studio brachte, weil sie Angst hatte, dass die Paparazzi sie abfangen und ihr den Weg abschneiden würden. Die Limousine, die sie ausgesucht hatte, hatte verdunkelte Glasscheiben, und Spencer fuhr mit ihr zu Paramount und zurück, für den Fall, dass sie einen »Gorilla« brauchte.

»Wenigstens überschlagen sie sich nicht mehr, ein Foto von Ihnen beim Essen zu machen«, hatte Sarah gesagt.

Das stimmte. Jetzt kämpften sie um Bilder von ihrem Bauch und filzten ihr Privatleben noch gründlicher als sonst.

Am letzten Tag der Dreharbeiten blieb Vivien länger in Studio siebzehn, um der Produktionscrew zu danken. Sie war müde und erschöpft und wollte nichts lieber, als endlich auszuspannen und sich auf das winzige Leben zu konzentrieren, das ihr alle Energie raubte und ihr abends Übelkeit bereitete. Sie wollte machen, was Schwangere normalerweise taten, zum Beispiel Schwangerschaftsklamotten kaufen und sich Babyschuhe ansehen.

Sie glitt in die dunkle Limousine und lehnte den Kopf an das weiche Leder. Sie konnte Spence' Gegenwart spüren und schloss die Augen. Sie brauchte Urlaub. Vielleicht würde sie sich auf eine abgelegene Insel absetzen und in den nächsten Monaten einen auf Marlon Brando machen. Vielleicht würde sie nie wieder zurückkommen. »Wir sollten zu den Fidschi-Inseln abhauen.« Sie drehte den Kopf nach links, dann richtete sie sich so schnell auf, dass es sich anfühlte, als würde ihr Herz gegen ihre Rippen prallen.

»Hallo, Vivien. Hast du mir nicht was zu sagen?«

Henry legte den Kopf schief und wartete auf eine Antwort, während die Limousine an Häuserfassaden vorbeifuhr und weiter unter doppelten Torbögen hindurch. Vivien sah genauso aus wie in seiner Erinnerung. Ihre weiche, blasse Haut wirkte im dunklen Interieur des Wagens durchsichtig; sie trug ein weißes Sonnenkleid und sah engelsgleich aus. Gott, am liebsten hätte er sie geschüttelt, bis sie zur Vernunft kam.

»Wie bist du hierhergekommen? Wo ist Spence?«

»Spence liegt an deinem Pool, in tiefe Meditation über die mannigfaltigen Methoden versunken, mit denen ich ihn in den Arsch treten werde.« Er verstand, warum sein Bruder auf ihn wütend war. Er verstand den Grund, aber das hieß nicht, dass er auch nur ansatzweise zu verstehen versuchen wollte, wie Spence ihm etwas so Wichtiges hatte verheimlichen können.

Sie sah aus dem Fenster, dann wandte sie ihm ihr Gesicht wieder zu. Die Farbe ihrer Augen konnte er in dem schattenhaften Innenraum nicht sehen, aber das musste er auch nicht, um zu wissen, dass sie die Farbe von Magnolienblättern am frühen Morgen hatten. Wenn alles in Tau und Morgenlicht gebadet war. Er brauchte seinen Mund nicht auf ihren zu drücken, um zu wissen, wie ihre Lippen schmeckten, und er brauchte ihr Lachen nicht zu hören, um zu wissen, dass es in seinen Ohren wie Sonnenschein und Honig klang.

»Er ist größer als du.«

»Ich bin gefährlicher.« Sie war ihm so nahe. Nur wenige Meter entfernt, doch es hätten genauso gut Meilen sein können.

»Das stimmt.«

Als er sie das letzte Mal gesehen hatte, waren ihre schönen Augen voller Tränen gewesen, und er hatte sich am liebsten selbst in den Hintern treten wollen. *Warum versuchst du, mich noch mehr zu verletzen, als du es sowieso schon getan hast?*, hatte sie ihn gefragt. Wenn das ihre Vorstellung davon war, ihn büßen zu lassen, war sie wirklich gut darin, ihm die Daumenschrauben anzulegen. Wieder sah sie aus dem Fenster, als könnte sie ihn ignorieren. Er hatte sie mehr geliebt als je eine Frau zuvor, doch sie hatte ihn auch mehr erzürnt als jede andere Frau. »Bist du schwanger, Vivien?«

»Was hat Spence dir erzählt?«

»Dass ich dich fragen sollte.« Doch da niemand ihm eine direkte Antwort gab, brauchte er wohl auch keine. »Wann wolltest du es mir sagen?«

»Du glaubst, es ist von dir?«

Sie war noch nicht fertig damit, ihn zu quälen. »Ja, aber wenn nicht, musst du es mir jetzt sofort sagen.«

»Es ist mein Baby, Henry.« Sie drehte sich zu ihm und sah ihn an. »Ich will nicht, dass es irgendwas mit dir oder mit Nonnie zu tun hat.«

»Das ist nicht deine Entscheidung.«

Die Limousine bog nach rechts ab, und eine Ecke aus Sonnenlicht glitt über ihre untere Gesichtshälfte und ihren Hals. »Du kannst dein Leben weiterleben wie vorher.«

Zu spät. Er konnte sein Leben nicht weiterleben. Er steckte fest. Irgendwo zwischen Liebe und Hass. Jetzt, wo er sie sah, war er gefangen zwischen Freude und Ärger. »Vor was?«

»Wie damals bei Tracy Lynn. Vergiss einfach, was passiert ist.«

Der Ärger gewann, und er schluckte dagegen an. »Was damals passiert ist, hat nicht annähernd etwas damit zu tun, was jetzt passiert.« Sie wollte sich nicht zufriedengeben, bis sie ihn wieder zerrissen hatte. Die Dinge lagen jetzt anders. Er war anders. Der Gedanke an ein Kind erfüllte ihn nicht mehr mit Angst und Schrecken, und er hatte auch nicht vor, die Entscheidung einzig und allein Vivien zu überlassen, wie er es bei Tracy Lynn getan hatte. »Du hättest es mir sagen sollen, bevor ich es im Zeitungsständer im Kangaroo Express gesehen habe.« Obwohl sie sich vermutlich bereits entschieden hatte.

»Ich schulde dir nichts.« Ihre Stimme zitterte leicht. Weil sie verletzt war oder vor Wut, konnte er nicht sagen. Vielleicht beides. »Du hast mich angelogen. Du hast mich glauben lassen, dass ich dir wichtig bin, obwohl ich es nicht war. Du hast mich in meiner Zeit der Trauer ausgenutzt.«

»Du darfst immer noch wütend auf mich sein, aber die Geschichte darfst du nicht umschreiben, Vivien. Niemand hat dich ausgenutzt.«

»Du hast gesagt, ich wäre dir wichtig, dabei hast du mich die ganze Zeit nur zum Narren gehalten.« Sie holte tief Luft und hob die Hände an ihren Kopf. »Aber es spielt keine Rolle. Ich bin drüber weg.«

Für ihn klang es nicht danach, aber das behielt er klugerweise für sich.

»Ich schulde dir nichts.« Sie ließ die Hände wieder sinken. »Ich schulde dir nicht mein Baby.«

»Unser Baby.« Sein Blick glitt über ihr Kleid, und er starrte auf ihren Bauch, als könnte er sein Kind sehen. Natürlich konnte er das nicht, aber es war dort. Sicher und geborgen und wuchs unter dem Herzen der Frau heran, die er liebte. Er hatte wie ein Wahnsinniger gegen seine Gefühle für sie gekämpft, doch in der Sekunde, als sie in den Wagen geglitten war, waren sie ausnahmslos wieder da gewesen. Er war machtlos, das Chaos zu stoppen, das in ihm tobte. »Ich bin der Vater des Babys, und ich werde im Leben dieses Kindes präsent sein.«

»Ich bin ohne Vater aufgewachsen, und aus mir ist auch was geworden.«

Henry sagte nichts. Dazu bestand keine Veranlassung. Er ließ das Schweigen für ihn sprechen.

Vivien starrte auf die Umrisse von Henrys Schultern in der dunklen Ecke des Wagens. Alle Gefühle, die sie je für Henry Whitley-Shuler gehabt hatte, brachen wie ein Wirbelsturm über sie herein. Widerstreitende Gefühle wie Liebe und Hass überschlugen sich mit Wut und reiner Freude darüber, ihn wiederzusehen. Der Klang seiner Stimme fügte einen Orkan aus Angst und Sehnsucht hinzu und zerstreute ihre Sinne auf einem Trümmerfeld. Sie dachte, sie hätte ihn aus ihrem Herzen getilgt, als sie ihn aus ihrem Leben gestrichen hatte, aber das hatte sie nicht. Sie dachte, sie hätte ihn aus ihrer Seele gelöscht, aber sie hatte sich etwas vorgemacht. Das Schweigen dehnte sich zwischen ihnen aus, und sie hörte sich sagen: »Ich hatte keinen Vater, und sieh mich jetzt an.«

Wieder schwieg er. Sie war reich und erfolgreich. Männer

auf der ganzen Welt begehrten sie. Frauen wollten so sein wie sie. Ihr Leben sah perfekt aus. Nein, es *war* perfekt. Abgesehen davon, dass sie allein und schwanger war und, auch wenn sie es nicht zugeben wollte, schreckliche Angst hatte.

»Und ich habe jetzt Spence.«

Das provozierte ein ironisches Lachen seinerseits.

Okay, vielleicht würde Spence einen besseren Onkel als einen Ersatzdaddy abgeben, und vielleicht war es doch nicht so toll gewesen, ohne Vater aufzuwachsen. Oftmals war es schmerzhaft gewesen. Sie hatte es gehasst, wenn andere Kinder nach ihren Eltern gefragt hatten und warum sie keinen Dad hatte. Sie hatte das schmerzliche Ziehen in ihrem Herzen gehasst, wenn sie im Park oder an der Schule Familien gesehen hatte. Und wenn sie Väter gesehen hatte, die kleine Mädchen auf den Schultern trugen, hatte sich in ihr der Neid breitgemacht.

Nicht einmal ein heroischer, falscher Vater aus einem Zeitungsausschnitt war ein Ersatz für den richtigen.

In ihrem Leben hatte es nie eine Vaterfigur gegeben. Nur ihre Mutter, Oma Roz und sie selbst. Sie wollte mehr für ihr Baby. Sie wollte, dass ihr Kind die Liebe seines Vaters kannte. Nicht die Liebe eines falschen Vaters wie sie, sondern die des richtigen.

Vivien konnte ihrem Baby den richtigen geben. Auch wenn sie Henry für einen kaltherzigen Riesenidioten hielt, hatte sie keinerlei Zweifel daran, dass er ein guter Vater sein würde.

»Okay, vielleicht können wir was arrangieren.« Zum Beispiel könnte er zwei Mal pro Jahr zu Besuch kommen, und wenn das Baby älter war, mit ihm nach Disneyland fahren.

KAPITEL 21

Mit einem soliden Schnappgeräusch entriegelte Vivien den Türriegel zum Kutschenhaus und trat ein. Es sah noch genauso aus wie an dem Tag, als sie gegangen war. Kartons und Behälter, einige vollbepackt und beschriftet, andere noch offen, die darauf warteten, geordnet und eingelagert zu werden.

»Kommst du hier allein klar?«

Vivien lachte. »Ja, Spence.«

Er wirkte schreckhaft wie eine Katze. Er hatte keinen Zweifel daran gelassen, dass er nicht bereit war, sich auch nur in die Nähe seiner Mutter zu begeben und schon gar nicht ans Ende ihres Gartens. »Ich gehe heute Abend mit Henry essen. Wenn er mir ein gutes Steak und eine schöne Flasche Wein spendiert, verzeihe ich ihm vielleicht.«

»Wirklich?« Vivien warf die Schlüssel in die Handtasche, während Spence ihr Gepäck zu Boden fallen ließ. Sie warf ihm einen Blick über die Schulter zu. Heute trug er ein lavendelfarbenes Polohemd, und irgendwie stand ihm die Pastellfarbe gar nicht so schlecht. Anscheinend gewöhnte sie sich langsam an seine Palette an Osterfarben. Entweder das, oder er fiel in Charleston nicht mehr so sehr auf.

Sie war wieder da. Zurück in der Hitze von Charleston, im Kutschenhaus und den damit verbundenen Erinnerungen.

Es war jetzt vier Tage her, seit Henry überraschend in ihrer Limousine gesessen hatte. Vier Tage, seit seine Stimme ganz tief in ihr Gefühle geweckt hatte. Sie war sich nicht sicher, ob sie für irgendeins davon bereit war.

Sie war über Henry Whitley-Shuler hinweg. Sie liebte ihn nicht mehr. Trotz der anhaltenden Gefühle, die sich unauslöschlich tief in ihr Inneres eingebrannt hatten. Vor allem empfand sie Ärger für ihn, wollte aber unbedingt das Beste für ihr Kind, und das schloss Henry mit ein. Er hatte es rundweg abgelehnt, ein »Disneyland-Dad« zu sein, doch das hieß noch lange nicht, dass er bestimmte, wo es langging, oder die Bedingungen festsetzte. Deshalb waren sie und Spence erst nach drei Tagen zurück nach Charleston gereist. Und nicht gleich am nächsten Morgen, wie Henry gewollt hatte. »Ich weiß nicht, wie du ihm so leicht verzeihen kannst.« Henry hatte L. A. allein verlassen, aber erst nachdem Spencer ihm versichert hatte, dass er und Vivien gemeinsam nachkommen würden.

»Er ist mein Bruder.« Spence zuckte mit den Achseln, als erklärte das alles. »Henry versucht immer, das Richtige zu tun. Es war total daneben, dass er mir nicht schon seit Langem von dir erzählt hat, doch den Großteil der Schuld müssten unsere Mütter tragen. Henry hat ihr Geheimnis bewahrt, aber gelogen haben die beiden.«

Das konnte sie nachvollziehen, aber ihre Mutter hatte keine Zweitbesetzung losgeschickt, um sie abzulenken und zu verführen.

»Henry würde sich für mich opfern.« Spence lachte, während er zur Tür hinausging. »Man kann nie wissen, ob man das in Zukunft mal braucht.«

Spence' Lebensphilosophie war immer noch gewöhnungsbedürftig. Vivien schloss die Tür hinter ihrem Bruder und lehnte sich dagegen. Ohne die Ablenkung, die Spence bot, erinnerte sie sich an die mächtigen Gefühle, die sie durchlebt hatte, als sie zum letzten Mal im Kutschenhaus gewesen war. Sie waren immer noch präsent. Wie die Kartons und Behälter, die darauf warteten, dass sie zurückkam und Ordnung schaffte. Schmerzliche und verwirrende Erinnerungen aus ihrer Vergangenheit. Gebrochenes Vertrauen und Kummer. Lügen und unbeantwortete Fragen.

Vivien kickte die Schuhe von sich und ging nach oben ins Schlafzimmer ihrer Mutter. Gebrochenes Vertrauen, Kummer oder Lügen aus der Vergangenheit konnte sie zwar nicht mehr ändern, aber vielleicht Antworten finden.

Auf dem Bett ihrer Mutter standen drei Behälter mit Fotoalben und Andenken. Irgendwo darin musste die Antwort liegen. In den nächsten drei Stunden sah sie alte Fotos durch und las alte Briefe von Oma Roz und Onkel Richie. Sie fand den Zeitungsartikel mit dem Foto der Trümmerteile eines Bootes, die in der Florida-Straße trieben. Sie fand ihre Geburtsurkunde, auf der die Unterschrift des Vaters fehlte.

Vivien saß auf dem Bett und betrachtete das alte Dokument in ihren Händen. Ihre Mutter hatte die leere Zeile damit erklärt, dass Jeremiah Rochet nicht mehr am Leben gewesen sei, um die Geburtsurkunde zu unterzeichnen.

Das kleine Jesuskind hasst Lügen, aber er liebt den Lügner, hatte eine der Devisen ihrer Mutter gelautet, und vielleicht hatte sie sich so noch selbst in die Augen sehen können.

Vivien steckte die Urkunde zurück ins Album und legte

es wieder in den Behälter. Ihre Mama war die Geliebte eines reichen Mannes gewesen. Der reiche Mann war ihr Vater, aber es existierten keinerlei Unterlagen über ihn. Nicht einmal ein Foto von Fredrick Shuler in dem Stapel aus Alben, die fast jeden Moment in Viviens Leben dokumentierten. Der wichtigste Mann in ihrem Leben war fein säuberlich getilgt worden, aber nicht für immer. Wie bei ihrem Versuch, Henry aus ihrem Leben zu streichen, war die Vergangenheit niemals ganz ausgelöscht worden.

Die Antworten auf Viviens Fragen lagen nicht in einem Karton oder Behälter. Nicht in einem Fotoalbum oder einem Stapel alter Briefe. Ihre Antworten lagen im Herrenhaus hinter den Rosen und dem Blauregen, wo Nonnie wahrscheinlich gerade den ersten Cocktail des Abends schlürfte.

Vivien kehrte ins Erdgeschoss zurück und schob die Füße in ihre Sandalen. Es war an der Zeit, Nonnie zu konfrontieren, von Angesicht zu Angesicht, im Versteck der Gottesanbeterin.

Vivien hatte recht gehabt. Sie fand Nonnie im goldenen Salon, wo sie ein Buch las und an einem Dirty Martini nippte. Wie immer wirkte sie wie eine Königin ohne Krone auf sie.

»Ich habe dich erwartet«, sagte sie, als Vivien hereinkam. Sie legte das Buch beiseite und trank einen Schluck von dem Cocktail.

»Dann wissen Sie ja auch, warum ich hier bin.« Vivien trat an den Stuhl, der am nahesten bei Nonnie stand, und setzte sich. Sie war kein Kind mehr. Sie hatte keine Angst.

»Ja, Henry hat mir die frohe Botschaft bereits verkündet.« Sie klang weder froh, noch sah sie froh aus.

»Deswegen bin ich nicht hier.« Wenn es nach ihrem Willen

ginge, würde Nonnie nur wenig Kontakt zu ihrem Kind bekommen. »Ich will über Mama reden.«

Die ältere Frau zog eine Augenbraue hoch.

»Warum haben Sie und Mama mich angelogen?«

»*Lügen* ist ein starkes Wort. Macy Jane und ich haben getan, was wir für das Beste hielten.«

»Ich kann mir nicht vorstellen, dass Mama sich eine so raffinierte Lüge ausgedacht hat, wo es ihr sonst so schwerfiel, irgendetwas in ihrem Leben zu Ende zu bringen. Sie müssen etwas zu ihr gesagt oder ihr etwas angetan haben, damit sie bei Ihren Lügen mitzieht.«

Nonnie lachte. »Am Tag von Freds Beerdigung ist deine Mutter zu *mir* gekommen. Er war noch nicht mal unter der Erde, als sie mir ein Angebot gemacht hat, das ich nicht ablehnen konnte.« Sie wischte an dem Lippenstiftfleck an ihrem Glas, als hätte sie nicht gerade wie Don Corleone aus *Der Pate* geklungen.

»Und das lautete?«

»Dass ich finanziell für euch beide aufkomme und sie niemandem sagen würde, wer dein Vater war.«

Erpressung passte nicht zu der Mutter, die sie gekannt hatte. »Das glaube ich Ihnen nicht.«

»Es stimmt aber.«

Aber lügen wie gedruckt passte auch nicht zu ihr. »Und Sie waren gerne bereit zuzustimmen?«

»Gerne nicht. Eher schicksalsergeben. Ich konnte nicht zulassen, dass bekannt wurde, dass Fred ein uneheliches Kind hatte. Ganz zu schweigen davon, dass du direkt vor meiner Nase wohntest.« Sie stellte ihr Glas auf den Tisch zwischen ihnen. »In meinem Kutschenhaus.«

»Im Kutschenhaus meiner Mutter.« Vivien verschränkte die Arme unter den Brüsten. »Das Kutschenhaus wurde meiner Mutter vermacht.«

Sie nickte heftig. »Als mein Mann noch am Leben war, hat er für euch beide gesorgt. Als er starb, ging die Verantwortung auf mich über.«

»Und Sie haben es gehasst.«

»Natürlich. Mein Mann hatte ein Kind mit seiner Geliebten und besaß auch noch die Frechheit, beide in meinem eigenen Garten einzuquartieren. Er hat die Bedürfnisse seiner Geliebten über die seiner Frau und seiner Söhne gestellt.«

»Das erklärt, warum Sie uns gehasst haben.« Sie war sich nicht so sicher, ob sie nicht genauso empfunden hätte.

Nonnie hob ihr spitzes Kinn. »›Wer aber seinen Bruder hasst, ist in der Finsternis.‹ Ich hasse niemanden. Anfangs mochte ich deine Mutter nicht, aber ihr schien das nicht aufzufallen. Nachdem Macy Jane jahrelang blind geglaubt hat, wir wären beste Freundinnen, mochte ich sie sehr. Sie war eine herzensgute Frau.« Sie griff nach ihrem Drink und trank einen Schluck. »Du hingegen konntest die Geduld eines Heiligen auf die Probe stellen. Deine Mutter hat dich verwildern lassen.«

Das hatte Vivien schon ihr ganzes Leben zu hören bekommen; sie hatte keine Lust, jetzt darüber zu diskutieren. »Bestand Ihre Vorstellung davon, für Mama und mich zu sorgen, darin, uns in Ihrem Haus schuften zu lassen?«

»Also wirklich, Vivien. Ihr beide habt leichte Reinigungsarbeiten erledigt, um euch etwas dazuzuverdienen.« Wieder nippte sie an ihrem Glas. »Glaubst du wirklich, das Geld, das deine Mutter verdient hat, indem sie ein paar Möbel abgestaubt hat, hätte ausgereicht, um euch beide zu unterhalten?«

Sie hatte nie gewusst, wie viel Nonnie ihrer Mutter bezahlt hatte, aber wer gezahlt hatte und wie viel, war nicht ihr größtes Problem. »Sie beide scheinen das ja alles gedeichselt zu haben.«

»Wir haben beide davon profitiert.«

»Wer hat den Zeitungsartikel über die Rochets gefunden?«

»Ich. Deine Mutter konnte die Geschichte in Grundzügen handhaben. Mir blieb es überlassen, die Details zu berücksichtigen und die Feinabstimmung vorzunehmen.«

Vivien verschränkte die Arme vor der Brust. »Hatte eine von euch vor, jemals irgendwem die Wahrheit zu sagen?«

»Nein. Das war Teil der Abmachung, wir wollten sie mit ins Grab nehmen. So wäre es auch gekommen, wenn Spence nicht angefangen hätte, über die Stränge zu schlagen ...«

»Und da haben Sie Henry gezwungen, mich abzulenken ...«

»Ich kann Henry zu nichts zwingen. Ich habe ihn ganz sicher nicht gezwungen, so viel Zeit mit dir zu verbringen. Ehrlich gesagt, habe ich nicht geglaubt, dass dabei etwas Gutes herauskommen könnte.« Ihr Blick glitt demonstrativ nach unten. »Und ich hatte recht.«

Vivien legte die Hand auf ihren Bauch, um das Baby vor Nonnies bösem Blick zu schützen. »Dass Sie sich nicht über das Baby freuen, war mir klar.«

»Es ist nicht gerade eine ideale Situation.«

»Was? Dass Henry ein außereheliches Kind bekommt oder dass er es mit mir bekommt?«

»Beides. Das ist eine Katastrophe.«

Wenigstens war sie ehrlich und konsequent. Ihre Gefühle

waren nicht total chaotisch. Nicht wie Viviens. Eben glaubte sie noch, das Richtige zu tun, indem sie Henry in das Leben des Babys einbezog, und im nächsten wurde sie vollkommen panisch, weil das bedeutete, dass Henry auch in ihr Leben einbezogen sein würde. Seiner Meinung nach hieß gemeinsame Elternschaft in derselben Stadt zu leben, was nicht passieren würde. Sie musste feste Regeln aufstellen und ihm Grenzen setzen, wenn sie das nächste Mal miteinander sprachen. Vivien stand auf. »Die gute Nachricht lautet, dass Sie mit dieser Katastrophe nichts zu tun haben werden.«

Die schlechte Nachricht lautete, dass Henry am nächsten Morgen mit Bagels und Obst auf ihrer Veranda auftauchte und sie alle Grenzen und Regeln vergaß. »Wie fühlst du dich, Darlin'?«, fragte er, und sein weicher Akzent durchströmte sie.

Sie hatte es geliebt, wenn er sie so nannte. »Du hättest vorher anrufen sollen.« Sie stand in ihrer Pyjama-Shorts und im T-Shirt vom Abend zuvor in der offenen Tür, und ihre Haare waren ein einziges Durcheinander.

»Ich hab deine Telefonnummer nicht.«

Stimmte ja. Sie ließ ihn rein und folgte ihm an den Kartons und Behältern vorbei zu dem runden Tisch, der immer noch mitten in der Küche stand. »Ich geb sie dir, aber du kannst mich nicht immer nach Lust und Laune überfallen wie eine Schmeißfliege.«

Er nahm ihre persönlichen Grenzen nicht zur Kenntnis. »Hast du mich gehört?« Er antwortete nicht, obwohl er sie direkt ansah. »Henry!«

»Was?«

»Hast du gehört, was ich gesagt habe?«

»Irgendwas mit deiner Telefonnummer.« Er trat an den Küchentresen und zog einen Bagel aus einer Tüte.

»Ich hab gesagt, du kannst mich nicht einfach überfallen wie eine Schmeißfliege, wenn dir danach ist.«

»Okay.« Seine Mundwinkel zuckten. »Ich will keine Schmeißfliege sein. Welche Tage passen dir am besten?«

Darüber hatte sie sich noch überhaupt keine Gedanken gemacht und antwortete, was ihr gerade einfiel: »Montags und freitags.«

»Okay«, sagte er, aber er hielt sich nicht daran. Am nächsten Morgen kam er wieder mit Obst und Joghurt.

»Heute ist Mittwoch.«

»Was du nicht sagst.«

Er zog ihr einen Stuhl heran und stellte den Joghurt und das Obst auf den Tisch. So viel zu ihrem Gespräch über Schmeißfliegen-Überfälle.

»Ich war neulich Abend mit Spence essen.«

»Ich weiß. Er hat gesagt, er sei bereit, dir zu vergeben, aber ich glaube nicht, dass er Nonnie in absehbarer Zeit vergeben wird.«

»Das geht nur die beiden etwas an.« Er holte zwei Teller und setzte sich ihr gegenüber an den Tisch. »Ist nicht mehr meine Aufgabe, mich um Mutter und Spence zu kümmern.«

»Hast du in letzter Zeit mal mit deiner Mutter gesprochen?« Sie und Henry verhielten sich so zivilisiert, dass diese gemeinsame Elternschaft vielleicht doch funktionieren könnte – wenn er ihre Grenzen respektierte.

»Nicht seit ich wieder in der Stadt bin.« Er setzte sich ihr gegenüber. »Du etwa?«

»Allerdings. Montagabend.« Vivien legte Erdbeeren und Cantaloupe-Melone auf ihren Teller. Vielleicht könnten sie und Henry sogar Freunde werden.

»Wie ist es gelaufen?«

»Sie hat mir ein paar Fragen zu meiner Mama beantwortet.« Sie aß ein Stück Melone und leckte sich den Saft aus dem Mundwinkel. »Über das Baby freut sie sich nicht gerade.«

Mit einer Erdbeere auf der Gabel vor seinem Mund hielt er inne. »Hat sie das gesagt?«, fragte er, bevor er sich die Frucht in den Mund steckte.

»Sie hat gesagt, es sei keine ›ideale Situation‹. Sie hat das Baby eine ›Katastrophe‹ genannt.«

»Hat sie wirklich ›Katastrophe‹ gesagt?« Er sah nicht glücklich aus.

»Ja. Ich denke, das bedeutet, dass sie in absehbarer Zeit keine Babyparty für mich geben wird.«

Er sah sie über den Tisch hinweg an. Sein Blick changierte zwischen Ärger und Nachdenklichkeit, aber er sagte nichts.

Als Henry am nächsten Morgen nicht auftauchte, dachte sie, er würde endlich ihre Grenzen respektieren. Das war gut, und es freute sie. Sie war nicht enttäuscht. Ganz und gar nicht, aber am Freitagmorgen, als sie die Tür aufmachte und er mit einer Papiertüte unterm Arm auf der Veranda stand, hatte sie das Gefühl, ihr ganzer Körper lächelte. Was nicht gut war.

»Guten Morgen, Darlin'.«

Schon wieder dieses *Darlin'*.

Diesmal hatte er Laban und Müsli mitgebracht. »Wann packst du die Sachen deiner Mama fertig ein?«, fragte er, als Vivien zwei Schüsseln aus dem Regal nahm.

Sie trödelte, dessen war sie sich bewusst, aber die letzten Kartons zu packen fühlte sich so endgültig an. »Ich muss erst noch die Schränke oben durchgehen.« Das rosa Reihenhaus war am Tag zuvor verkauft worden, und es kam ihr vor, als hätte sie einen Teil ihrer Vergangenheit aufgegeben. Sie hatte nicht damit gerechnet, wegen des Zuckerketten-Hauses traurig und sentimental zu werden, von dem ihre Mutter zwar immer geträumt hatte, in dem sie aber nie gewohnt hatte. »Ich werde fertig sein, bevor das Baby kommt.«

»Dem Baby wachsen seit heute Fußnägel«, verkündete Henry, als er wie immer ihr gegenüber am Tisch Platz nahm und sich auf sein Frühstück stürzte.

Sie sah ihn an, mit seinen dunklen Augen und Haaren und seinem attraktiven Mund, der knirschend kaute. »Woher weißt du das?«

»Ich habe mir eine App von *Today's Parent* runtergeladen.« Seine Mundwinkel verzogen sich zu einem breiten Lächeln. »Die schickt mir jede Woche eine Benachrichtigung.«

Der Joghurt in Viviens Mund schmeckte plötzlich sauer, und sie hatte das Gefühl, einen Schlag gegen die Brust bekommen zu haben. Er sah sie an wie früher. Schenkte ihr das Lächeln, das sie dahinschmelzen ließ und sie von innen erhellte. Das Lächeln, von dem sie immer geglaubt hatte, dass er es nur für sie aufsparte. Sie schluckte heftig. »Ich kann das nicht.« Sie stand so schnell auf, dass ihr Stuhl nach hinten kippte. »Ich dachte, wir könnten um des Babys willen zivilisiert miteinander umgehen.« Sie schüttelte den Kopf. »Ich dachte, wir könnten Freunde sein, aber das können wir nicht.«

Henry sah zu ihr auf und legte seinen Löffel weg. »Ich will nicht nur befreundet sein, Vivien.« Er hielt ihren Blick, während er sich langsam erhob. »Ich kann niemals nur mit dir befreundet sein. Dafür ist zwischen uns zu viel passiert.«

Er hatte recht. In den vergangenen Tagen hatte sie vergessen, dass er nur so getan hatte, als wäre sie ihm wichtig. Er hatte ihr schon einmal das Herz gebrochen. Es fast in Stücke zerschmettert, und sie war nicht so dumm, ihn das auch noch zu Ende bringen zu lassen. Als sie sich abwandte, nahm er ihre Hand.

»Du bekommst mein Baby, um Himmels willen.«

Sie sah ihn über die Schulter an, und die Wärme seiner Berührung breitete sich bis zu ihrem Handgelenk aus. »Es geht also um das Baby.«

»Was?«

»Das hier.« Sie deutete auf den Tisch. »Dass du mir ständig Frühstück vorbeibringst. Du willst nur sichergehen, dass ich richtig esse.« Warum hatte sie geglaubt, dass es mehr bedeutete?

»Das gehört dazu.«

Sie sollte Dankbarkeit empfinden, doch sie hatte ihrem dummen Herzen geglaubt, dass er sie auch ein bisschen mochte. Sie entzog ihm ihre Hand, bevor die Wärme an ihrem Handgelenk sich den Arm hinauf bis zur Brust ausdehnen konnte.

»Der andere Teil ist, dass ich dich liebe und es ein Vorwand ist, um dich jeden Tag zu sehen.«

Tief in ihrem Herzen wollte sie ihm glauben. Sie wollte es so sehr, dass sie das Gefühl hatte, mit Lachgas aufgebläht zu sein. Ihr Verstand wusste es besser. »Ich vertraue dir nicht, Henry.« Sie verschränkte die Arme vor ihrer Brust, als könnten sie ihr Herz schützen.

»Ich weiß.«

»Du hast früher schon gelogen, um zu kriegen, was du wolltest.«

»Ich wollte dich nie anlügen. Ich wollte dich auch nie reinlegen.« Er wollte die Hand nach ihr ausstrecken, ließ sie aber sinken. »Ich wollte dir nie wehtun. Ich wollte mich auch nie in dich verlieben, aber das ist mir passiert. So heftig, dass es mir auch nach all den Monaten noch den Atem verschlägt.« Er schnappte sich seine Schlüssel vom Tisch. »Du vertraust mir nicht, und das kann ich dir nicht verübeln. Du glaubst mir nicht, und ich weiß nicht, was ich tun kann, um das zu ändern.«

Sie wollte ihm ja glauben. Selbst nach allem, was sie wegen ihm durchgemacht hatte. Sie wollte ihm so sehr glauben, dass sie gegen das Verlangen ankämpfen musste, sich ihm an die Brust zu werfen. Er wandte sich ab und ging weg, und sie musste auch gegen das Verlangen ankämpfen, ihm nachzulaufen. Ihr Blick glitt von seinen dunklen Haaren und breiten Schultern über den Rücken seines T-Shirts zu seiner Jeans. Sie wollte ihm so sehr glauben, dass sie selbst nach all den Selbsthilfebüchern, die sie gelesen hatte, um über ihn hinwegzukommen, noch gegen den Drang ankämpfte, sich an seine Stoßstange zu hängen, als er wegfuhr.

Bevor sie dem Verlangen noch nachgab, schloss sie die Tür. Um sich von ihren Problemen mit Henry abzulenken, packte sie mehr Kartons zusammen, loggte sich in ihren Computer ein und bestellte Umstandskleider. Viele Umstandskleider. Als das nicht half, traf sie sich mit Spence zum Abendessen. Er aß Krebse und Hummer, und sie bestellte sich ein Steak, fast durchgebraten, weil sie gelesen hatte, dass Schwangere keine Meeresfrüchte oder rohes Fleisch verzehren sollten. Sie sprachen über ihre Kindheit auf demselben Grundstück, und sie spürte, wie sie so entspannt wurde wie seit Wochen nicht mehr.

Später am Abend, als Spence seinen Wagen vor dem Kutschenhaus anhielt, sagte er: »Ich habe neulich über etwas nachgedacht.«

Sie hatte fast Angst zu fragen. »Worüber?«

»Mein Bruder und meine Schwester bekommen ein Baby. Das macht mich sowohl zum Onkel mütterlicher- als auch väterlicherseits. Ich wette, es gibt nicht allzu viele Leute, die das von sich behaupten können.« Er dachte kurz nach. »Na ja, jedenfalls nicht in dieser Whitley-Generation.«

Er brachte sie zum Lachen, und sie hätte ihn ins Haus gebeten, wenn sie nicht gewusst hätte, dass er sich möglichst nicht lange in der Nähe seiner Mutter aufhalten wollte. Nicht einmal unter derselben Postleitzahl, was für Vivien in Ordnung war. Spence hatte sie geistig erschöpft, und alles, was sie wollte, war ihr Bett. Kaum hatte ihr Kopf das Kissen berührt, fiel sie in einen tiefen, friedlichen Schlaf, bis die Türklingel sie am nächsten Morgen weckte. Sie schnappte sich ihren Morgenmantel und stieg die Treppe hinab. Ihre Haare waren verwuschelt, und sie brauchte eine Dusche. Sie musste – wieder einmal – darauf bestehen, dass Henry anrief oder eine SMS schrieb, bevor er vorbeikam, aber es war nicht Henry, der auf ihrer Veranda stand, während das Sonnenlicht auf dem tiefen Glanz der Familienperlen schimmerte.

»Das wollte ich dir persönlich aushändigen.« Nonnie drückte ihr einen weißen Umschlag in die Hand.

»Was ist das?«

»Um es herauszufinden, musst du ihn schon öffnen.« Sie machte auf dem Absatz ihrer flachen Pumps kehrt und lief zur Garage, während das Ende ihres pfirsichfarbenen Schals hinter ihr herflatterte. Vivien sah ihr nach, wie sie in ihren Cadillac einstieg, bevor sie wieder ins Haus trat und die Tür schloss. Sie betrachtete den Umschlag in ihrer Hand und fürchtete fast, ihn zu öffnen, weil sie Angst hatte, Nonnie könnte einen Weg gefunden haben, sie zwangsräumen zu lassen.

Aber es war kein Räumungsbescheid. Es war eine Karte mit einem Storch, der ein Geschenk im Schnabel hielt, und quer darüber war die Aufschrift »Babyparty« gedruckt. Auf der Karte hatte Nonnie die Zeit, das Datum und den Ort für die Babyparty für *Vivien Rochet und Baby Whitley-Shuler* notiert.

Vivien hätte nicht überraschter sein können, wenn sich die Karte in Sprengstoff verwandelt hätte und ihr ins Gesicht explodiert wäre wie bei Willi Kojote.

Eine Babyparty? Für sie? Das musste ein Witz sein.

Es war kein Witz. Nur ein wirklich schlimmer Albtraum. Vivien saß auf einem Korbstuhl, umgeben von Cupcakes mit Zuckerrasseln, Bergen von Geschenken, die in Babyparty-Papier verpackt waren, und den Damen aus der Episkopalkirche ihrer Mutter. Sie trugen Sonnenhüte und tranken in Nonnies Rosengarten Tee, als wäre es das Normalste der Welt.

»Deine Mutter würde sich so freuen«, flötete eine von ihnen. »Es ist nicht mehr wie zu meiner Zeit, als Mädchen noch fortgeschickt wurden, wenn sie schwanger waren.«

Dieser Kommentar löste eine weitere Runde aus Kommentaren aus, die von den Moralvorstellungen der heutigen Gesellschaft bis dahin reichten, wer »zu ihrer Zeit« alles fortgeschickt worden war.

Viviens Gesprächsbeiträge beschränkten sich auf »Oh« und »Hm-hm«. Sie lächelte tapfer weiter. Sie war Schauspielerin. Sie konnte das.

»Ich erinnere mich an mein erstes Kind. Mir war so schlecht, dass es erst mal besser werden musste, bevor ich hätte sterben können«, erzählte eine andere, worauf ein Wettstreit darum entbrannte, wem von ihnen am schlechtesten gewesen war.

»Oh.« Vivien trank Tee, aß einen Cupcake und fragte sich, was zum Teufel hier vor sich ging. Sie warf Nonnie einen Blick zu, die mehrere Stühle entfernt saß, aber auch ihr Lächeln sah aus wie festgezurrt, als wäre sie ebenso wenig die glückliche Gastgeberin wie Vivien der beglückte Ehrengast.

Sie taten beide nur so, hielten stillschweigend die Fassade aufrecht, während Vivien handgearbeitete Decken, gestrickte Babystiefelchen und ein Set auspackte, mit dem man die Hände ihres Babys modellieren konnte, was so gruselig aussah, dass sie es unter einer Decke versteckte.

»Als ich meine Kinder geboren habe, habe ich keine Medikamente gegen die Schmerzen genommen. Ich habe sie so bekommen, wie Gott es wollte. Nur ich, der Arzt und ein paar Krankenschwestern.« Sie hielt inne und trank einen Schluck Tee. »Und die Frau am anderen Ende des Ganges, die so geschrien hat, als würde ihr jemand den Arm amputieren.«

»Ich hatte einen üblen Dammriss.«

»Hm-hm.« Vivien versuchte, die Kommentare nicht an

sich heranzulassen, während sie zum Glück das letzte Geschenk auspackte. Eine Handmilchpumpe.

»Du wirst das Baby doch stillen, oder?«

Sie hatte Angst, eine falsche Antwort zu geben. »Ich denke schon.«

»Gut. Je früher du deine Brustwarzen abhärtest, desto besser.«

Sie hob die Hände an die Brüste. Sie wollte keine abgehärteten Nippel. Weder jetzt noch später. Was stimmte mit diesen Frauen nicht? Wollte Nonnie Vivien auf dieser Party mit den grauenhaften Geschichten der alten Kirchendamen foltern? Falls das ihr Ziel gewesen war, dann funktionierte es.

Vivien faltete das Geschenkpapier zusammen, weil sie von ihr zu erwarten schienen, dass sie es behielt. Sie war jetzt seit zwei Stunden auf dieser Party und fand, dass es Zeit war zu flüchten. Sie seufzte müde und täuschte sogar ein großes Gähnen vor, um ihre Flucht vorzubereiten.

»Vielen Dank, die Damen«, sagte sie aufrichtig.

»Du hast noch ein Geschenk übrig«, gab Nonnie zu bedenken.

Vivien sah sich um und rechnete damit, noch ein in Papier eingewickeltes Geschenk zu sehen. Doch das Einzige, was noch auf dem Tisch stand, war eine Holzschachtel. »Das hier?«

»Ja.«

Die Schachtel passte kaum in ihre Handflächen und hatte verschiedene Holzintarsien. Sie war wunderschön, doch es gelang ihr nicht, sie zu öffnen. Sie drehte sie um und betrachtete sie von allen Seiten. Als sie sie schüttelte, hörte sie etwas klappern.

»Was ist das?«, fragte jemand.

Vivien lächelte. »Eine japanische Trickbox.« Henry. Plötzlich wurde ihr klar, wer wirklich hinter der Babyparty steckte. »Wenn Sie mich entschuldigen wollen, ich muss mich jetzt ausruhen.« Sie bedankte sich noch einmal bei allen und schleppte so viele Geschenke durch den Garten, wie sie konnte. Die Holzschachtel thronte oben auf der Brustpumpe, und sobald sie im Kutschenhaus war, warf sie alles außer Henrys Geschenk auf einen freien Platz auf dem Sofa und ging zum Küchentisch. Sie setzte sich auf denselben Stuhl, auf dem sie als Kind immer gesessen hatte, und strich mit den Fingerspitzen über das sorgsam geschliffene Holz, das sich glatt wie Satin anfühlte. Als Kind war sie ziemlich gut darin gewesen, Henrys Schachteln zu öffnen, doch nach einer Stunde dachte sie, dass sie wohl außer Übung sein musste. Sie schob ein Stück Tigerholz in die eine Richtung und ein Stück Nussholz in die andere. Einen Streifen nach oben, einen anderen nach unten. Zurück, vor – hoch, runter, und genau in dem Augenblick, als sie große Lust hatte, einen Hammer zu nehmen und die wunderschöne Schachtel zu zertrümmern, hörte sie ein leises Klicken. Ein triumphierendes Lächeln umspielte ihre Lippen, und gespannte Erwartung durchströmte ihre Adern.

In der mit grünem Samt ausgekleideten Schachtel lag ein verwitterter Korken. Er hatte ein dunkleres Braun angenommen und war etwas geschrumpft, aber der Name *Moët & Chandon* war immer noch deutlich zu erkennen. Vivien griff in die Schachtel und zog den Korken ihrer Mutter heraus. Der, nach dem sie in dem Beet mit den Fleißigen Lieschen gesucht hatte. Für jeden anderen bedeutete er nichts. Nur ein verwittertes Stück Nichts. Für Vivien bedeutete er alles.

Henry schaltete das Licht in der Werkstatt aus und schloss die Tür hinter sich ab. Viviens Babyparty musste schon seit Stunden vorüber sein. Er hatte keine Ahnung, was auf einer Babyparty passierte, aber er wollte doch schwer hoffen, dass seine Mutter sich benommen hatte.

Als hätte der Gedanke an seine Mutter sie heraufbeschworen, bog Nonnies Cadillac in seine Einfahrt. Nach dem kurzen Gespräch, das er mit ihr geführt hatte, war sie hoffentlich nett zu Vivien gewesen. Oder hatte zumindest so getan. Wenn nicht, würde er sein Versprechen halten und sie aus seinem Leben streichen.

Der Wagen hielt, und die Tür schwang auf. Statt der großen, knochigen Gestalt seiner Mutter trat Vivien heraus.

»Du weißt nicht zufällig, warum deine Mutter eine Babyparty für mich gegeben hat, oder?«

»Nicht die geringste Ahnung.« Eine Sekunde lang dachte er, es müsste etwas schiefgegangen sein, aber sie lächelte, und die Anspannung zwischen seinen Schultern ließ nach. »Wenn ich raten müsste, würde ich sagen, es liegt daran, dass sie eine so warmherzige Frau ist.«

»Danke«, sagte sie lächelnd. »Aber nächstes Mal überlass die Gästeliste nicht Nonnie.«

Nächstes Mal.

Sie streckte die Hand aus, und der alte Korken, den er für sie gesucht hatte, lag auf ihrer Handfläche. »Ich wollte mich auch hierfür bedanken. Das ist das beste Geschenk, das ich je bekommen habe.«

»Es ist nicht gerade aus Gold.«

»Es ist besser.« Sie sah ihn todernst an. »Ich liebe dich, Henry.«

Er legte die Hand auf ihren Arm und strich über die weiche Haut zu ihrer Schulter hinauf. »Sagst du das jetzt nur, weil ich charmant bin und deinen Korken gerettet habe, bevor die neuen Bewohner ins Reihenhaus ziehen?«

»Nein. Ich liebe dich, weil du ein guter Mensch bist und ich nicht aufhören konnte, dich zu lieben, wie sehr ich es auch versuchte.«

Er zog sie an seine Brust, wo sie hingehörte, und sah ihr ins Gesicht. »Ich hab dich vermisst wie verrückt. Du bist Sonnenschein und Honig, Whiskey in einer Teetasse und alles, was ich in meinem Leben will.« Er strich ihr eine Haarsträhne hinters Ohr. »Ich liebe dich, Vivien Leigh. Ich habe dich schon vor dem Baby geliebt. Jetzt liebe ich dich sogar noch mehr. Ich würde alles für dich tun. Ich würde dir alles geben. Ich will dich. Ich will uns. Ich will …«

»Schscht … Henry.« Sie stellte sich auf die Zehenspitzen. »Küss mich einfach.«

Und Henry, stets ganz Südstaaten-Gentleman, gab der Lady, was sie wollte.

KAPITEL 22

TAGEBUCH VON VIVIEN LEIGH ROCHET
Finger weg! Lesen bei Todesstrafe verboten!!

Liebes Tagebuch!
Ich hatte ganz vergessen, dass ich dir vor so langer Zeit geschrieben hatte, bis ich dich hinten in meinem Wandschrank in drei Spiralblöcken gefunden habe. Ich hab mit dem ersten angefangen und jedes Wort gelesen. Es hat mich an das dreizehnjährige Mädchen erinnert, das über Dramen und Herzschmerz geschrieben hat. Es ist ein bisschen peinlich, an meine offensichtliche Besessenheit erinnert zu werden, Brüste zu bekommen, einen Freund zu haben und über meine künftigen Ehemänner nachzudenken. Ich habe Justin Timberlake nicht geheiratet. Sondern einen Besseren.

SCHOCKWARNUNG Nr. 1: Spence Whitley-Shuler ist mein Bruder!!!! Er erledigt zwar nicht meine Hausarbeit ☹, aber er gibt die besten Umarmungen. ☺ Er ist nicht so dumm, wie ich dachte, nur rastlos.

SCHOCKER-WARNUNG Nr. 2: Henry Whitley-Shuler ist mein Ehemann!!!! Er kann Sachen reparieren ☺ und er riecht gut. ☺ ☺ Er ist nicht so furchteinflößend wie früher, nur attraktiver.

SCHOCKER-WARNUNG Nr. 3: Die Gottesanbeterin ist meine Schwiegermutter. ☹ ☺ Bislang hat sie niemandem den Kopf abgebissen – soweit ich weiß!!! Sie ist nicht mehr so gemein wie früher, sondern hat sich damit abgefunden, so zu tun, als ob.

SCHOCKER-WARNUNG Nr. 4: Henry und ich haben ein kleines Mädchen. Wir nennen es Macy, nach Mama. Ich musste lernen, Mamas Fehler zu akzeptieren, und sie dafür zu lieben, was sie für mich war. Sie war eine gütige, liebevolle Frau, deren große Träume meine Füße auf den Weg zu meinem heutigen Leben gesetzt haben.

<u>Liste wahr gewordener Träume</u>
1) Ich bin Schauspielerin – logo!
2) Pool
3) BH-Trägerin wie andere Mädchen
4) Kenne die Familie meines Papas
5) Der Mann, der mich liebt, schenkt anderen Mädchen keine Plüschtiere und Life Savers

Rachel Gibson

Seit sie sechzehn Jahre alt ist, erfindet Rachel Gibson mit Begeisterung Geschichten. Mittlerweile hat sie nicht nur die Herzen zahlloser Leserinnen erobert, sie wurde auch mit dem »Golden Heart Award« der Romance Writers of America und dem »National Readers Choice Award« ausgezeichnet. Rachel Gibson lebt mit ihrem Ehemann, drei Kindern, zwei Katzen und einem Hund in Boise, Idaho.

Von Rachel Gibson bei Goldmann lieferbar:

Die Seattle-Chinooks-Reihe

Liebe, fertig, los! Roman · Sie kam, sah und liebte. Roman · Ein Rezept für die Liebe. Roman · Küsse auf Eis. Roman · Was sich liebt, das küsst sich. Roman · Küssen hat noch nie geschadet. Roman

Die Lovett-Texas-Reihe

Er liebt mich, er liebt mich nicht. Roman · Verrückt nach Liebe. E-Book-Only-Kurzroman · Wer zuletzt lacht, küsst am besten. Roman · Küssen gut, alles gut. Roman · Liebe ist für alle da. E-Book-Only-Kurzroman

Die Girlfriend-Reihe

Gut geküsst ist halb gewonnen. Roman · Frisch getraut. Roman · Darf's ein Küsschen mehr sein? Roman · Küss weiter, Liebling! Roman

Die Truly-Idaho-Reihe

Küssen will gelernt sein. Roman · Nur Küssen ist schöner. Roman

Außerdem

Das muss Liebe sein. Roman · Traumfrau ahoi! Roman · So fühlt sich nur die Liebe an. E-Book-Only-Kurzroman · Ein Mann für alle Nächte. Roman

(📖 Alle auch als E-Book erhältlich)

Rachel Gibson
Nur Küssen ist schöner

280 Seiten
auch als E-Book erhältlich

Die hübsche Ex-Cheerleaderin Natalie Cooper war schon zu ihrer Schulzeit in Truly, Idaho, allseits beliebt. Umso härter trifft es sie, dass ihr das Leben jetzt übel mitspielt. Ihr Mann ist mit all ihrem Geld und einer 20-Jährigen namens Tiffany auf und davon. Tapfer versucht sie, sich und ihre kleine Tochter mit ihrem Fotoladen über Wasser zu halten. Es hebt ihre Laune nicht gerade, dass ihr neuer Nachbar Blake Junger ein übelgelaunter Geselle ist. Bedauerlicherweise ist er dabei auch noch der unverschämt attraktivste Hüne, den sie je gesehen hat. Sie könnte sehr gut auf ihn verzichten. Wirklich ...

www.goldmann-verlag.de
www.facebook.com/goldmannverlag

GOLDMANN
Lesen erleben

Rachel Gibson
Frisch getraut / Darf's ein Küsschen mehr sein?

640 Seiten
ISBN 978-3-442-48228-3
auch als E-Book erhältlich

Frisch getraut: am Tag nach der Hochzeit ihrer besten Freundin erwacht Clare mit einem mörderischen Kater in einem fremden Hotelzimmer. Sie hat keine Ahnung, wie sie dort hingekommen ist, aber sie weiß, wer unter der Dusche steht: Sebastian, der Albtraum ihrer Kindheit und nun ein Traum von einem Mann ...

Darf's ein Küsschen mehr sein: als Maddy nach Jahren zurück in ihren Heimatort Truly kommt, hätte sie mit allem gerechnet, aber nicht mit dem unwiderstehlichen Charme von Mick Hennessy, dessen Vater schon das Herz ihrer Mutter gebrochen hat ...

www.goldmann-verlag.de
www.facebook.com/goldmannverlag

Unsere Leseempfehlung

E-Book Only
Kurzgeschichte

Exklusiv als E-Book:
Seine erste große Liebe vergisst man angeblich nie. Doch Blue Butler aus New Orleans würde nichts lieber vergessen als ihre stürmische Teenageraffäre mit Kasper Pennington, in den sie so schrecklich verliebt war und der einfach verschwand, um zu den Marines zu gehen. Doch plötzlich ist er wieder da – reifer, muskulöser und charmanter. Und auch er hat die Südstaatenschönheit Blue nie vergessen können …

www.goldmann-verlag.de
www.facebook.com/goldmannverlag

Unsere Leseempfehlung

80 Seiten

Exklusiv als E-Book:
Vince Haven und Sadie Hollowell wollen sich endlich das Ja-Wort geben, und ihre Hochzeit soll das Event des Jahres in Lovett, Texas, werden. Unter den Geladenen: Becca Ramsey, die weiß, dass sie dem Bad Boy Nate Parrish so fern wie möglich bleiben sollte. Doch das Fest der Liebe hat nicht nur das Brautpaar in seinem Bann …

www.goldmann-verlag.de
www.facebook.com/goldmannverlag